三島由紀夫

Юкио МИСИМА

Золотой Храм

Роман

АЗБУКА

Санкт-Петербург

УДК 821.521
ББК 84(5Япо)-44
М 65

Yukio Mishima
KINKAKUJI

Перевод с японского Григория Чхартишвили

Серийное оформление Вадима Пожидаева

Оформление обложки Валерия Гореликова

ISBN 978-5-389-11981-9

ГЛАВА ПЕРВАЯ

О Золотом Храме еще в раннем детстве рассказывал мне отец.

Родился я на отдаленном мысе, сиротливо уходящем в море к северо-востоку от Майдзуру. Отец был родом из других мест, его семья жила в Сираку, восточном пригороде Майдзуру. Уступив настояниям родных, он принял сан священника и стал настоятелем захолустного прибрежного храма. Здесь он женился, здесь появился на свет его сын — я.

На мысе Нариу не имелось даже школы, и, едва сойдя с колен матери, я был вынужден покинуть отчий дом и поселиться у дяди, брата отца, в Восточном Майдзуру. Там я и стал ходить в гимназию.

Родина моего отца оказалась краем, где круглый год щедро сияло солнце, но в ноябре и декабре по нескольку раз в день с небес — какими бы синими и безоблачными они ни были — низвергался холодный осенний дождь. Уж не коварству ли погоды тех мест обязан я своим непостоянным и переменчивым нравом?

Майскими вечерами, вернувшись после уроков в дядин дом, я, бывало, сидел на втором этаже, в комнатке, отведенной мне для занятий, и глядел из окна на окрестные холмы. В лучах закатного солнца их склоны, укрытые молодой листвой, казались мне похожими на расставленные кем-то позолоченные ширмы. Я смотрел на них и представлял себе Золотой Храм.

Мне, конечно, много раз попадались фотографии и картинки в учебниках, на которых был изображен знаменитый храм, но в глубине души я представлял его себе совсем иным — таким, каким описывал его отец. О, он не говорил, что от стен святилища исходит золотое сияние, но, по его убеждению, на всей земле не существовало ничего прекраснее Золотого Храма, и, вслушиваясь в само звучание двух этих слов, завороженно глядя на два заветных иероглифа, я рисовал себе картины, не имевшие ничего общего с жалкими изображениями в учебнике.

Стоило мне увидеть, как ослепительно вспыхивает на солнце гладь дальних заливных полей, и мне уже казалось, что это отсвет невидимого Золотого Храма. Горный перевал, по которому проходит граница нашей префектуры Киото и соседней Фукуи, высился прямо на восток от дядиного дома. Из-за тех гор по утрам восходило солнце. И хотя Киото располагался совсем в иной стороне, каждый раз мне чудилось, что в солнечном нимбе в утреннее небо возносится Золотой Храм.

Храм, оставаясь незримым, виделся мне во всем, и этим он был похож на море: деревня Сираку находилась в полутора ри¹ от побережья, и Майдзурская бухта лежала по ту сторону гор, но близкое присутствие моря ощущалось постоянно — ветер доносил его запахи, в непогоду тысячи чаек прилетали с берега и садились на рисовые поля.

---

¹ Мера длины, равная 3,927 км. (*Здесь и далее примеч. перев.*)

Я был хилым, болезненным ребенком, самым что ни на есть последним во всех мальчишеских играх и забавах. Это да еще мое врожденное заикание отдаляло меня от других детей, развивало замкнутость и любовь к уединению. К тому же все мальчишки знали, что я сын священника, и их любимым развлечением было дразнить меня, изображая, как заикающийся бонза бормочет сутры. На уроках чтения, если в книге действовал персонаж-заика, все его реплики непременно зачитывались вслух — специально для меня.

Неудивительно, что заикание воздвигало стену между мной и окружающим миром. Труднее всего давался мне первый звук слова, он был вроде ключа от той двери, что отделяла меня от остальных людей, и ключ этот вечно застревал в замочной скважине. Все прочие свободно владели своей речью, дверь, соединяющая их внутренний мир с миром внешним, всегда была нараспашку, и вольный ветер гулял туда и обратно, не встречая преград. Мне же это раз и навсегда было заказано, мне достался ключ, изъеденный ржавчиной.

Заика, сражающийся с первым звуком слова, похож на птичку, бьющуюся в отчаянных попытках вырваться на волю из силка — силка собственного «я». В конце концов птичка вырвется, но будет уже поздно. Иногда, правда, мне казалось, что внешний мир согласен ждать, пока я бьюсь и трепещу крылышками, но, когда дверь удавалось открыть, мгновение уже утрачивало свою неповторимую свежесть. Оно увядало, блекло... И мне стало казаться, что иначе и быть не может, — поблекшая, подгнившая реальность в самый раз подходит такому, как я.

Нет ничего странного в том, что в отрочестве меня преследовали соблазнительные и противоречивые грезы о власти, вернее, о двух разных видах власти. То, начитавшись исторических романов, я воображал себя могущественным и жестоким владыкой. Он заикается и поэтому почти всегда молчит, но как же трепещут подданные, живущие в постоянном страхе перед этим молчанием, как робко заглядывают в лицо своему господину, пытаясь угадать, что их ждет — гнев или милость? Мне, государю, ни к чему оправдывать свою беспощадность гладкими и звучными фразами, само мое молчание объяснит и оправдает любую жестокость. С наслаждением воображал я, как одним движением бровей повелеваю предать лютой казни учителей и одноклассников, мучивших меня в гимназии. И еще нравилось мне представлять себя владыкой иного рода — великим художником, повелителем душ, молча созерцающим Вселенную. Так, несмотря на жалкую свою наружность, в глубине души я считал себя богаче и одареннее всех сверстников. Да это, наверное, и естественно — каждый подросток, имеющий физический изъян, мнит себя тайно избранным. Не был исключением и я — я знал, что впереди меня ждет пока неведомая, но великая миссия.

...Мне вспоминается такой случай.

Гимназия находилась в новом, светлом здании, удобно расположившемся на широком пространстве меж плавных холмов.

В один из майских дней к нам в гимназию пришел бывший ученик, а ныне — курсант Майдзурского военно-морского инженерного училища, отпущенный домой на побывку. Мне этот юноша казался молодым богом, до того он был хорош: загорелое лицо, надвинутая на самый нос фуражка, мундир с иголочки. Гимназисты обступили курсанта плотной толпой, а он живописал им тяготы военной жизни. Однако в его устах убогая эта жизнь представала захватывающей и героической. Вид курсант имел весьма важный и на гимназистов поглядывал снисходительно, свысока. Грудь колесом, затянутая в расшитый мундир, напоминала резную фигуру на носу корабля, рассекающего океанские волны.

Курсант сидел, небрежно развалившись, на каменных ступеньках лестницы, ведшей на плац. Вокруг собралась кучка завороженных слушателей, раскинувшийся на склоне цветник пылал майскими цветами — тюльпанами, душистым горошком, анемонами, маками. Выше, над лестницей, благоухала усыпанная белыми цветами магнолия.

Группа, собравшаяся на ступенях, застыла неподвижно, как изваяние. Я же сидел один, немного в стороне, на скамейке, в почтительном благоговении — перед великолепием майских цветов, гордого мундира и громких, веселых голосов.

Однако молодой бог все чаще поглядывал в мою сторону. Видимо, он счел, что я один не признаю его превосходства, и чувствовал себя слегка уязвленным. Он спросил у восхищенных гимназистов, как меня зовут, и крикнул:

— Эй, Мидзогути!

Я молча смотрел на него. Курсант снисходительно рассмеялся:

— Ну, что молчишь? Или ты глухой?

— Я з-з-з-заика, — передразнил меня один из соучеников, и все остальные зашлись от хохота. Как ослепителен издевательский смех! Звонкий, по-дет-

9

ски жестокий хохот моих одноклассников всегда напоминал мне вспыхивающие на солнце стебли травы.

— Так ты заика? Надо тебе в наше училище поступать — там из тебя эту дурь в два счета выбьют.

И тут ответ выскочил у меня сам собой, помимо моей воли, я даже не заикнулся:

— Нечего мне делать в училище. Я стану монахом.

Все умолкли, а молодой бог, наклонившись, сорвал травинку и сунул ее в рот.

— Понятно. Значит, через год-другой придется тебе молиться за упокой моей души.

В ту пору война на Тихом океане уже началась.

...Внезапно на меня снизошло нечто вроде озарения. Мне представилось, что я стою один перед темным миром с широко распростертыми руками. И что весь этот мир — и его майские цветы, и блестящие мундиры, и мои безжалостные одноклассники — в один прекрасный день сам упадет в мои ладони. Мне открылось, что мир крепко схвачен мною, зажат в моих руках... Откровение не вызвало во мне чувства гордости, слишком уж тягостным было оно для подростка.

Гордость — нечто более легкое, светлое, открытое глазу, искрящееся. Мне хотелось обладать чем-то таким, что давало бы мне право гордиться и было видно каждому. Хотя бы кортиком, висевшим на поясе у него.

Кортик, на который с благоговением взирали гимназисты, действительно был хорош. Поговаривали, правда, что курсанты нередко затачивают своими кортиками карандаши, но до чего же это было лихо — использовать столь гордый символ для дела тривиального и низменного!

А потом мундир курсанта инженерного училища был повешен на выкрашенный в белый цвет забор. Там же оказались брюки, рубашка, нижнее белье... От всей этой одежды, развешанной меж цветов, пахло молодым потом. На сиявшую ослепительно-белым цветом рубашку опустилась пчела. Украшенная золотым галуном фуражка была водружена на одном из прутьев изгороди так же ровно и основательно, как если бы она красовалась на голове своего владельца. А сам курсант отправился на посыпанный песком ринг для сумо[1] — кто-то из гимназистов предложил ему побороться.

Я смотрел на снятую одежду, и мне казалось, что я вижу перед собой некую увенчанную славой могилу. Обилие майских цветов еще более усиливало это впечатление. Лирическим очарованием веяло от фуражки со сверкающим черным лаком козырьком, от кожаной портупеи и кортика — отделенные от тела своего хозяина, они были не менее совершенны, чем он сам. Мне они казались реликвиями, оставшимися после гибели юного героя.

Оглядевшись по сторонам, я убедился, что поблизости никого нет. Со стороны ринга доносились азартные крики. Тогда я достал из кармана ржавый перочинный ножик, подкрался к забору и сделал на прекрасных черных ножнах кортика несколько уродливых царапин...

Быть может, прочтя эти строки, читатель решит, что я был мальчиком с поэтической натурой. Однако я никогда не писал стихов, даже дневника не вел. Я не испытывал стремления восполнить то, в чем уступал окружающим, какими-либо другими досто-

---

[1] Японская национальная борьба.

инствами, только бы выделиться из толпы. Иными словами, я был слишком высокомерен, чтобы стать человеком искусства. Грезы о владычестве — над людскими судьбами или душами — так и оставались грезами, я палец о палец не ударил, чтобы приступить к их осуществлению.

Никто из людей не в состоянии меня понять — именно это сознание давало мне ощущение исключительности, вот почему во мне и не могло возникнуть желания как-то самовыразиться, сделаться понятным другим. Я верил — мне самой судьбой предназначено не обладать ничем таким, что может быть доступно постороннему взгляду. И одиночество мое росло и разбухало, как откармливаемая на убой свинья.

В моей памяти всплывает один трагический эпизод, случившийся в нашем селении. Казалось бы, он не имел ко мне ни малейшего отношения, однако чувство, что я был им затронут, что я принимал в тех событиях самое непосредственное участие, живо во мне до сих пор.

Столько всякого открылось мне через тот случай — жизнь, страсть, измена, ненависть, любовь и еще многое. Но моя прихотливая память закрывает глаза на то величественное, что несомненно таилось в основе произошедшей трагедии...

Через два дома от дядиного жила красивая девушка. Ее звали Уико. Глаза у нее были большие и ясные-ясные. Держалась она всегда неприступно, — может, оттого, что ее семья считалась в деревне зажиточной. Уико все обожали, просто на руках носили, но чувствовалась в ней какая-то скрытность — трудно было предположить, о чем она думает, оставаясь одна. Ревнивые деревенские сплетницы утверждали, что именно из таких вот получаются бесплодные женщины-ледышки, хотя Уико явно была еще девушкой.

Едва окончив гимназию, Уико добровольно поступила медсестрой в Майдзурский военно-морской госпиталь. Это было не так далеко, и на работу она могла ездить на велосипеде. Выезжать из дому ей приходилось еще затемно, часа за два до того, как просыпались мы, школьники.

Однажды вечером я не мог уснуть, предаваясь мрачным фантазиям о теле Уико, а на исходе ночи выскользнул из своей комнаты, надел гимнастические тапочки и шагнул за дверь, в летние предрассветные сумерки.

В ту ночь я не впервые грезил о ее теле. Мимолетные поначалу мечты преследовали меня все чаще и определенней, и так же определенно стало видеться мне белое и упругое тело Уико, ее благоуханная плоть. Я представлял, как загорятся огнем мои пальцы, коснувшись ее. Представлял пружинящую податливость кожи, аромат цветочной пыльцы.

Я стремительно несся по тропинке. Камни не замедляли мой бег, темнота не закрывала от меня дороги.

Вот тропинка стала шире, она петляла по окраине маленькой деревеньки. Там росла огромная дзельква. Ствол дерева был мокрым от росы. Я спрятался у его подножия и стал дожидаться, когда появится Уико на своем велосипеде.

Я просто ждал, никаких определенных намерений у меня не было. Несся я сюда со всех ног, но теперь, затаившись в густой тени дзельквы, понятия не имел, что делать дальше. Слишком долго существовал я вне всякой связи с внешним миром; именно этим, видимо, следует объяснить странную иллюзию, что достаточно мне очертя голову кинуться в этот самый внешний мир, и все сразу станет возможным и доступным.

Комары кусали мне ноги. Из деревушки доносились крики петухов. Я вглядывался в сумрак. Вдали над дорожкой маячило что-то смутное и белое. Вначале мне показалось, что это просто рассвет, но то была Уико.

Она ехала на велосипеде, во мраке светилась зажженная фара. Велосипед беззвучно скользил по дорожке. И тут я выскочил ему наперерез из-за ствола дерева — Уико едва успела нажать на тормоз.

Я словно обратился в камень. Мысли и воля застыли во мне. Нет, мой внутренний мир никак не желал соприкасаться с миром внешним — тот, незыблемый, окружая меня со всех сторон, существовал сам по себе. Я выбрался из дядиного дома, надел спортивные тапочки, бежал во весь дух по тропинке, прятался за ствол дзельквы, — оказывается, все эти действия не выходили за пределы моего внутреннего «я». И едва различимые в предрассветном полумраке контуры крыш, и черные силуэты деревьев, и темные вершины гор, и даже стоявшая передо мной Уико вдруг непонятным и пугающим образом оказались лишенными всякого смысла. Все вокруг, не дожидаясь моего участия, обрело реальность, и эта бессмысленная, неохватная, сумеречная реальность с неведомой мне доселе тяжестью разом обрушилась на меня.

Как всегда, я решил, что только слова могут вызволить меня из нелепого положения. Моя всегдашняя ошибка. Вечно, когда необходимо действовать, я думаю только о словах. А слова срываются с моих губ с таким невероятным трудом, что сил на действие уже не остается. Мне казалось, что ослепительное великолепие действия непременно должно сопровождаться ослепительным великолепием слова.

Я ничего перед собой не видел. Однако, как мне вспоминается, Уико, вначале напуганная моим неожиданным появлением, увидев, что это я, смотрела только на мой рот, на маленькую темную дыру, грязную, как норка полевой мыши; дыра бессмысленно дергалась и дрожала в темноте. И, увидев, что эта дыра лишена силы, способной связать ее с окружающим миром, Уико успокоилась.

— Ты что! — воскликнула она. — Ну и шутки! Заика чертов!

Голос ее был свеж и уверен, как утренний ветер. Тренькнув звонком, Уико поставила ногу на педаль. Объехала меня стороной, словно камень, лежащий посреди тропы. На дорожке в этот час не было ни души, но Уико, уносясь прочь, насмешливо бренчала и бренчала своим звонком.

В тот же вечер мать Уико пришла жаловаться на меня дяде. На следующий день дядя, всегда такой тихий и спокойный, жестоко изругал меня. И я проклял Уико и стал желать ей смерти, а несколько месяцев спустя проклятие мое сбылось. С той поры я твердо верю в силу проклятий.

Я желал смерти Уико, ложась вечером спать и просыпаясь утром. Я молился, чтобы она, свидетель моего позора, раз и навсегда исчезла с лица земли. Да если бы вокруг не было свидетелей, стыду не нашлось бы места на земле! Все люди — свидетели. Не было бы людей, не возникло бы и позора. В тот предрассветный час в облике Уико, где-то по ту сторону ее мерцающих холодным блеском глаз, что изучающе смотрели на мои губы, я разглядел весь этот мир других людей — мир, никогда не оставляющий нас одних, подсовывающий соучастников и свидетелей наших преступлений. Надо уничтожить всех других людей. Для того чтобы я мог открыто поднять лицо к солнцу, мир должен рухнуть...

Месяца через два после доноса на меня Уико ушла из госпиталя и вернулась насовсем в родительский дом. По деревне поползли самые разные сплетни. А в конце осени произошла та история.

...Никто из деревенских и не подозревал, что в наших местах скрывается беглый матрос. Однажды в сельскую управу пришли жандармы. Их появление не было такой уж редкостью, и никто не обратил на них особого внимания.

Стоял ясный день, какие часто выпадают в конце октября. Я, как обычно, пришел из гимназии, сделал уроки и уже готовился укладываться спать. Прежде чем погасить лампу, я случайно взглянул на улицу и замер: по ней собачьей сворой бежала толпа людей. Я бросился вниз по лестнице. У дверей дома стоял один из моих одноклассников с круглыми от возбуждения глазами. Он крикнул нам — мне и разбуженным шумом дяде и тете:

— Жандармы схватили Уико! Бежим смотреть!

Сунув ноги в гэта[1], я помчался за ним. Ярко светила луна, легкие, прозрачные тени лежали на убранных рисовых полях.

Под деревьями копошились темные фигуры. Уико, одетая в черное платье, сидела прямо на земле. Лицо ее выделялось в темноте белым пятном. Рядом стояли ее родители и несколько жандармов. Один из них сердито кричал, размахивая каким-то узелком. Отец

---

[1] Деревянная обувь.

Уико беспомощно вертел головой, то прося прощения у жандармов, то обрушиваясь с упреками на дочь. Мать рыдала, закрыв лицо руками.

Мы наблюдали эту сцену с соседнего участка рисового поля. Зрителей становилось все больше, мы молча стояли, касаясь друг друга плечами, и смотрели. Маленькая, словно выжатая, луна сияла над нашими головами.

Одноклассник шепотом рассказал мне, как было дело.

Жандармы ждали в засаде, когда Уико, прихватив узелок с едой, шла по направлению к соседнему поселку. Еда, вне всякого сомнения, предназначалась для прячущегося дезертира. Оказывается, Уико сошлась с ним, еще работая в госпитале, забеременела и была за это отчислена из медсестер. Жандармы требовали, чтобы Уико отвела их туда, где прячется дезертир, но та упорно молчала и не трогалась с места...

Я неотрывно смотрел на белое лицо Уико. Вид у нее был такой, словно она лишилась рассудка. Лицо, освещенное луной, застыло неподвижной маской.

Никогда еще мне не приходилось видеть выражения такого отречения от всего и вся. Я всегда считал, что мир отторгает мое лицо, но лицо Уико — оно само отринуло весь мир. Лунный свет безжалостно лился на ее лоб, глаза, нос и щеки, но лицо оставалось неподвижным, свет просто как бы стекал по нему. Если бы Уико хоть чуть-чуть дрогнула ресницами или шевельнула губами, мир, который она пыталась отринуть, принял бы это движение за проявление слабости и раздавил бы ее.

Боясь вздохнуть, смотрел я на Уико. Ее лицо не имело ни прошлого, ни будущего, оно замкнулось в молчании. Нечто подобное можно иногда увидеть на срезе только что срубленного дерева. Древесина еще свежа и полна жизни, но рост ее уже оборвался; ее волокна, сокрытые прежде, теперь выставлены под солнце и дождь — каким странным выглядит это прекрасное лицо дерева, подставленное ударам чуждого ему мира. Лицо, явившееся этому миру только для того, чтобы его отринуть...

Никогда еще черты Уико не были так хороши, и мне подумалось: вряд ли я когда-нибудь увижу нечто, столь же прекрасное. Но этот восхитительный миг оказался кратким. Лицо Уико вдруг переменилось.

Она поднялась на ноги. Мне почудилось, что Уико рассмеялась. Я не мог ошибиться — в лунном свете блеснули ее зубы. Больше мне нечего сказать о происшедшей с этим лицом перемене, потому что Уико отвернулась от лунного света и исчезла в густой тени деревьев.

Жаль, что я так и не разглядел толком, как менялся облик девушки в момент, когда она решилась на предательство. Если бы только я это видел, быть может, во мне родилось бы прощение — прощение человека и всех его мерзостей.

Уико указала рукой на гору Кахара.

— Он прячется в храме Конго! — закричал кто-то из жандармов.

И тут во мне возникло шальное, радостное возбуждение, как у ребенка в день праздника. Жандармы разделились на несколько групп и окружили горный храм со всех сторон. Для этого им понадобилась помощь жителей деревни. Снедаемый чувством мстительного любопытства, я присоединился к мальчишкам, которые пошли с первой группой, — ее вела сама Уико. Меня поразило, до чего же твердо ступала она по залитой лунным светом тропе; следом за ней шагали жандармы.

Храм Конго был одной из местных достопримечательностей. Он притулился под горой, минутах в пятнадцати ходьбы от поселка. Славился храм древним деревом, посаженным некогда самим принцем Такаока[1], а также чудесной трехъярусной пагодой, которую, по преданию, возвел прославленный Дзингоро Хидари[2]. Летом я часто плескался неподалеку отсюда, у водопада под горой.

Глинобитная стена, окружавшая главное здание храма, тянулась вдоль берега ручья. Ее обветшалый гребень порос мискантом, белые стебли которого сияли, подсвеченные луной. Перед воротами пышно цвели камелии.

Мы молча шагали по берегу. Здание храма Конго было над нами. Справа, за бревенчатым мостиком, возвышалась трехъярусная пагода, слева шумела красной осенней листвой роща, а за деревьями начиналась знаменитая лестница из ста пяти ступеней, покрытых мхом. Вытесанные из известняка ступени были скользкими.

Прежде чем шагнуть на мостик, главный жандарм обернулся и взмахом руки велел нам остановиться. По преданию, некогда на этом месте стояли две статуи стражей врат, созданные знаменитыми ваятелями Ункэем и Танкэем. Отсюда начинались владения храма.

---

[1] *Принц Такаока* (799—865) — первый японец, совершивший путешествие в Индию и Юго-Восточную Азию.

[2] *Дзингоро Хидари* (1594—1651) — зодчий и скульптор.

Мы замерли, затаив дыхание. Жандарм поманил Уико. Она одна перешла через мостик, и, выждав немного, мы двинулись следом. Нижняя часть лестницы была в тени, но выше ступени ярко освещались луной. Мы все спрятались в зарослях. Красные листья казались черными.

Лестница поднималась к главному зданию храма, влево и наискосок от него шла крытая галерея, ведущая к пристройке, — в таких обычно устраивают ритуальные танцы кагура. Пристройка парила над обрывом и, подобно храму Киёмидзу в Киото, опиралась на бесчисленные деревянные сваи. И сам храм, и пристройка, и бревна свай, омытые бесчисленными дождями и высушенные ветрами, белели во мраке, словно кости скелета. Осенним днем гармония пышной красной листвы и белых храмовых построек была безупречной, но теперь, ночью, высвеченный луной белый скелет храма выглядел чарующе-зловещим.

Дезертир, видимо, прятался где-то там, наверху. Жандармы собирались использовать Уико, чтобы выманить матроса из его убежища.

Мы, свидетели, стараясь не дышать, затаились в тени деревьев. Октябрьская ночь была холодна, но мои щеки пылали огнем.

Уико стала подниматься по ступеням одна. В ее фигуре было что-то безумное и одновременно горделивое... Ослепительно вспыхивал между черными волосами и черным платьем ее белоснежный профиль.

У меня хмельно закружилась голова — до того кристально прекрасной была измена Уико в обрамлении луны, звезд, ночных облаков, пятен серебристого света, парящих над землей храмовых зданий и гор, ощетинившихся острыми верхушками кедров. Уико имела право, так гордо расправив плечи, подниматься одна по этой белой лестнице — ее измена была одной природы со звездами, луной и кедрами. Теперь она стала одной из нас и принимала весь этот мир. Уико поднималась по лестнице как представитель нас, остальных людей. И я, задыхаясь от волнения, подумал: «Совершив предательство, она приняла и меня тоже. Теперь она принадлежит и мне».

Каждое событие запечатлевается нашей памятью лишь до определенной черты. Я так и вижу перед собой, как Уико поднимается по ста пяти замшелым ступеням. Подъем ее свершается целую вечность.

Но потом она опять переменилась, вновь стала другим человеком. Поднявшись по лестнице на самый верх, Уико совершила новое предательство — теперь она предала всех нас, остальных, и, главное, меня. Эта новая Уико больше не отрицала окружающий мир, но и не принимала его. Она опустилась до уровня обычной страсти, превратилась просто в женщину, отдавшую всю себя одному-единственному мужчине.

Вот почему все, что произошло дальше, вспоминается мне смутно и размыто, словно изображение на старой литографии... Уико прошла по галерее и крикнула что-то во мрак храма. Оттуда появился мужчина. Уико заговорила с ним, мужчина обернулся к лестнице, выхватил пистолет и стал стрелять. Жандармы из кустов открыли ответный огонь. Уико бросилась к галерее, но мужчина вскинул руку с пистолетом и несколько раз выстрелил ей в спину. Уико упала. Тогда мужчина приставил дуло к виску, и прогремел еще один выстрел...

Сначала жандармы, за ними все остальные бросились вверх по каменным ступенькам к двум трупам, только я не трогался с места, по-прежнему притаившись в тени осенней листвы.

Над моей головой белели перекрещенные опоры храмовой пристройки. Грохот шагов по деревянному настилу галереи долетал до меня, приглушенный расстоянием. Скользящие лучи карманных фонариков сквозь деревянные перила то и дело пробегали по ветвям деревьев.

Я не мог отделаться от ощущения, что все давным-давно уже кончилось, все осталось в далеком прошлом. Людей с их толстокожестью можно пронять, только когда прольется кровь. Но кровь проливается уже после того, как трагедия свершилась. На меня накатила дремота.

Проснувшись, я обнаружил, что остался в роще один, кругом щебетали птицы, стволы деревьев были освещены лучами утреннего солнца. Солнце высвечивало снизу белые кости храмовых построек, и храм казался возрожденным. Гордо и спокойно он парил над покрытой красной листвой долиной.

Я поднялся, дрожа от холода, и стал растирать закоченевшее тело. От минувшей ночи ничего во мне не осталось, кроме озноба. Озноб — и больше ничего.

* * *

На следующий год, в весенние каникулы, приехал отец, из-под его рясы выглядывал обычный гражданский китель, в каких все ходили во время войны. Он сказал, что хочет взять меня на несколько дней в Киото. У отца были больные легкие, и я поразился тому, как он сдал. И дядя, и дядина жена пытались

22

отговорить его от этой поездки, но отец был непоколебим. Только потом я понял, что он, зная, как недолго осталось ему жить, хотел представить меня настоятелю Золотого Храма.

Я, конечно, давно мечтал увидеть Храм собственными глазами, но отправляться в путешествие с отцом, который, сколько бы он ни храбрился, был совсем плох, не очень-то хотелось. По мере того как свидание с пока еще неведомым мне Храмом приближалось, я испытывал все больше колебаний и сомнений. Золотой Храм непременно должен был оказаться прекрасен. Я чувствовал, как велика ставка, ставка не на действительную красоту Храма, а на способность моей души вообразить прекрасное.

Все, что могло быть известно подростку моего возраста о Золотом Храме, я, разумеется, знал. В случайно попавшей мне в руки книге по искусству история Храма излагалась следующим образом.

Сёгун Ёсимицу Асикага (1358–1408) получил в дар от рода Сайондзи усадьбу Китаяма и построил на этом земельном участке обширный дворцовый ансамбль. Архитектурный комплекс состоял из построек религиозного назначения: Усыпальницы, Храма Священного Огня, Зала Покаяния, Храма Очищения Водой, а также ряда светских зданий: Главного Дворца, Дома придворных, Зала совещаний, Дворца Небесного Зеркала, Башни Северной Звезды, дворца «Родник», Усадьбы Любования Снегом и прочих сооружений. Самые большие средства были затрачены на строительство Усыпальницы, которую позднее стали называть Кинкакудзи — «Золотой Храм». Теперь уже невозможно с точностью установить, когда именно возникло это название, однако не ранее междоусобной войны 1467–1477 годов. А в эпоху Буммэй (1469–1487) новое название Усыпальницы уже было широко распространено.

Кинкакудзи — это трехэтажная башенка, стоящая над широким Зеркальным прудом, построена она, видимо, около 1398 года (5-й год эпохи Оэй). Первый и второй ярусы выдержаны в классическом усадебном стиле синдэн-дзукури, здесь применяются ситомидо — двери, поднимающиеся кверху. Третий ярус Золотого Храма представляет собой квадратное помещение со стороной в три кэна[1], оформленное в строгом соответствии с канонами дзэн-буддизма. В зал ведет деревянная дверь, справа и слева расположены оконца. Четырехскатная крыша здания, покрытая корой кипариса, выдержана в стиле хогё-дзукури и украшена фигурой феникса из позолоченной меди. Монотонность композиции храма нарушает Рыбачий павильон с двускатной крышей, выходящий к самому пруду. В целом Кинкакудзи, с его плавным наклоном крыши и легкой, изысканной структурой деревянных стен, является шедевром гармонии в садовой архитектуре, соединившей элементы усадебного и буддийского зодчества. Золотой Храм дает нам представление о вкусах и характере сёгуна Ёсимицу, приверженца классической придворной архитектуры, и прекрасно передает атмосферу той далекой эпохи.

Согласно завещанию Ёсимицу, после его смерти дворцовый ансамбль Китаяма был передан во владение секте Дзэн и стал называться — храм

---

[1] *Кэн* — 1,81 м.

Рокуондзи. На протяжении веков часть зданий разрушилась, часть разобрали и перенесли на новое место, лишь Золотой Храм каким-то чудом уцелел в первозданном виде...

Словно золотой месяц в черном ночном небе, храм Кинкакудзи символизировал мрачную эпоху, в которую он был построен. В моем воображении Храм и не мог существовать иначе, без черного фона сгустившейся вокруг него тьмы. Стройные, тонкие колонны, подсвеченные нежным сиянием изнутри, тянулись во мраке вверх гордо и спокойно. С какими бы речами ни обращались люди к Храму, он, прекрасный, такой хрупкий, хранил безмолвие — он должен был выстоять перед окружающей его чернотой.

И еще я часто думал о парящем над крышей фениксе, которому столько веков были нипочем и дожди, и злые ветры. Эта таинственная золотистая птица, ни разу не взмахнувшая крылом, ни разу не встретившая криком рассвет, давно забыла о том, что она — птица. Но ошибется тот, кто решит, что феникс навсегда прикован к крыше. Как иные птицы скользят по широкому небу, так эта, расправив сияющие крылья, вершит вечный полет по просторам времени. Встречный поток лет ударяется о крылья феникса и уносится вдаль, прочь. Птице не нужно никуда лететь — достаточно просто вытаращить глаза, расставить пошире крылья, развернуть перья хвоста, покрепче упереться сильными позолоченными ногами, и она уже в полете.

Думая о птице, я сравнивал Золотой Храм с чудесным кораблем, приплывшим ко мне через океан времени. «Легкая, воздушная конструкция», о которой говорилось все в той же книге, тоже вызывала у меня ассоциацию с парусником, а пруд, в котором отражался этот замысловатый трехъярусный корабль, казался мне символом бескрайних морей. Храм приплыл из дальнего края темной, огромной ночи. И плаванию его не было конца. Днем все выглядело, наверное, иначе: корабль бросал якорь и позволял бесчисленным зевакам бродить по своим палубам, но ночью — ночью Храм черпал из сгущающейся тьмы силы для нового плавания, раздувал, как парус, крышу и отправлялся в путь.

Не будет преувеличением сказать, что первая сложная проблема, с которой мне пришлось столкнуться в жизни, — это проблема прекрасного. Мой отец был простым деревенским священником, не умевшим красиво говорить, и я усвоил от него только одно: «На всем белом свете нет ничего прекраснее Золотого Храма». Так я узнал, что где-то, в неведомом пока мне мире Прекрасное уже существует, — и эта мысль отдавалась в моей душе обидой и беспокойством. Если Прекрасное есть и есть где-то там, далеко отсюда, значит я от него отдален, значит меня туда не пускают?

Золотой Храм не был для меня абстрактным образом. Горы скрывали его от моего взора, но при желании я мог перейти через них и увидеть Храм воочию. Выходит, Прекрасное можно разглядеть, можно даже потрогать руками. Я знал и верил, что где-то там стоит Золотой Храм, неизменный и вечный перед лицом сменяющих друг друга времен.

Подчас Кинкакудзи казался мне миниатюрной золотой вещицей, которую можно взять в ладони. Иногда же Храм становился огромным и вырастал до самого неба. Никогда бы я не согласился с утверждением, гласящим, будто прекрасное не может быть ни слишком большим, ни слишком маленьким, а должно быть умеренным. Когда летом я видел крошечный цветок, влажный от утренней росы и окруженный сияющим ореолом, я думал: «Он прекрасен, как Золотой Храм». Когда же над горами собирались грозовые тучи — черные и мрачные, но с горящей золотой каймой, — в их мощном величии я тоже видел Храм. И, встретив красивое лицо, я мысленно говорил: «Этот человек прекрасен, как Золотой Храм».

Поездка с отцом получилась невеселой. Железная дорога шла от Майдзуру в Киото, минуя поселки и небольшие городишки, поезд то и дело останавливался на маленьких станциях. Вагон был старым и грязным; когда поезд ехал туннелем, дым от паровоза через окна попадал внутрь, и отец все время надрывался от кашля.

Большинство пассажиров так или иначе были связаны с флотом. Вагон третьего класса был битком набит матросами, унтер-офицерами, рабочими с военных заводов, семьями, ездившими в Майдзуру навестить кого-нибудь из родных.

Я смотрел в окно на пасмурное весеннее небо. Поглядывал на отцовскую рясу, накинутую поверх гражданского кителя, на сверкающие золотыми пуговицами мундиры молодых здоровяков-боцманов. Мне казалось, что я один из них. Вот достигну призывного возраста и тоже стану военным. Только смогу ли я отдаваться службе так же рьяно, как эти розовощекие моряки? Ведь я принадлежу к их миру лишь наполовину. В моей юной уродливой голове шевелились мысли такого рода: мир смерти, принадлежащий отцу, и мир жизни, в котором существуют эти молодые парни, благодаря войне соединены

27

теперь воедино. Может быть, я — связующее звено между жизнью и смертью? Если мне суждено погибнуть на войне, конец все равно один, какую бы дорогу я теперь ни избрал.

Все мое отрочество окрашено в тусклые, сумрачные тона. Я страшился черного мира тьмы, но и белый свет дня был мне чужд.

Слушая беспрестанное покашливание отца, я смотрел в окно, на реку Ходзугава. Вода была тошнотворно синей, словно медный купорос, с которым мы ставили опыты на уроках химии. Каждый раз, выезжая из очередного туннеля, я видел ультрамариновую ленту реки, окруженную скалами, то вдали, то совсем рядом — горы крутили реку, словно на гончарном круге.

Отец застенчиво развернул сверток с завтраком — колобками из белого очищенного риса.

— Это не с черного рынка, — громко сказал он, чтобы слышали соседи, — прихожане принесли, так что ешь спокойно, сынок.

Колобки были совсем небольшие, но отец с трудом осилил один из них.

Мне все не верилось, что этот дряхлый, черный от копоти поезд едет в древнюю столицу. Я не мог отделаться от ощущения, что паровоз мчится к станции, название которой Смерть. И дым, что лез в окна вагона каждый раз, когда мы попадали в туннель, казался мне чадом погребального костра...

Когда я оказался перед воротами храма Рокуондзи, сердце мое затрепетало. Еще несколько мгновений — и я увижу чудо, прекраснее которого на свете нет.

Солнце начинало клониться к закату, горы окутала дымка. Вместе с нами в храмовые ворота вошли еще несколько посетителей. Слева высилась звонница, вокруг которой росла сливовая роща, уже отцветавшая, но еще не все лепестки облетели с ветвей.

Отец остановился у дверей главного здания храма — там рос огромный дуб — и попросил служителя провести его к настоятелю. Ему ответили, что у настоятеля сейчас гость и нам придется с полчаса подождать.

— Ну, пойдем пока посмотрим на Золотой Храм, — предложил отец.

Ему, наверное, хотелось похвастаться передо мной своими знакомствами и пройти внутрь, не заплатив за билеты. Но и кассир, и контролер за те десять, а то и пятнадцать лет, что отец здесь не был, давно сменились.

— Вот увидишь, — сказал мне отец с кислой миной, — придем в следующий раз, опять новые будут.

Я почувствовал, что слова «в следующий раз» отец произнес без особой надежды. Однако виду я не подал и с ребяческой беззаботностью (впрочем, по-мальчишески я вел себя только тогда, когда это было мне выгодно) понесся вперед.

И Золотой Храм, о котором я мечтал столько лет, тут же предстал перед моим взором.

Я стоял на одном берегу Зеркального пруда, а на другом, освещенный заходящим солнцем, сиял фасад Храма. Слева виднелась часть Рыбачьего павильона. В глади заросшего водорослями пруда застыла точная копия Храма, и копия показалась мне несравненно совершеннее оригинала. Блики от воды дрожали на загнутых углах крыши каждого из ярусов. Эти пылающие нестерпимым сиянием точки искажали подлинные размеры Храма, как на картинке с нарушенной перспективой.

— Красота, правда? — Костлявая рука отца с болезненно тонкими пальцами легла на мое плечо. — Первый ярус зовется Хосуйин, «Храм Очищения Водой», второй — Тёонхора, «Грот Прибоя», а третий — Кукётё, «Вершина Прекрасного».

Я смотрел на Храм и так и сяк, менял угол зрения, вытягивал шею, но ровным счетом ничего не чувствовал. Обычный трехэтажный домик, почерневший от старости. И феникс напоминал мне обыкновенную ворону, присевшую на крышу передохнуть. Храм вовсе не показался мне прекрасным, скорее, он вызывал ощущение дисгармонии. Неужели, подумал я, прекрасным может быть нечто, настолько лишенное красоты?

Будь я каким-нибудь обычным подростком, скромным и старательным, я, верно, не пал бы так быстро духом, а обвинил бы во всем несовершенность своего видения. Но я так страстно и так долго ждал этой встречи, что ощущение обиды и предательства заглушило все остальные чувства.

Я подумал: а уж не скрывает ли от меня Храм свой прекрасный облик, явившись мне иным, чем он есть на самом деле? Возможно, Прекрасное, дабы защитить себя, должно прятаться, обманывать человеческий взор? Нужно подобраться к Храму поближе, проникнуть за уродливую пелену, скрывающую его от моего взгляда, рассмотреть это чудо во всех деталях, добраться до самой сердцевины Прекрасного. Вполне естественный для меня ход мысли — ведь я верил лишь в ту красоту, которая доступна глазу. Отец подвел меня к Храму и с благоговением поднялся на открытую галерею нижнего яруса. Первое, что мне бросилось в глаза, — макет Золотого Храма под стеклянным колпаком. Вот макет мне понравился. Он гораздо больше походил на Золотой Храм моих фантазий. Да само то, что внутри большого Кинкакудзи находится еще один — точно такой же, но только миниатюрный, — навело меня на мысль о бесконечности, о малых мирах, заключенных внутри миров огромных. Я как бы увидел воплощение своей мечты: микроскопический — гораздо меньше этого макета, — но абсолютно прекрасный Золотой Храм; и еще один — бесконечно громадный, охватывающий всю Вселенную.

Но я недолго любовался макетом. Отец повел меня к знаменитой статуе сёгуна Ёсимицу, считающейся национальным сокровищем. Эта деревянная скульптура официально именовалась «Статуя Рокуонъиндэн Митиёси» — такое имя принял Ёсимицу после пострижения в монахи.

Ничего выдающегося я в ней не углядел — нелепый, потускневший от времени истукан. Потом мы с отцом поднялись на второй этаж, в «Грот Прибоя», потолок которого украшала картина «Танцы Небожителей», приписываемая кисти самого Масанобу Кано[1]. Но ни эта картина, ни жалкие остатки позолоты, еще сохранившиеся наверху, в покое «Вершина Прекрасного», ничуть меня не тронули.

Опершись на тонкие перила, я лениво глядел на раскинувшийся внизу пруд. В его глади, освещенной лучами заходящего солнца и оттого похожей на древнее медное зеркало, застыло отражение Храма. Предвечернее небо тоже было там, по ту сторону водорослей и тины. Оно выглядело совсем иначе, чем наше. То небо светилось прозрачным, неземным сиянием;

---

[1] *Масанобу Кано* (1434—1530) — художник, основатель школы Кано.

снизу, изнутри, оно поглощало весь мир, и Храм, подобно гигантскому золотому якорю, почерневшему от ржавчины, тонул в этой бездне...

Настоятель храма Досэн-Осё Таяма был давним приятелем моего отца. Целых три года они, тогда еще послушники секты Дзэн, жили бок о бок, деля радости и печали. Потом они поступили в семинарию при храме Сёкокудзи (тоже, между прочим, построенном сёгуном Ёсимицу) и, пройдя все необходимые ступени дзэнского обучения, получили священнический сан. Позднее, в хорошую минуту, святой отец Досэн рассказал мне, как они вдвоем, несмотря на суровость монашеских правил, по ночам перелезали через стену и бегали в город, в публичный дом.

Осмотрев Кинкакудзи, мы с отцом вернулись к главному зданию, и служка провел нас длинным коридором в кабинет настоятеля, выходивший окнами в знаменитую сосновую рощу.

Я, затянутый в свою гимназическую форму, сидел прямо, боясь пошевелиться, отец же расположился как у себя дома. Однако, хоть и вышли они с настоятелем из одной обители, доля им выпала разная. Отец был болен, жалок, с землистым цветом лица, зато преподобный Досэн напоминал румяный персик. На столе святого отца высилась груда посылок, журналов, книг, писем, присланных на адрес столь высокочтимого храма, — настоятель еще даже не успел их распечатать. Вот он взял толстыми пальцами ножницы и ловко раскрыл небольшую бандероль.

— Из Токио, — сказал он. — Конфет прислали. В наши времена таких не достать. В магазины они совсем не поступают — сразу в армию или по учреждениям.

Настоятель угостил нас чаем и какими-то европейскими сластями — раньше я таких не пробовал. Я все больше чувствовал себя не в своей тарелке, и крошки сыпались на мои черные форменные брюки.

Отец с настоятелем негодовали по поводу того, что военные и гражданские власти почитают только синтоистские храмы, а до буддийских им дела нет; спорили о том, как надо управлять храмом, и о многом другом.

Даже морщины на пухлом лице святого отца были аккуратными, словно чисто промытыми. Щеки круглые, только нос торчал, как сосулька застывшей смолы. Несмотря на добродушное лицо, обритый череп настоятеля придавал его облику суровость: казалось, в этой голой, мощной голове таится какая-то могучая, животная сила.

Отец и Досэн стали вспоминать годы своего послушничества, а я смотрел в окно, на сосну «Парусник». Огромное дерево действительно было похоже на корабль: его ветви низко стелились по земле, лишь с одной стороны вздымаясь вверх, подобно бушприту.

Из-за стены, ограждавшей рощу, доносились голоса, — видимо, группа посетителей направлялась к Золотому Храму. И голоса, и стук шагов словно таяли в вечернем весеннем небе, теряли резкость, доносились сюда как бы через мягкую пелену. Шаги затихали вдали, будто уносимые течением. «Так и человек — пройдет по земле и исчезнет», — подумал я. Взгляд мой не мог оторваться от венчавшего крышу Кинкакудзи феникса — так ярко высвечивали его последние солнечные лучи.

— Я тут хотел попросить тебя о сыне... — услышал я вдруг слова отца и обернулся. В этот самый миг в кабинете, окутанном полумраком, отец препоручал мое будущее преподобному Досэну. — Мне, похоже, недолго осталось... Ты уж позаботься о нем.

Досэн не стал тратить слов на пустые утешения.

— Хорошо, — сказал он. — Я о нем позабочусь.

Больше всего поразило меня то, что после этих слов оба приятеля как ни в чем не бывало принялись вспоминать, что говорили и делали перед смертью разные знаменитые монахи. Один в последний миг воскликнул: «О, до чего же не хочется умирать!» Другой, подобно Гёте, попросил: «Света, побольше света!» Третий перед концом тщательнейшим образом проверял счета и ведомости вверенного ему храма.

Нас с отцом угостили ужином, по древней дзэнской традиции именуемым «якусэки» — «спасительным камнем»[1], и оставили ночевать в храме. Но перед тем как лечь спать, я упросил отца сходить к Кинкакудзи еще раз, чтобы увидеть Храм в лунном свете.

Отец, возбужденный беседой с настоятелем, очень устал, но стоило мне произнести «Золотой Храм», и он безропотно пошел, опершись рукой на мое плечо и тяжело дыша.

Луна взошла из-за горы Фудо. Освещенный сзади, Золотой Храм высился темным силуэтом, ломаным и причудливым; лишь по фигурным оконцам Вершины Прекрасного скользили лунные блики. Третий ярус Храма просвечивался насквозь, и чудилось, будто там, внутри, и живет этот серебристый, мерцающий свет.

Из густой тени островка Асивара с резким криком взлетела ночная птица. Я чувствовал, как все

---

[1] В древности монахи секты Дзэн должны были поститься по вечерам и, спасаясь от голода и холода, клали на живот нагретый камень.

тяжелее давила мне на плечо отцовская рука. Взглянул на нее — и в лунном свете она показалась мне костлявой пятерней скелета.

* * *

Я вернулся в Ясуока, и вдруг Золотой Храм, так меня разочаровавший при встрече, стал вновь овладевать моей душой, принимая облик все более прекрасный. Взращенный моей фантазией, Храм преодолел испытание реальностью, чтобы сделать мечту еще пленительней.

Я больше не пытался связать поражающие мой взор пейзажи и явления с образом Кинкакудзи. Золотой Храм занял теперь прочное и определенное место в тайниках моей души. Я явственно видел каждую колонну, каждое оконце, скаты крыши, волшебную птицу. В моей памяти мельчайшая деталь отделки находила свое точное место в сложной конструкции Храма; стоило мне вспомнить один штрих, как весь облик Кинкакудзи вставал перед моим взором, — так одна-единственная музыкальная фраза заставляет услышать вновь всю знакомую мелодию.

И я впервые написал в письме отцу: «Вы были правы, говоря, что на земле нет ничего прекраснее Золотого Храма».

Оставив меня у дяди, отец сразу же вернулся в свой приход на заброшенный мыс.

Словно в ответ на мое письмо, пришла телеграмма от матери. У отца случился сильный приступ кровохарканья, и он скончался.

ГЛАВА ВТОРАЯ

Со смертью отца кончается мое отрочество. Но можно ли было назвать это отрочеством — меня самого поражало, насколько лишен я всех обычных человеческих чувств. Нет, «поражало», пожалуй, не то слово: поняв, что даже смерть отца не в состоянии вызвать у меня ни малейшей грусти, я впал в какое-то тупое оцепенение.

Когда я приехал, отец уже лежал в гробу. Ничего удивительного, ведь на то, чтобы добраться до мыса Нариу, у меня ушли целые сутки — сначала пешком до порта Утиура, потом морем. Стояли раскаленные от зноя дни, близился сезон дождей. По обычаю гроб должны были отнести в дальний, пустынный конец мыса и сжечь там, на самом берегу моря; ждали только меня.

Странное это событие — смерть деревенского священника. Есть в нем нечто поразительно обыденное. Ведь настоятель храма — своего рода духовный центр общины, сопровождать прихожан, переступающих черту жизни и смерти, входит в его обязанности, он как бы отвечает за всех умерших. И вот священник сам лежит мертвый в своем храме. И поневоле кажется, что на сей раз он чересчур серьезно отнесся к исполнению долга. Или того пуще, что священник пал жертвой ошибки: учил-учил людей, как надо умирать, решил продемонстрировать им это сам и вот чего-то не рассчитал — взял и действительно покинул сей мир.

Гроб стоял в храме как-то очень значительно, словно действие разыгрывалось по заранее написанному сценарию. Вокруг рыдали скорбящие: молодой послушник, прихожане, моя овдовевшая мать. Когда послушник, запинаясь, стал читать сутры, я не мог отделаться от ощущения, что отец из гроба подсказывает ему слова.

Лицо отца утопало в ранних летних цветах. Они были до того свежими и живыми, что становилось как-то не по себе. Казалось, цветы заглядывают в некий бездонный колодец, ибо мертвое лицо, сохраняя прежнюю оболочку, уходит куда-то вниз, на недосягаемую, безвозвратную глубину. Мертвое лицо недвусмысленно напоминает о том, насколько далека и недоступна материя. Я впервые увидел, как по мановению смерти дух обращается в материю; мне вдруг стало понятнее, отчего так равнодушен и недостижим окружающий меня материальный мир — все эти майские цветы, стулья, карандаши, эта школа, это солнце...

Мать и прихожане смотрели, как я прощаюсь с отцом. Но мой упрямый рассудок отказывался видеть в этой сцене аналогию с миром живущих, заключенную в слове «прощание»: вовсе я не прощался, я просто стоял и глядел на мертвое лицо своего отца.

Труп лежал, а я на него смотрел. В простом наблюдении сознание может и не участвовать, но дело даже не в сознании: меня поразило то, как в самом факте созерцания столь очевидно и жестоко проявляется право смотреть, присущее только живому. Так я, мальчик, никогда не певший во всю глотку, не носившийся с громким криком по улице, учился ощущать переполнявшую меня жизнь.

Всегда робкий и приниженный, на сей раз я стоял, гордо повернув к прихожанам спокойное и ясное лицо, без единой слезинки на глазах. Храм был построен на скале, возвышавшейся над морем. За спинами скорбящих, над простором Японского моря, клубились летние облака.

Послушник стал нараспев читать «Киган», последнюю из погребальных сутр, и я присоединился к нему. В храме было темно. В тусклом свете лампад поблескивали траурные флажки на колоннах, цветочный орнамент на изваяниях в святилище, курительницы и огромные вазы из позолоченной бронзы. То и дело по храму пробегал свежий ветер с моря, раздувая полы моей рясы. И все время, читая сутру, уголком глаза я ощущал нестерпимое сияние, исходившее от плывущих в летнем небе облаков.

Этот яркий свет озарял половину моего лица. Яркий, презрительный свет...

Когда похоронная процессия была уже в нескольких сотнях шагов от места кремации, вдруг хлынул дождь. К счастью, неподалеку оказался дом одного из прихожан, который позволил занести гроб с телом под навес. Однако ливень и не думал кончаться. Пришлось трогаться дальше. Процессия вооружилась зонтами и плащами, гроб прикрыли промасленной бумагой, — в общем, кое-как добрались до назначенного места. То была каменистая полоска берега к юго-востоку от селения, у самого основания мыса. С давних времен деревенские сжигали здесь тела своих усопших — дым отсюда не шел в сторону домов.

Волны в этом месте ярились с особенной силой. Трепещущие и разбухшие, они бились о берег, а по их рваной поверхности хлестали струи дождя — мрачный ливень словно пытался пронзить неспокойное море. Ветер же отшвыривал стену дождя на дикие скалы. Белые камни почернели, заляпанные темной влагой.

Мы вышли на берег через пробитый в скале туннель и прятались от дождя под его сводом, пока рабочие готовили погребальный костер.

Горизонта не было — лишь волны, мокрые черные скалы и струи дождя. Капли колотили по бумаге, прикрывавшей гроб, глянцево поблескивало полированное дерево.

Зажгли костер. Масла на похороны священника не пожалели, и огонь с треском побежал вверх по дровам, не обращая внимания на дождь. Густо повалил дым, и поднялось прозрачное, светлое пламя. Вот ветер отнес круглое облако дыма к скалам, и какое-то время под дождем трепетала лишь стройная пирамида огня.

Потом раздался оглушительный треск — то отлетела крышка гроба.

Я тайком кинул взгляд на мать. Она стояла неподвижно, вцепившись пальцами в четки. Лицо ее как-то странно затвердело и сжалось, — казалось, его можно прикрыть одной ладонью.

* * *

Согласно воле отца я отправился в Киото и стал жить при Золотом Храме. Настоятель принял меня в послушники. Он брал на себя плату за мое обучение и содержание, я же взамен должен был прислуживать ему и убирать территорию храма. Говоря языком мирским, я стал мальчиком-учеником.

Оказавшись в храме, я увидел, что там остались только старики да совсем зеленые юнцы — строгого отца надзирателя, ведавшего монашеским общежитием, забрали на воинскую службу. Здесь, на новом месте, мне многое нравилось. По крайней мере, я избавился от насмешек гимназистов — в храме все послушники были такими же сыновьями бонз, как и я... Теперь от окружающих меня отличало только мое заикание да, пожалуй, еще уродливая наружность.

Оставив гимназию, я, по рекомендации отца Досэна, был принят в школу при буддийской академии Риндзай; до начала осенних занятий оставалось почти целый месяц. Заранее было известно, что всех учащихся мобилизуют работать на военные заводы. Но пока у меня оставалось еще несколько недель летних каникул, чтобы освоиться в новой среде. Каникулы в конце войны... Неестественно тихие каникулы сорок четвертого года. Жизнь послушников Храма шла по строго установленному распорядку, но мне те летние дни вспоминаются как последний настоящий отдых в моей жизни. Я и сейчас ясно слышу стрекот летних цикад...

Когда после нескольких месяцев разлуки я вновь увидел Золотой Храм, он стоял, мирный и спокойный, в свете августовского дня. Воздух словно лип к моей только что обритой голове, и меня не оставляло странное, будоражащее чувство, будто мысли, что возникают в моем мозгу, соприкасаются с предметами и явлениями окружающего мира, отделенные от них лишь тонкой и чувствительной пленкой кожи. И когда я, подняв кверху лицо, смотрел на Золотой

Храм, он проникал в меня не только через глаза, но и через кожу головы. Точно так же впитывала моя голова жар дневного солнца и прохладу вечернего ветерка.

«Теперь я буду жить рядом с тобой, — шептал я, застывая посреди двора с метлой в руках. — Полюби меня, Золотой Храм, пусть не сразу. Открой мне свою тайну. Я уже почти вижу твою красоту, но все же пока она еще сокрыта от меня. Пусть подлинный Храм явится мне еще прекрасней, чем тот, что живет в моей душе. И еще, Храм, если и вправду на всем белом свете нет тебя прекрасней, скажи мне, почему ты так прекрасен, почему необходимо тебе быть столь прекрасным?»

В то роковое лето Золотой Храм сиял все ослепительней, словно питался мрачными известиями с фронтов. Еще в июне американцы высадились на острове Сайпан, а армии союзников рвались вперед по полям Нормандии. Количество посетителей резко сократилось, и храм Кинкакудзи, казалось, наслаждался уединением и покоем.

Война и смута, горы трупов и реки крови — все это и должно было питать красоту Храма. Ибо он сам был порождением смуты, и возводили его суровые и мрачные люди, служившие сёгуну. Сумбурная композиция здания, с ее очевидным любому искусствоведу нелепым смешением стилей, сама по себе была призвана в кристаллизованной форме передать царившие в мире хаос и смятение. Будь Кинкакудзи построен в едином архитектурном стиле, он дисгармонировал бы с царившей вокруг смутой и давно бы рухнул...

То и дело метла замирала в моих руках, и я зачарованно глядел на Золотой Храм — мне все не вери-

41

лось, что он передо мной. В ту ночь, когда я был тут вдвоем с отцом, Храм не произвел на меня подобного впечатления; теперь же я смотрел — и не мог представить: неужели все долгие месяцы и годы, что мне предстоит провести здесь, Храм всегда будет перед моим взором?

Когда я жил в Майдзуру, мне вовсе не казалось странным, что где-то там, в Киото, существует Кинкакудзи; но стоило мне поселиться рядом с Храмом, и он стал появляться, лишь когда я смотрел на него, а по ночам, которые я проводил в главном здании, Храм исчезал. Поэтому я несчетное количество раз на дню ходил смотреть на Кинкакудзи, чем немало веселил остальных послушников. Но сколько ни глядел я на Храм, привыкнуть к тому, что он рядом, не мог; на обратном пути мне все казалось — вот оглянусь я сейчас, а Храм, подобно Эвридике, сгинул навсегда.

Утреннее солнце припекало все сильнее. Покончив с подметанием двора, я по узкой тропинке стал карабкаться в гору, к храму Юкатэй. Он в этот ранний час был еще закрыт, и по дороге мне не встретилось ни души. Над Кинкакудзи с ужасающим ревом довольно низко пронеслась эскадрилья истребителей — наверное, с Майдзурской военно-воздушной базы.

За горой находился уединенный, заросший пруд Ясутамидзава. Посредине пруда был островок, на котором стояла каменная пятиярусная пагода, именуемая Сирахэбидзука — «Холм Белой Змеи». По утрам лес звенел здесь от щебетания птиц, хотя самих птиц никогда не было видно.

Берег пруда порос густой, высокой травой, этот зеленый луг был огорожен невысоким заборчиком. И там, на траве, лежал подросток в белой рубахе. Его бамбуковые грабли были небрежно прислонены к стволу росшего неподалеку клена. Подросток резко дернулся и словно прорвал этим своим движением мягкий, тягучий воздух летнего утра, но, увидев, что это всего лишь я, успокоился.

— А, это ты.

Мальчика звали Цурукава, мы познакомились с ним накануне вечером. Его отец служил настоятелем одного богатого храма, расположенного неподалеку от Токио. Семья платила за обучение Цурукавы, высылала ему вдоволь и продуктов, и денег на карманные расходы, а здесь, в храме Рокуондзи, он просто жил при нашем настоятеле, дабы испробовать послушнического житья. На летние каникулы Цурукава уезжал к родителям, но на этот раз вернулся в Киото раньше обычного. Говорил он чисто и правильно, как настоящий токиец, и его легкая, жизнерадостная болтовня еще накануне совсем меня подавила. Осенью мы должны были пойти в один и тот же класс.

«А, это ты», — небрежно кинул мне Цурукава, и я сразу лишился дара речи. Он же, видимо, решил, что я молчаливо осуждаю его за леность.

— Да ладно, — улыбнулся он. — Не стоит слишком усердствовать с уборкой. Все равно придут посетители, снова натопчут. Да и мало их нынче, посетителей-то.

Я тихонько рассмеялся. Этот смешок, вырывающийся у меня иногда совершенно непроизвольно, имеет, как я заметил, свойство располагать ко мне

43

людей. Неужели даже впечатление, производимое мною на других, никак не зависит от моей воли?

Я перелез через изгородь и сел рядом с Цурукавой. Руки его были закинуты за голову, и я заметил, что, хотя внешняя их сторона загорела на солнце, внутренняя оставалась совсем белой — под кожей голубели вены. По траве были разбросаны светлозеленые пятна солнечного света, просеянного сквозь листву деревьев. Инстинктивно я почувствовал, что этот мальчик не может любить Золотой Храм так, как люблю его я. Ведь мое преклонение перед Храмом зиждилось лишь на осознании своего уродства.

— Я слышал, у тебя отец умер.

Я кивнул.

Цурукава поспешно отвел глаза и, даже не пытаясь скрыть мальчишеского любопытства, сказал:

— Я знаю, почему ты так любишь Золотой Храм. Глядя на него, ты вспоминаешь отца, верно? Он, наверное, очень почитал Кинкакудзи. Так или нет?

Я испытывал удовлетворение, чувствуя, что ни один мускул не дрогнул на моем бесстрастном лице от предположения Цурукавы, верного не более чем наполовину. Судя по всему, этот подросток имел склонность коллекционировать людские эмоции, как другие мальчишки собирают жуков или бабочек. Тщательно собранные и отсортированные эмоции хранились в голове Цурукавы, каждая на своем месте, в отведенных им аккуратных ячейках, и иногда он, видимо, любил доставать свои сокровища и оценивать их практическую стоимость.

— Ты, наверное, сильно убивался, когда отец умер. Вот почему у тебя вид такой нелюдимый — я сразу понял, как только увидел тебя в первый раз.

44

Прогнозы Цурукавы ни в коей степени меня не задели, наоборот, услышав о том, что у меня нелюдимый вид, я даже почувствовал себя увереннее и свободнее, и слова легко слетели с моих губ:

— Ничего я не убивался.

Цурукава уставился на меня, хлопая длиннющими — как они только смотреть ему не мешали — ресницами.

— Так ты... Так ты ненавидел своего отца? Во всяком случае, не любил, да?

— И вовсе нет.

— Почему же ты по нему тогда не горевал?

— Не горевал, и все.

— Не понимаю...

Столкнувшись со столь сложной проблемой, Цурукава даже приподнялся с травы.

— Значит, в твоей жизни стряслось что-нибудь еще более ужасное.

— Не знаю. Может быть, — ответил я и подумал: отчего мне так нравится заронять сомнение в душу другого? Для меня все было совершенно очевидно: мои чувства тоже страдают заиканием, они всегда запаздывают. Поэтому событие — смерть отца и чувство — скорбь существуют для меня отдельно и независимо друг от друга. Небольшой сдвиг во времени, незначительная задержка нарушают во мне связь между явлением и эмоцией, и это несоответствие является для меня наиболее естественным состоянием. Если я скорблю, то скорбь моя не вызвана каким-либо конкретным поводом, она приходит ко мне самопроизвольно и беспричинно...

Я не смог всего этого объяснить своему новому приятелю. И в конце концов Цурукава засмеялся:

— Чудной ты парень, ей-богу.

Его живот под белой рубашкой сотрясался от смеха. Глядя на солнечные пятна, движущиеся по этой рубашке, я вдруг почувствовал себя счастливым. Жизнь моя так же измята и морщиниста, как эта белая ткань. Но ткань сияет на солнце, несмотря на морщины! Может быть, и я?..

Жизнь в храме секты Дзэн шла согласно давно установленным канонам, обособленно от внешнего мира. Летом послушники должны были вставать не позже пяти утра. Подъем назывался «открытие закона». Едва проснувшись, мы приступали к «утреннему уроку» — чтению сутр. Эта служба называлась «тройной», сутры полагалось читать трижды. Потом мы занимались уборкой главного здания храма, протирали тряпками полы. Затем следовал завтрак — «утренняя каша», — перед которым тоже предписывалось прочесть особую сутру. После еды мы подстригали газоны, убирали двор храма, кололи дрова и выполняли всякие прочие «наказы». Когда же начнется учебный год, я в это время буду в школе. После учебы — «спасительный камень», а потом изучение священных текстов с отцом настоятелем. В девять часов вечера — «открытие подушки», то есть отбой.

Так проходили мои дни, и каждое утро я пробуждался от сна под звон колокольчика, в который звонил отец эконом.

При Золотом Храме, точнее, при храме Рокуондзи должно было состоять около дюжины служителей, но после мобилизации в армию и на трудовой фронт их ряды поредели. Кроме семидесятилетнего экскурсовода (он же кассир и контролер), шестидесятилетней кухарки, отца эконома с помощником и трех юных послушников, в храме никого не осталось. Старики еле ноги передвигали, а мы, послушники, были, по сути дела, еще детьми. Отец эконом занимался всеми хозяйственными и денежными вопросами и едва управлялся с возложенными на него обязанностями.

Через несколько дней после моего появления в храме мне было поручено носить газеты в кабинет настоятеля (нам полагалось называть его Учитель). Почту приносили, когда мы уже заканчивали «утренний урок» и уборку. Нелегко было горстке подростков содержать в чистоте полы в здании, где одних только комнат и залов насчитывалось не менее тридцати. Я брал в передней газеты, шел коридором сначала мимо Зала Посланцев, потом в обход Зала Гостей проходил по галерее в Большую библиотеку, где находился кабинет настоятеля. Коридоры мы мыли, окатывая пол целыми ведрами воды, поэтому, когда я нес газеты отцу Досэну, повсюду еще стояли лужи, вспыхивавшие в лучах утреннего солнца, и мои ноги промокали до самых щиколоток. Летом это было даже приятно. Я опускался на колени перед входом в кабинет Учителя и подавал голос:

— Разрешите войти?

— Угу, — хмыкал в ответ святой отец, и тут я должен был, прежде чем вступить в кабинет, быстро вытереть мокрые ноги полой своей рясы — этому научили меня мои более опытные товарищи. Спеша по длинным коридорам, я украдкой проглядывал заголовки газетных полос, пахнувших свежей типографской краской и внешним миром. Так мне попалась на глаза статья, озаглавленная: «Будут ли бомбить императорскую столицу?»

До сих пор, как это ни странно, мне ни разу не приходило в голову, что Золотой Храм может подвергнуться бомбежке. С падением Сайпана налеты вражеских самолетов на Японию стали неизбежны, и власти уже начали спешно эвакуировать часть населения Киото, однако в моем сознании почти вечный Храм и огненный вихрь бомбежек никак не связывались воедино. Я был уверен, что стоит нетленному Храму и прозаическому пламени встретиться, как они тут же поймут, сколь различна их природа, и вернутся каждый в свое измерение...

Так неужели Кинкакудзи может погибнуть в огне? Если события будут развиваться в том же духе и дальше, ответил я себе, *Храм неизбежно обратится в пепел.*

С возникновением этой уверенности трагическая красота Золотого Храма стала в моих глазах еще неотразимей.

Помню последний день того лета, назавтра должны были начаться занятия в школе. Отец настоятель, прихватив с собой помощника эконома, отправился на какую-то поминальную службу. Цурукава позвал меня в кино, но мне что-то не хотелось, и он тогда тоже передумал — это было очень на него похоже.

У нас имелось несколько часов свободного времени, и мы, надев защитного цвета штаны, ботинки с обмотками и школьные форменные фуражки, отправились на прогулку. На территории храма не было ни души, солнце палило нещадно.

— Куда пойдем? — спросил Цурукава.

Я ответил, что прежде всего хочу взглянуть на Золотой Храм, — сегодня последний раз мы имеем возможность увидеть его в это время дня, да и вообще скоро нас ушлют отбывать трудовую повинность, и, может статься, Храм в наше отсутствие разбомбят. Пока я, страшно заикаясь, бормотал свои невразумительные объяснения, Цурукава разглядывал меня удивленно и нетерпеливо.

Когда я наконец замолчал, по моему лицу градом лил пот, словно я признался в чем-то постыдном. Цурукава был единственным, кому я сам открыл свою страстную привязанность к Храму. Но в лице моего товарища не читалось ничего, кроме обычной досады, испытываемой человеком, когда он пытается разобраться в бессвязном лепете заики.

Меня всегда окружали такие лица. Я мог открывать человеку величайшую тайну, делиться с ним восторгом, который рождает в моей душе Прекрасное, выворачивать всю свою душу наизнанку, а на меня глядело все то же самое лицо. Обычно один человек не смотрит с таким выражением на другого. В этом лице с предельной достоверностью копируется та смехотворная натуга, с которой выходят из меня слова; по сути дела, это мое собственное отражение в зеркале. Каким бы красавцем ни был мой собеседник, в такую минуту его лицо делается столь же безобразным, как мое. И стоит мне увидеть перед собой эту знакомую маску, как сразу все то важное, что я стремлюсь выразить, превращается в никому не нужный мусор...

Пространство, отделявшее меня от Цурукавы, было залито солнцем. Мой приятель ждал, пока я закончу говорить, его юная кожа блестела от жира, каждая ресничка пылала золотым огнем, ноздри раздувались, вдыхая знойный воздух.

Я замолчал. И тут же в душе всколыхнулась ярость. За все время нашего знакомства Цурукава ни разу не посмеялся над моим заиканием.

— Почему?.. — потребовал я у него ответа. Ведь я уже говорил, что насмешки и презрение нравятся мне куда больше, чем сочувствие.

Лицо Цурукавы озарилось невыразимо-нежной улыбкой. И он сказал:

— Знаешь, я не из тех, кто обращает на такие вещи внимание.

Я был сражен. Мне, выросшему в окружении грубых деревенских мальчишек, была неведома подобная душевная чуткость. Доброта Цурукавы открыла мне, что, даже лишенный заикания, я все равно останусь самим собой. Я ощутил себя обнаженным, беззащитным, и неизъяснимое наслаждение переполнило мою душу. Длинные ресницы, обрамлявшие глаза моего приятеля, отфильтровывали заикание и принимали меня таким, каков я был. А ведь до сих пор мной владело странное убеждение, будто человек, игнорирующий мое заикание, тем самым отвергает все мое существо.

Я испытал чувство гармонии и счастья. Разве удивительно, что я надолго запомнил Золотой Храм таким, каким видел его в тот день? Мы прошли мимо дремлющего на своем посту старика-контролера и торопливо зашагали вдоль ограды, по безлюдной дорожке, к Храму.

...Я помню, все помню до мельчайших деталей. На берегу Зеркального пруда плечом к плечу стояли два подростка в белых рубахах. А прямо перед ними высился Кинкакудзи, и не было между мальчиками и Храмом никакой преграды.

Последнее лето, последние каникулы, самый последний день... Наша юность стояла на роковом пороге. И Золотой Храм, как и мы, был на том же пороге, поэтому он смотрел нам в глаза и говорил с нами. Ожидание грядущих бомбежек сблизило его с людьми.

Приглушенное сияние позднего лета заливало золотом крышу Вершины Прекрасного, свет падал вниз отвесными лучами, наполняя покои Храма ночным мраком. Прежде нетленность вечного сооружения подавляла и отбрасывала меня, теперь же мы сравнялись, ибо нас ждала одна участь — сгореть в пламени зажигательных бомб. И кто знает, возможно, Храму суждено было погибнуть еще раньше, чем мне. Выходило, что Кинкакудзи жил со мной одной жизнью.

Нас окружали поросшие красными соснами горы, чьи склоны звенели от стрекота цикад. Казалось, будто бесчисленные толпы монахов гнусавят «Молитву о преодолении напастей»: «Гя-гя. Гяки́-гяки́. Ун-нун. Сифура́-сифура́. Хараси́фура-хараси́фура...»

Скоро это чудо красоты обратится в пепел, подумал я. И тогда образ Храма, живший в моем сердце, наложился на реальный Храм, подобно тому как копия картины, сделанная на прозрачном шелке, накладывается на оригинал. Совпали все черты, все детали: и крыша, и плывущий над озером Рыбачий павильон, и перильца Грота Прибоя, и полукруглые оконца Вершины Прекрасного. Золотой Храм перестал быть неподвижной архитектурной конструкцией, он превратился в своего рода символ — символ эфемерности реального мира. И тем самым настоящий Храм стал не менее прекрасен, чем Храм, живший в моей душе.

Завтра с неба может пасть огонь и обратить эти стройные колонны, эти грациозные изгибы крыши в прах, и я никогда больше их не увижу. Но пока Храм, незыблемый и спокойный, стоял передо мной во всей своей красе, пылая в солнечных лучах, словно в языках пламени.

Над горами плыли величественные облака — точно такие же видел я краешком глаза над морем, когда отпевали отца. Наполненные угрюмым сиянием, они взирали свысока на затейливое сооружение. В лучах безжалостного этого света Золотой Храм выглядел строже; тая внутри мрак и холод, он словно отвергал своим загадочным силуэтом блеск и сверкание окружающего мира. А парящий над крышей феникс крепче вцепился острыми когтями в пьедестал, твердо решив устоять перед натиском солнца.

Цурукаве прискучило ждать, пока я вдоволь насмотрюсь на Кинкакудзи, он подобрал с земли камешек и, ловко, словно бейсбольный питчер, размахнувшись, кинул его в воду — точно в центр отраженного в пруду Храма.

По заросшей тиной глади побежали бесчисленные круги, и прекрасное, причудливое здание рассыпалось на мелкие кусочки.

С того дня до окончания войны прошел год; за это время я еще больше сблизился с Золотым Храмом, не находя себе места от страха за него и все одержимее влюбляясь в его красоту. То было время, когда мне удалось опустить Храм с недосягаемой высоты до моего уровня, и, веря в это, я мог любить его безо всякой горечи и страха. Тогда Кинкакудзи еще не околдовал меня своими злыми чарами, не напоил своим ядом.

Мне придавало сил сознание, что мы с ним подвергаемся одной общей опасности. Я нашел посредника, способного связать меня с Храмом. Теперь между мной и Прекрасным, доселе отвергавшим и игнорировавшим мое существование, протянулся мост.

Я буквально пьянел от одной мысли, что единый пламень может уничтожить нас обоих. Общность ниспосланного на нас проклятия, общность трагической, огненной судьбы давала мне возможность жить с Храмом в одном измерении. Пусть мое тело уродливо и хрупко, но оно из того же воспламенимого углерода, что и твердая плоть Золотого Храма. Иногда мне даже казалось, что я смог бы бежать отсюда, унося Храм в себе, спрятав его в собственном теле, — так бегущий от преследователей вор глотает украденный им драгоценный камень.

Весь тот год я не учил сутр, не читал книг — изо дня в день, с раннего утра до позднего вечера, мы должны были закалять дух и тело, занимаясь военной подготовкой, работая на заводе, помогая эвакуировать город. Мечтательность натуры, присущая мне с детства, усилилась еще больше — ведь благодаря войне обычная человеческая жизнь отодвинулась от меня так далеко. Для нас, подростков, война была чем-то фантастическим, пугающим, абсолютно лишенным реальности и смысла, словно жизнь в некоем закрытом от всего мира изоляторе.

Когда в ноябре сорок четвертого американские Б-29 начали бомбить Токио, мы в Киото тоже со дня на день ожидали налета. Это стало моей тайной мечтой — увидеть, как полыхает весь город, охваченный пожаром. Киото слишком долго хранил в неприкосновенности древние свои сокровища, все эти бесчисленные храмы и святилища забыли об огне и пепле, некогда являвшихся частью их бытия. Вспоминая, как мятеж Онин[1] сровнял город с землей, я думал: зря Киото столько веков избегал пожаров войны, тем самым он утратил долю своей неповторимой красоты.

Быть может, Кинкакудзи сгорит дотла уже завтра. Исчезнет навсегда этот гордый силуэт, заполняющий собой весь мир... И тогда замершая над Храмом птица, подобно истинному фениксу, возродится в пламени и взметнется в небеса. Сам же Храм, навек избавившись от тенет формы, легко снимется с якоря и будет, окутанный призрачным сиянием, невесомо скользить по глади прудов и черным просторам морей...

Как ждал я этого часа — но Киото так ни разу и не бомбили. В марте сорок пятого мы узнали, что выгорел весь центр Токио, но беда была где-то там, далеко, а над Киото голубело прозрачное весеннее небо.

Борясь с отчаянием, я все ждал и ждал, пытался убедить себя, что в этом ясном небе таятся огонь и разрушение; их просто не видно, как не видно предметов, находящихся за зеркальным стеклом. Я уже говорил прежде, что мне мало свойственны тривиальные человеческие чувства. На меня почти никакого впечатления не произвели ни смерть отца, ни та нищета, в которую впала моя мать. Я был всецело поглощен мечтами о гигантском небесном прессе, который с одинаковой мощью раздавит живое и неживое, уродливое и прекрасное, обрушит на город невообразимые ужасы, несчастья и трагедии. Временами нестерпимое сияние весеннего неба представлялось

---

[1] 1467–1477 гг.

мне сверканием лезвия огромного топора, занесенного над землей. И я не мог дождаться, пока этот топор опустится — с такой стремительной быстротой, что ни о чем и подумать не успеешь.

Мне и сейчас это кажется странным. Ведь по природе своей я не был склонен к горьким помыслам. Меня волновал, не давая покоя, только один вопрос: что есть Прекрасное? Я не думаю, что в том мрачном направлении, которое приняли мои мысли, повинна война. Видимо, это неизбежно: человек, думающий только о Прекрасном, не может не погрузиться в бездну горчайших раздумий. Так уж, очевидно, устроен человек.

Я вспоминаю некое происшествие, свидетелем которого я стал в Киото незадолго до конца войны. Происшествие это настолько невероятно, что в него трудно поверить. Но я был не один — Цурукава тоже все видел.

В один из дней — помню, тогда еще отключили электричество — мы вдвоем отправились в храм Нандзэндзи, где прежде нам бывать не доводилось. По дороге нам взбрело в голову пересечь широкую улицу и подняться на деревянный мостик, который вел к лодочной станции.

Стоял ясный майский день. Станция давно не работала, рельсы скатов, по которым когда-то спускали на воду лодки, проржавели и заросли травой. Какие-то белые крестообразные цветы покачивались на ветру. Рельсы уходили в мутную, грязную воду, в которой застыло отражение росших на берегу вишневых деревьев.

Мы стояли, облокотившись на перила мостика, и рассеянно глядели на воду. Среди всех воспоминаний военной поры в памяти почему-то остались такие вот бездумные мгновения. Многое забылось, а редкие минуты отдыха запомнились — так бросаются в глаза синие просветы в затянутом тучами небе. Даже странно, что память столь бережно хранит подобную мелочь, словно миг наивысшего счастья.

— Хорошо тут, правда? — вздохнул я, отрешенно улыбнувшись.

— Ага, — улыбнулся в ответ Цурукава и посмотрел на меня.

Мы оба очень остро чувствовали, что эти несколько часов принадлежат нам, и только нам.

Вдоль широкой, посыпанной гравием дорожки тянулся ров с чистой, прозрачной водой, в которой плавали красивые водяные цветы. Вскоре мы вышли к знаменитому храму Нандзэндзи.

Вблизи не было ни души. Среди свежей зелени листвы черепица крыши казалась сверкающей обложкой огромной серебристой книги, раскрытой над храмом. Какое отношение ко всему этому могла иметь война? Бывают места, где в иную минуту кажется, что война — не более чем нелепое состояние духа, существующее лишь в человеческом воображении.

Говорят, знаменитый разбойник древности Гоэмон Исикава частенько любовался с высоты красотой цветущей природы, — наверное, он сидел здесь, на крыше храма, закинув ноги на парапет. Нами овладело ребячливое настроение, и мы решили последовать примеру Гоэмона, хотя сакура уже успела отцвести. Заплатив за вход какие-то гроши, мы стали карабкаться по деревянной лестнице, крутой и почерневшей от времени. Наверху Цурукава стукнулся головой о низкий потолок. Я засмеялся — и тут же ударился сам. Лестница сделала еще один поворот, и мы оказались на крыше.

Как это было чудесно — из тесной дыры лестницы вдруг оказаться среди бескрайнего простора. Нашему взору открылся вид на вишневые и сосновые рощи, на крыши домов, на притаившийся за деревьями храм Хэйан, на окружавшие Киото горы — Арасияма, Китаноката, Кибунэ, Миноура, Компира. Насладившись пейзажем, мы сняли обувь и благоговейно, как и подобало послушникам, вошли внутрь храма. В центре темного зала, пол которого был устлан двадцатью четырьмя татами[1], возвышалось изваяние Шакья-Муни[2], поблескивали в полумраке золоченые глаза статуи шестнадцати арханов. Зал этот именовался Гохоро — «Башня Пяти Фениксов».

Храм Нандзэндзи принадлежал к тому же направлению Риндзай секты Дзэн, что и наш Кинкакудзи, но мы относились к школе Сококудзи, а здесь находился оплот школы Нандзэндзи, то есть мы оказались на территории, принадлежавшей неполным нашим единоверцам. Но мы с Цурукавой не стали ломать над этим голову, а просто, как обычные гимназисты, принялись с путеводителем в руках разглядывать яркую роспись потолка, принадлежавшую, по преданию, кисти Моринобу Таню, мастера школы Кано, и Токуэцу Хогэн, мастера школы Тоса. С одной стороны были изображены летающие ангелы с флейтами и бива[3] в руках. Чуть поодаль порхала с белоснежным пионом в клюве сладкоголосая обитатель-

---

[1] Соломенный мат стандартного размера.
[2] Буддийский святой, достигший высшей степени совершенства.
[3] Четырехструнный музыкальный инструмент.

ница далекой горы Сэссэн — Калавинка, с торсом полногрудой девушки и ногами птицы. А в самой середине потолка красовался феникс, собрат того, что парил над Золотым Храмом, но как же мало походила эта расцвеченная всеми цветами радуги птица на своего строгого золотистого соплеменника!

Перед статуей Шакья-Муни мы опустились на колени, молитвенно сложив ладони. Потом вышли из зала, но спускаться вниз не хотелось, и мы еще постояли возле лестницы, опираясь на южную балюстраду крыши.

У меня перед глазами словно кружилось подобие некоего разноцветного вихря — наверное, из-за пестрых красок, которыми был расцвечен потолок в храме. Ощущение густоты и богатства цвета было таким, словно где-то внизу, в зеленой листве, пряталась сказочная Калавинка, озаряя все вокруг сиянием своих великолепных крыльев.

Но нет, я ошибался. Прямо над нами, отделенный лишь узкой дорожкой, стоял храм Тэндзю. По незатейливому саду меж невысоких безмятежных деревцов петляла тропинка, обозначенная цепочкой квадратных каменных плит, которые едва касались углами одна другой; тропинка вела к веранде с широко раздвинутыми сёдзи[1]. Комната просматривалась насквозь — были видны даже двойные полочки в токонома[2]. Пол устилали яркие ковры, — судя по всему, помещение сдавалось внаем для проведения чайных церемоний. В комнате сидела молодая женщина, она-то и привлекла мой взор. Еще бы, разве можно было увидеть в военные годы такое роскошное кимоно!

---

[1] Раздвижные перегородки в японском доме.
[2] Стенная ниша с приподнятым полом.

Любую женщину, позволившую себе выйти на улицу в столь неуместном одеянии, прохожие застыдили бы за отсутствие патриотизма и заставили бы пойти домой переодеться.

Кимоно было воистину ослепительно. Я не мог разглядеть мелких деталей, но хорошо видел цветы, то ли нарисованные, то ли вытканные на бледно-голубой ткани, и пунцовый пояс, прошитый золотой ниткой; казалось, женщина окружена сиянием. Она сидела в такой изящной позе, и ее белый профиль был настолько неподвижным, словно точеным, что я поначалу усомнился, да живая ли она. Отчаянно заикаясь, я спросил:

— Слушай, она настоящая?!

— Ага. Прямо как кукла, правда? — ответил Цурукава, наваливаясь грудью на перила и не сводя с женщины глаз.

В этот миг в комнату откуда-то сбоку вошел молодой офицер. Он церемонно уселся на пол в нескольких шагах перед женщиной, и некоторое время оба не двигались.

Потом женщина встала и бесшумно исчезла в темноте коридора. Некоторое время спустя она вернулась с чайной чашкой в руках, длинные рукава ее кимоно слегка колыхались, колеблемые ветерком. Женщина предложила чашку офицеру. Потом, согласно ритуалу, села на прежнее место. Мужчина что-то произнес. Чай он даже не пригубил. Время странным образом словно остановилось, и непонятное напряжение охватило меня. Женщина низко склонила голову.

Тут и произошло то самое невероятное. Женщина медленно, не меняя позы, раскрыла ворот кимоно. Мне показалось, что я слышу, как шуршит шелк, вытягиваемый из-под тугого пояса. Обнажились белые груди — я судорожно вздохнул. Женщина обхватила одну из своих грудей пальцами. Тогда офицер опустился перед ней на колени и протянул вперед чашку — темного, густого цвета. Женщина слегка сжала грудь обеими руками.

Нет, я, конечно, не мог всего видеть, но мне отчетливо представилось, как в пенистый напиток брызнуло горячее молоко, как растворялись в зеленоватой жидкости белые капли, как замутилась и забурлила мирная поверхность чая.

Мужчина поднял чашку и выпил этот странный чай до дна. Женщина спрятала свою белую грудь в кимоно.

Остолбенев, наблюдали мы с Цурукавой эту сцену. Позднее, пытаясь найти увиденному какое-то объяснение, мы решили, что нам довелось быть свидетелями прощания отъезжающего на фронт офицера с женщиной, родившей от него ребенка. Однако в тот миг рассудок отказался бы принять любое логическое рассуждение. Потрясенный, я даже не сразу заметил, что комната опустела, — лишь пестрели ярким пятном ковры на полу.

Перед моими глазами все стояли точеный профиль и несравненная белая грудь. После того как женщина исчезла, весь остаток дня, и назавтра, и послезавтра мне не давала покоя одна мысль: несомненно, то явилась мне возрожденная к жизни Уико.

ГЛАВА ТРЕТЬЯ

Исполнился год со дня смерти отца, и моей матери пришла в голову странная идея. Поскольку я отбывал трудовую повинность и не мог навестить родительский дом, она решила сама приехать в Киото и привезти с собой табличку с посмертным именем отца, чтобы преподобный Досэн Таяма в память об умершем друге почитал над ней сутры — пусть хоть несколько минут. Денег заплатить за поминальную службу у матери, конечно, не было, и она изложила свою просьбу в письме к настоятелю, всецело уповая на его великодушие. Святой отец дал согласие и известил меня о своем решении.

Новость не доставила мне особой радости. Я не случайно до сих пор избегал рассказывать о матери, мне не хотелось касаться этой темы.

Я ни словом не упрекнул мать после той памятной ночи. Ни единым взглядом. Может быть, ей так и осталось невдомек, что я все видел. Но в сердце своем я ее не простил.

Это случилось во время моих первых каникул, когда, отучившись год в гимназии, я вернулся на лето в отчий дом. У нас тогда гостил дальний родственник матери, некий Кураи, который приехал в Нариу из Осаки, потерпев крах в каких-то коммерческих делах. Его жена, происходившая из богатой семьи, отказалась пустить незадачливого мужа в дом, и пришлось ему, пока улягутся страсти, попросить убежища под кровом моего отца.

У нас в храме имелась одна-единственная москитная сетка, и все мы — отец, мать и я — вынуждены были спать вместе (как только не заразились мы от отца туберкулезом, не знаю), а тут еще под сеткой стал ночевать и Кураи. Помню, как в ту ночь пронзительно трещали цикады во дворе. Они-то меня, наверное, и разбудили. Раскатисто шумел прибой, полог светло-зеленой москитной сетки слегка колыхался на ветру. Однако было в этом шевелении нечто необычное.

Сетку раздувало легким бризом, потом она, словно фильтруя поток воздуха, опускалась. Таким образом, ее складки не передавали колебаний ветра; наоборот, казалось, что сетка лишает бриз силы, останавливает его. Слышался тихий шелест, будто шумели листья бамбука, — это края сетки скользили по татами. Но движение их явно не совпадало с дуновениями ветра. Сетка колыхалась совсем иначе, шла мелкими волнами; грубая ткань судорожно дергалась, и казалось, что это неспокойная поверхность озера. То ли гладь рассек форштевень далекого судна, то ли это был след за кормой...

Я боязливо перевел взгляд к источнику движения. Вгляделся в темноту — и невидимые иглы впились в мои широко раскрытые глаза.

Я лежал рядом с отцом и, очевидно ворочаясь во сне, совсем задвинул его в угол. Поэтому между мной и тем, что я увидел, белела пустая, измятая простыня, а в затылок мне дышал свернувшийся калачиком отец.

Я вдруг понял, что он тоже не спит, — слишком неровным было это дыхание, отец пытался подавить приступ кашля. И тут мои глаза — а было мне в ту пору всего тринадцать лет — закрыло что-то большое и теплое. И я ослеп. То протянулись сзади ладони отца и легли мне на лицо.

Я и сейчас явственно ощущаю прикосновение отцовских рук. Какими невероятно огромными были эти ладони. Они возникли откуда-то сзади и прикрыли мои глаза, смотревшие в самый ад. Руки из другого мира. Не знаю, что это было — любовь, сострадание или стыд, но ладони в один миг уничтожили зрелище открывшегося мне кошмарного мира и похоронили его во тьме. Спрятанный за этой преградой, я слегка кивнул головой. Отец сразу понял по этому движению, что я исполню его волю, и убрал руки. И, послушный приказу отцовских ладоней, я всю бессонную ночь, до самого утра, пока в комнату не проник снаружи яркий солнечный свет, пролежал с крепко зажмуренными глазами.

Помните — несколько лет спустя, стоя над гробом отца, я так был поглощен *созерцанием* его мертвого лица, что не уронил ни единой слезинки? Со смертью отца гнет тех ладоней отпустил меня, и я, глядя на угасшие черты, уверялся в том, что я-то жив, помните? Я не упустил случая сполна отомстить отцовским рукам — тому, что еще зовут любовью, — но матери я никогда отомстить не пытался, хотя и простить ей ту ночь тоже не мог...

Мать должна была приехать в Киото за день до годовщины и провести ночь накануне в храме. Отец настоятель написал в школу записку, что один день меня не будет. В тот вечер, когда должна была приехать мать, я возвращался с завода в храм Рокуондзи с тяжелым сердцем.

Бесхитростный и открытый Цурукава радовался за меня, что после долгой разлуки я наконец увижусь с матерью; остальным послушникам просто было любопытно на нее посмотреть. У меня же она — жалкая, бедно одетая — не вызывала ничего, кроме отвращения. Но как я мог объяснить добросердечному Цурукаве, что не желаю встречаться с собственной матерью? Едва закончился рабочий день, как он схватил меня за руку и взволнованно крикнул:

— Ну, бежим скорей!

Впрочем, нельзя сказать, чтобы мне совсем не хотелось взглянуть на мать. Пожалуй, я все-таки по ней соскучился. Просто мне были неприятны те излияния нежных чувств, без которых не умеют обходиться родители, вот я и искал оправдание своей бесчувственности. Таков уж мой дурной характер. Ничего еще, если я пытался обосновать свои подлинные чувства, но иногда случалось, что придуманные мной самим причины мне же и навязывали совершенно неожиданные эмоции, чуждые моей натуре изначально.

Из всех моих чувств только ненависть была неподдельной, ибо кто заслуживал ненависти более меня самого?

— Зачем бежать? — ответил я. — Устанем только. Давай пойдем не спеша.

— А, понял. Ты хочешь, чтобы мама увидела, как ты устаешь на работе, и пожалела тебя.

О, вечно ошибающийся интерпретатор моих побуждений! Но он вовсе не раздражал меня, более того, он стал мне необходим. Цурукава был моим незаменимым другом, благосклонным толмачом, переводившим мои мысли на язык окружающего мира.

Да-да, временами Цурукава представлялся мне алхимиком, способным превратить свинец в чистое золото. Если я был негативом жизни, он был ее позитивом. Сколько раз с восхищением я наблюдал, как мои грязные, замутненные чувства, пройдя сквозь фильтр его души, выходили наружу чистыми и сияющими! Пока я пыхтел и заикался, он брал мои мысли, выворачивал их наизнанку и являл в таком виде миру. Благодаря поразительному этому превращению я постиг одну вещь: нет различия меж чувством наиблагороднейшим и наиподлейшим, эффект их один и тот же, и даже желание убить неотличимо от глубочайшего сострадания. Цурукава не поверил бы, даже если б я сумел ему все растолковать, но мне эта мысль явилась пугающим откровением. С помощью Цурукавы я перестал бояться лицемерия — оно теперь представлялось мне грехом незначительным.

В Киото я так ни разу и не попал под бомбежку, но однажды, когда меня отправили с накладными на какие-то авиадетали в Осаку, на наш центральный завод, я угодил под воздушный налет и видел, как несут на носилках рабочего с развороченным осколками животом.

Почему вид обнаженных человеческих внутренностей считается таким уж ужасным? Почему, увидев изнанку нашего тела, мы в ужасе закрываем глаза? Почему человека потрясает зрелище льющейся крови? Чем это так отвратительно внутреннее наше устройство? Разве не одной оно природы с глянцевой юной кожей?.. Интересно, какую рожу скорчил бы Цурукава, скажи я ему, что это он научил меня образу мыслей, позволяющему сводить мое уродство к нулю? Что же бесчеловечного в уподоблении нашего тела розе, которая одинаково прекрасна как снаружи, так и изнутри? Представляете, если бы люди могли вывернуть свои души и тела наизнанку — грациозно, словно переворачивая лепесток розы, — и подставить их сиянию солнца и дыханию майского ветерка...

Мать уже приехала и беседовала с отцом настоятелем у него в кабинете. Мы с Цурукавой опустились на колени за дверью, в коридоре, освещенном сиянием раннего лета, и подали голос, извещая о нашем прибытии.

Святой отец позвал в кабинет одного меня и стал говорить матери какие-то похвалы в мой адрес. Я стоял, опустив глаза, и на мать почти не смотрел. В поле моего зрения находились лишь блеклые, застиранные шаровары и грязные руки, лежавшие на коленях.

Настоятель позволил нам с матерью уединиться. После многократных поклонов мы удалились. Моя келья, маленькая комнатка в пять татами величиной, находилась на юг от Малой библиотеки и выходила окном во двор. Как только мы остались вдвоем, мать ударилась в слезы. Я был к этому готов и сумел сохранить полное хладнокровие.

— Я теперь принадлежу храму, — сказал я, — и прошу, пока не закончится срок послушничества, меня не навещать.

— Хорошо, хорошо, я понимаю...

Мне доставляло удовольствие бросать матери в лицо жестокие слова. Раздражало только, что она, как всегда, не пыталась ни спорить, ни возражать.

Хотя от одной мысли, что мать может переступить запретную черту и вторгнуться в мой внутренний мир, меня охватывал ужас.

На загорелом лице матери хитро поблескивали маленькие, глубоко спрятанные глазки. Губы, яркокрасные и блестящие, жили на этом лице своей жизнью, а за ними белели крупные крепкие зубы деревенской женщины. Она находилась еще в том возрасте, когда горожанки вовсю пользуются косметикой. Мать же, казалось, нарочно старалась выглядеть поуродливее. Но таилось в ее лице и что-то сдобное, плотское — я остро это почувствовал и содрогнулся от отвращения.

Поплакав сколько положено, мать спокойно вытащила казенного вида полотенце из синтетики и стала вытирать потную загорелую грудь. Грубая блестящая ткань, пропитавшись потом, еще больше заиграла переливчатым светом.

Затем мать достала из рюкзака сверток с рисом. «Для Учителя», — пояснила она. Я промолчал. Напоследок мать вытащила посмертную отцовскую табличку, замотанную в старую тряпку мышиного цвета, и пристроила ее на моей книжной полке.

— Надо же, как все удачно. Вот почитает завтра преподобный Досэн сутры, и папочкина душа возрадуется.

— Ты после службы возвращаешься в Нариу? — спросил я.

Ответ матери был неожиданным. Оказывается, она передала приход другому священнику и продала наш маленький участок земли. Ей пришлось расплатиться с долгами за лечение отца, и теперь она собиралась поселиться недалеко от Киото, в доме своего дяди.

Стало быть, храма, в который я должен вернуться, уже не существует! И никто теперь не встретит меня, появись я вновь на том забытом богом мысе.

Не знаю, как расценила мать выражение облегчения, отразившееся на моем лице, но она наклонилась к самому моему уху и прошептала:

— Понимаешь? Больше у тебя нет своего храма. Теперь тебе ничего не остается, как стать настоятелем Кинкакудзи. Может быть, преподобный Досэн полюбит тебя и сделает своим преемником. Ты понял? Твоя мамочка будет жить одной этой надеждой.

Я ошеломленно уставился на мать. Но тут же отвел глаза в смятении.

В келье было уже темно. Из-за того, что «мамочка» так близко придвинулась ко мне, в нос дохнуло ее потом. Вдруг она тихонько рассмеялась — я очень хорошо это помню. Смутные воспоминания далекого детства охватили меня: я — младенец и сосу смуглую материнскую грудь. Стало неприятно. Прядь вьющихся волос коснулась моей щеки, и в этот миг я увидел в полутемном дворе стрекозу, она присела передохнуть на поросший зеленым мхом каменный таз для умывания. В круглом зеркальце воды лежало вечернее небо. Кругом — тишина, храм Рокуондзи будто вымер.

Наконец я смог взглянуть матери прямо в глаза. Она широко улыбалась — за гладкими губами блеснул золотой зуб.

— Так-то оно так, — ответил я, жестоко заикаясь, — но меня могут призвать в армию... Меня могут убить...

— Ерунда. Если уж таких жалких заик станут призывать, значит Япония совсем до ручки дошла.

Я весь сжался и посмотрел на нее с ненавистью. Но заикающееся мое лепетание звучало уклончиво:

— Да и Кинкакудзи могут разбомбить...

— Непохоже, что Киото вообще будут бомбить. Американцы, сдается мне, решили оставить город в покое.

Я не ответил. Сгустившиеся сумерки делали двор похожим на дно моря. Камни сопротивлялись, сопротивлялись, но постепенно утонули в тени.

Не обращая внимания на мое упрямое молчание, мать встала и принялась бесцеремонно разглядывать дощатые стены моей кельи.

— Ужинать-то еще не пора? — спросила она.

Оглядываясь назад, я прихожу к выводу, что та встреча с матерью оказала немалое влияние на ход моих мыслей. Именно тогда я понял, что мы с ней существуем в совершенно разных мирах, и тогда же я почувствовал на себе действие ее слов.

Мать принадлежала к той человеческой породе, которой нет дела до красоты Золотого Храма, но зато она обладала чувством реальности, совершенно мне недоступным. Она сказала, что Храму не грозит опасность бомбежки, и, несмотря на все свои мечтания, я понимал: она, видимо, права. Но если Храму не угрожала смертельная опасность, утрачивался самый смысл моей жизни, рассыпался на куски весь созданный мною мир.

К тому же, должен признаться, честолюбивые замыслы матери не оставили меня равнодушным, хотя я и ненавидел их всеми силами души. Отец никогда не говорил со мной на эту тему, но вполне возможно, что втайне он вынашивал те же планы и именно из-за них пристроил меня в Храм. Преподобный Досэн Таяма был холост. Если учесть, что он и сам стал настоятелем Рокуондзи по рекомендации своего предшественника, то почему бы и мне не добиться того же? Ведь тогда Золотой Храм будет принадлежать мне!

Душа моя пребывала в смятении. Когда новая мечта слишком уж тяжким грузом ложилась мне на сердце, я возвращался к старой — о том, что Кинкакудзи будет сожжен; если же эта картина распадалась, не выдерживая трезвого практицизма материнских суждений, я вновь предавался честолюбивым помыслам. Я домечтался до того, что сзади на шее у меня образовалась огромная багровая опухоль.

Я с ней ничего не делал. Опухоль развилась, окрепла и стала давить мне на шею сзади с тяжелой и жаркой силой. Ночами, когда мне удавалось ненадолго уснуть, я видел сон, будто у меня на затылке родилось чистейшее золотое сияние и медленно разливается, окружая мою голову светящимся нимбом. Когда же я просыпался, ничего не было, кроме боли от зловещей шишки.

В конце концов я слег в горячке. Отец настоятель отвел меня к врачу. Хирург, одетый в обычный гражданский китель, с обмотками на ногах, назвал мою опухоль банальным словом «фурункул». Экономя спирт, врач накалил на огне свой скальпель и сделал надрез. Я взвыл, чувствуя, как горячий, мучительный мир взрывается под моим затылком, сжимается и умирает...

* * *

Война кончилась. Слушая в цехе, как зачитывают по радио императорский указ о прекращении боевых действий, я думал только о Золотом Храме.

Едва вернувшись с работы, я, конечно же, поспешил к Кинкакудзи. Щебень, которым была покрыта дорожка, ведущая к Храму, раскалился на солнце, и мелкие камешки то и дело прилипали к грубым резиновым подошвам моих спортивных туфель.

В Токио, услышав о конце войны, толпы людей с рыданиями устремились к императорскому дворцу; у нас, в Киото, было то же самое, хотя киотоский дворец давно пустовал. Впрочем, в древней столице хватает буддийских и синтоистских храмов, куда можно сходить поплакать по такому случаю. Я полагаю, в этот день повсюду было полно народу. Только в мой Храм, кроме меня, никто не пришел.

По пышущей жаром щебенке скользила лишь моя собственная тень. Я стоял с одной стороны, Золотой Храм возвышался напротив. Мне достаточно было раз взглянуть на него, чтобы понять, насколько изменились наши отношения.

Храм был неизмеримо выше военного краха и трагедии нации. Или делал вид? Еще вчера Кинкакудзи был другим. Ну конечно, избежав угрозы гибели под бомбами, Храм вновь обрел прежний облик, словно говоривший: «Я стоял здесь всегда и пребуду здесь вечно».

Дряхлая позолота внутренних стен, надежно покрытая лаком солнечного сияния, лившегося на Храм снаружи, ничуть не пострадала, и Кинкакудзи напомнил мне какой-то старинный предмет мебели, дорогостоящий, но абсолютно бесполезный. Огромную пустую этажерку, выставленную кем-то на лужайке перед пылающим зеленью лесом. Что можно поставить на полки такой этажерки? Какую-нибудь невероятных размеров курильницу для благовоний или невероятных размеров пустоту. Но Храм аккуратнейшим образом избавился от всех нош, смыл с себя самую свою суть и стоял теперь передо мной до странности пустой. Еще более странным было то, что таким прекрасным, как сегодня, я не видел Храм никогда. Никогда еще он не являлся мне в столь незыблемом великолепии, несказанно превосходившем и мое воображение, и реальность окружающего мира; в его сегодняшней красоте не было ничего бренного, преходящего. Так ослепительно Золотой Храм сиял впервые, отвергая все и всяческие резоны!

У меня задрожали колени — я не преувеличиваю, — а на лбу выступил холодный пот. Если после первой встречи с Храмом, вернувшись в свою деревню, я представлял себе отдельные детали и общий облик Кинкакудзи как бы соединенными некоей музыкальной гармонией, то теперь это сравнение было неуместно: я слышал лишь полную тишину и абсолютное беззвучие. Ничто здесь не текло и ничего не менялось. Золотой Храм навис надо мной звенящим безмолвием, пугающей паузой в гармонии звуков.

«Наша связь оборвалась, — подумал я. — В прах рассыпалась иллюзия, будто мы живем с ним в одном мире. Все будет как прежде, только еще безнадежнее. Я — здесь, а Прекрасное — где-то там. И так будет теперь всегда, до скончания века...»

Поражение в войне означало для меня погружение в пучину отчаяния — по одной-единственной причине. Я и поныне как наяву вижу нестерпимо яркое солнце 15 августа сорок пятого года. Говорят, в тот день рухнули все ценности; для меня же, наоборот, возродилась вечность, воспрянула к жизни и утвердилась в своих правах. Вечность сказала мне, что Золотой Храм будет существовать всегда.

Вечность сочилась с небес, обволакивая наши лица, руки, грудь, погребая нас под своей тяжестью. Будь она проклята!.. Да-да, в день, когда кончилась война, даже в треске горных цикад я слышал проклятый голос вечности. Она словно залепила всего меня густой золотистой штукатуркой.

В тот вечер перед отходом ко сну мы долго читали сутры, молясь за здравие императора и за упокой душ погибших на войне. Все военные годы священникам различных сект и религий предписывалось проводить службы в обычных одеяниях, но сегодня Учитель обрядился в алую рясу, которая столько лет пролежала без применения.

Пухлое, в чистеньких морщинках лицо настоятеля светилось свежестью и довольством. В вечерней духоте шелест его шелковых облачений звучал прохладно и отчетливо.

После молитв преподобный Досэн собрал всех нас у себя в кабинете и прочел лекцию.

Темой ему послужил коан[1] «Нансэн убивает котенка» из четырнадцатой главы катехизиса «Мумонкан». Этот коан (встречающийся и в «Хэкиганроку»[2]: глава 63-я «Нансэн убивает котенка» и глава 64-я «Дзёсю возлагает на голову сандалию») издавна считается одним из труднейших.

В эпоху Тан[3] на горе Наньчуань жил знаменитый праведник Пуюаньчаньси, которого по имени горы прозвали Наньчуань (в японском чтении Нансэн). Однажды, когда все монахи обители косили траву,

---

[1] Афористические загадки, входящие в катехизис секты Дзэн и требующие толкования.

[2] Священная книга дзэн-буддизма школы Риндзай.

[3] Китайская императорская династия (618–907).

в мирном храмовом саду невесть откуда появился крошечный котенок. Удивленные монахи долго гонялись за пушистым зверьком и в конце концов поймали его. Разгорелся спор между послушниками Восточной и Западной келий — и те и другие хотели взять котенка себе. Увидев это, святой Нансэн схватил зверька и, приставив ему к горлу серп, сказал: «Если кто-нибудь сумеет разъяснить смысл этого жеста, котенок останется жить. Не сумеете — умрет». Монахи молчали, и тогда Нансэн отсек котенку голову и отшвырнул труп.

Вечером в обитель вернулся Дзёсю, старший из учеников мудреца. Старец рассказал ему, как было дело, и спросил его мнение. Дзёсю тут же скинул одну сандалию, возложил ее на голову и вышел вон. Тогда Нансэн горестно воскликнул: «Ах, почему тебя не было здесь днем! Котенок остался бы жив».

Вот, в общем, и вся загадка. Самым трудным считался вопрос, почему Дзёсю возложил на голову сандалию. Но, если верить разъяснениям преподобного Досэна, в коане не таилось ничего такого уж головоломного.

Зарезав котенка, святой Нансэн отсек наваждение себялюбия, уничтожил источник суетных чувств и суетных дум. Не поддавшись эмоциям, он одним взмахом серпа избавился от противоречий, конфликтов и разлада между собой и окружающими. Поступок Нансэна получил название «Убивающий меч», а ответ Дзёсю — «Животворящий меч». Возложив на голову столь грязный и низменный предмет, как обувь, Дзёсю безграничной самоотреченностью этого акта указал истинный путь Бодисатвы.

Истолковав таким образом смысл коана, Учитель закончил лекцию, о поражении в войне не было сказано ни слова. Мы сидели, совершенно сбитые с толку. Почему сегодня, в день краха Японии, настоятель выбрал именно этот коан?

Я спросил Цурукаву, когда мы возвращались по коридору в свои кельи, что он думает по этому поводу. Цурукава лишь покачал головой:

— Ох, не знаю. Чтобы это понять, надо стать священником. Я думаю, главный смысл сегодняшней лекции заключается в том, что вот, мол, такой день, а святой отец ни словом не касается самого главного и толкует лишь о каком-то зарезанном котенке.

Не могу сказать, чтобы я особенно переживал из-за нашего поражения в войне, но довольное, торжествующее лицо Учителя видеть было неприятно.

Дух почитания своего настоятеля — это стержень, на котором держится жизнь любой обители, однако за год, что я прислуживал преподобному Досэну, он не внушил мне ни любви, ни какого-то особого уважения. Впрочем, это мало меня заботило. Но с тех пор как мать зажгла огонь честолюбия в моей душе, я, семнадцатилетний послушник, стал временами оценивать своего духовного отца критически.

Учитель был, безусловно, справедлив и бескорыстен. Ну и что же, думал я, будь я настоятелем, я мог бы стать таким же. Преподобный Досэн не обладал тем специфическим чувством юмора, который присущ священникам секты Дзэн. Даже странно, ведь обычно полные люди любят и понимают шутку.

Мне приходилось слышать, что святой отец — большой охотник до женского пола. Когда я представлял себе настоятеля, предающегося утехам плоти, мне становилось одновременно смешно и как-то беспокойно. Что, интересно, испытывает женщина, прижимаясь к этому розовому, похожему на сдобную булку телу? Наверное, ей кажется, что мягкая розовая плоть растеклась по всей Вселенной и похоронила свою жертву в этой телесной могиле.

Меня поражало, что дзэн-буддистский монах вообще может иметь плоть. Наверное, думал я, Учитель затем и путается с женщинами, чтобы выразить презрение собственной плоти, избавиться от нее. Но тогда странно, что это презираемое тело так процветает и совершенно скрывает под собой дух. Надо же, какая кроткая, послушная плоть — словно хорошо выдрессированная собачонка. Или, скорее, как наложница, служащая духу святого отца...

Хочу оговорить особо, что означало для меня наше поражение в войне. Я не воспринимал его как освобождение. Нет, только не освобождение. Для меня конец войны означал возвращение к вечному, неизменному, к каждодневной буддийской рутине монашеской жизни.

С первого же дня мира возобновился заведенный веками распорядок: «открытие закона», «утренний урок», «утренняя каша», «наказы», «постижение мудрости», «спасительный камень», «омовение», «открытие подушки»... Отец настоятель запрещал покупать продукты на черном рынке, и поэтому в нашей жидкой каше рису бывало совсем немного — из пожертвований храму, да еще благодаря отцу эконому, который доставал его, выдавая за «пожертвования», на том же черном рынке, чтобы подкормить наши юные, растущие тела. Иногда мы покупали батат. Каша и батат составляли единственную нашу пищу — и на завтрак, и на обед, и на ужин, поэтому нам все время хотелось есть.

Цурукава изредка получал из дома посылки с чемнибудь сладким, и тогда мы с ним садились ночью на мою постель и устраивали пир. Я помню, как-то мы сидели так вдвоем; в ночном небе то и дело сверкали молнии. Раз его так любят родители и если они такие богатые, что ж он не уедет отсюда в Токио, спросил я.

— Это для воспитания и закалки духа, — ответил Цурукава. — Мне ведь придется рано или поздно наследовать отцовский храм.

Для моего приятеля не существовало сложных проблем. Он отлично чувствовал себя в этой жизни — как палочки для еды, лежащие в своем футляре. Я не отставал от Цурукавы и спросил, понимает ли он, что наша страна вступает в новую эпоху и пока даже представить невозможно, какие нас ждут перемены. Мне вспомнилась история, которую все обсуждали в школе на третий день после окончания войны: офицер, директор завода, на котором мы прежде работали, отвез к себе домой целый грузовик готовой продукции, прямо заявив, что собирается торговать на черном рынке.

Я так и вижу перед собой этого смелого и жестокого, с колючим взглядом человека, направляющегося прямым ходом в мир порока. Дорога, по которой устремился он, уверенно грохоча сапогами, представлялась мне столь же сумбурной и озаренной багровым полыханием восхода, как смерть на поле брани. Вот идет он, сгибаясь под тяжестью ворованного, ночной ветер дует ему в лицо, белый шарф вьется по плечам. С головокружительной скоростью несется он к гибели. И я слышу, как где-то вдали невесомо гудит колокол сияющей колокольни всего этого содома...

Подобные поступки были мне чужды — я не обладал ни средствами, ни возможностями, ни внутренней свободой для их совершения. Однако, говоря про «новую эпоху», я был преисполнен решимости, хоть и не знал, чего конкретно надо ждать. «Пусть другие предаются миру зла своими делами и самой своей жизнью, — думал я, — я же погружусь как можно глубже в тот мир зла, который недоступен глазу».

Впрочем, первые мои планы проникнуть в мир зла были неуклюжи и смехотворны: я собирался втереться в доверие к настоятелю, чтобы он назначил меня своим преемником, а потом взять и отравить его — и тогда уж Золотой Храм точно будет мой. От этих замыслов у меня делалось даже как-то спокойнее на душе, особенно когда я убедился, что Цурукава мне не соперник.

— И что же, тебя совсем не тревожит будущее? — спросил я его. — Ты ни о чем не мечтаешь?

— Нет. Тревожься — не тревожься, мечтай — не мечтай, что от этого изменится?

В ответе Цурукавы не было и тени горечи или бравады. В этот миг сверкнула молния, осветив тонкие полукружья его бровей — единственную тонкую деталь округлого лица. Похоже, Цурукава просил парикмахера подбривать их. От бровей, и без того узких, вообще оставалась одна ниточка, кое-где виднелся голубоватый след от бритвы.

Увидев эту нежную голубизну, я почувствовал тревогу. Этот юноша, в отличие от меня, горел светом чистой и ясной жизни, находясь на самой ее вершине. Пока огонь не догорит, будущее останется от него сокрытым. Пылающий фитиль будущего плавает в холодном и прозрачном масле. Зачем такому человеку провидеть свое грядущее, чистое и безгрешное? Если, конечно, впереди его ждут чистота и безгреховность...

После того как Цурукава ушел к себе, я от духоты никак не мог уснуть. К тому же я твердо решил не поддаваться дурной привычке рукоблудия, и это тоже лишало меня сна.

Иногда ночью у меня происходила поллюция. Причем мне не снилось ничего сексуального. Например, я видел черного пса, бегущего по темным улицам, из пасти пламенем вырывалось прерывистое дыхание, а на шее у собаки висел колокольчик. Колокольчик звенел все громче и громче, и вместе со звуком росло мое возбуждение; когда же звон доходил до высшей точки, происходило семяизвержение.

Занимаясь блудом наяву, я рисовал себе разные адские картины. Еще мне виделись груди Уико, ее бедра. Себя же я представлял крошечным безобразным червяком...

Я рывком поднялся с постели, через заднюю дверь Малой библиотеки прокрался во двор.

За храмом Рокуондзи находился храм Юкатэй, а еще дальше к востоку высилась гора Фудосан. Ее склоны поросли соснами, меж стволов которых тянулся к небу молодой бамбук, цвели кусты дейции и дикой азалии. Я настолько успел изучить эти места, что и темной ночью поднимался вверх по тропинке не оступаясь. С вершины горы открывался вид на верхнюю и центральную часть Киото, а вдали синели горы Эйдзан и Даймондзи.

Я карабкался все выше и выше. Из-под ног взлетали, хлопая крыльями, напуганные птицы, но я не обращал на них внимания, а только следил, чтобы не споткнуться о какой-нибудь пенек. Мне стало легче — бездумная прогулка исцелила меня. Наконец я достиг вершины, и прохладный ночной ветер стал обдувать мое разгоряченное тело.

Открывшаяся взору картина меня поразила. Затемнение было отменено, и город разливался по долине морем огней. Это зрелище показалось мне чуть ли не чудом — ведь я впервые после окончания войны смотрел на город сверху.

Светящиеся огни составляли единое целое. Рассыпанные по плоскости, они не казались ни далекими, ни близкими, а как бы представляли собой огромное прозрачное сооружение, созданное из горящих точек; гигантская эта конструкция громоздилась в ночи, светясь причудливыми наростами и ответвлениями. Так вот он какой, город. Лишь парк вокруг императорского дворца был погружен во мрак, похожий на черную пещеру.

Вдали, над горой Эйдзан, в темном небе то и дело вспыхивали молнии.

«Это и есть суетный мир, — подумал я. — Вот кончилась война, и под этими огнями засновали люди, охваченные порочными помыслами. Сонмища женщин и мужчин смотрят там друг другу в лицо, не чувствуя, как в нос им ударяет трупный запах их собственных деяний, отвратительных, как сама смерть. Сердце мое радуется при мысли о том, что все эти огни — огни ада. Так пусть же зло, зреющее в моей душе, растет, множится и наливается светом, пусть не уступит оно ни в чем этому огромному сиянию! И пусть чернота моей души, хранящей огонь зла, сравняется с чернотой ночи, окутавшей этот город!»

* * *

Теперь, с концом войны, число посетителей в Золотом Храме с каждым днем росло. Настоятелю удалось добиться от городских властей разрешения повысить плату за вход, чтобы компенсировать рост инфляции.

До сих пор любоваться Золотым Храмом приходила немногочисленная, неброско одетая публика — военные в форме, штатские в гражданских кителях. Но вот в городе появились оккупационные войска, и вскоре разнузданные нравы суетного мира захлестнули и территорию храма. Впрочем, перемены были не только к худшему: так, возродилась традиция устраивать чайные церемонии, и в Золотой Храм зачастили женщины в нарядных кимоно, до поры до времени припрятанных по шкафам. Мы, послушники, в своих убогих рясах теперь выделялись из толпы; казалось, будто мы вырядились монахами для потехи или что мы какие-нибудь туземцы из заповедника, наряженные в национальные одежды, чтобы публика могла посмотреть, как жили наши далекие предки. Особенно своим видом мы веселили американцев: те бесцеремонно дергали нас за рукава ряс и покатывались со смеху. Или, сунув немного денег, брали наши одеяния напрокат — сфотографироваться на память. Наш экскурсовод не знал иностранных языков, поэтому иногда вести американских гостей по территории стали отправлять меня или Цурукаву, хотя мы объяснялись по-английски с грехом пополам.

Пришла первая послевоенная зима. В пятницу вечером вдруг повалил снег и не прекращался всю субботу. Днем в школе я с наслаждением предвкушал, как пойду любоваться заснеженным Золотым Храмом.

Снег все шел и шел. Я свернул с дорожки для посетителей и как был, в резиновых сапогах, с ранцем через плечо, отправился к берегу Зеркального пруда. В воздухе носились легкие и быстрые снежинки. Как прежде, в детстве, я поднял лицо к небу и открыл рот пошире. Снежинки ударялись о мои зубы, и мне казалось, что я слышу легкий звон, будто подрагивают листочки фольги; я чувствовал, как снег падает в тепло полости рта и тает, соприкасаясь с его красной плотью. Мне представился клюв феникса, застывшего над Вершиной Прекрасного, горячий, гладкий рот золотой сказочной птицы.

Когда идет снег, мы снова чувствуем себя детьми. Да и потом, мне ведь было всего восемнадцать. Что же странного, если мою душу охватило детское возбуждение?

Присыпанный снегом Золотой Храм был невыразимо прекрасен. Открытый ветрам, он стоял в пленительной наготе: внутрь свободно задувало снег, жались друг к другу стройные колонны.

Почему не заикается снег? — подумал я. Иногда, ложась на ветви аралии и осыпаясь затем вниз, он действительно словно начинал заикаться. Снег окутывал меня облаком, плавно скользя с небес, и я забыл о душевных своих изъянах, сердце мое забилось в чистом и ровном ритме, как если бы меня обволакивала чудесная музыка.

Из-за снегопада трехмерный Кинкакудзи утратил объемность, в нем больше не ощущалось вызова окружающему миру, Храм стал плоским, превратился в свое собственное изображение. Обнаженные ветви деревьев на лесистых склонах почти не задерживали снег, и лес казался еще более голым. Лишь на хвое растущих кое-где сосен лежали роскошные белые шапки. На льду пруда намело сугробы, но почему-то не везде, а только местами — большие белые пятна, разбросанные по поверхности, напоминали облака с декоративного панно. Среди сугробов затерялись островок Авадзи и скала Кюсанхаккай, и их молодые сосны, казалось, каким-то чудом пробились сквозь лед и наст заснеженной равнины.

Лишь крыши верхнего и среднего ярусов Храма — Вершины Прекрасного и Грота Прибоя — да еще маленькая кровля Рыбачьего павильона отливали белизной, стены же, сложные переплетения досок на фоне снега, казались черными. Мне доподлинно было известно, что в Храме никто не живет, но очарование этих черных стен было столь велико, что я усомнился: а вдруг все-таки живет? Так мы, разглядывая картину на шелке художника китайской Южной школы, где изображен какой-нибудь замок в горах, придвигаемся поближе, пытаясь угадать, кто скрывается за его стенами. Но если бы я захотел приблизиться к этому Храму, мое лицо уперлось бы в холодный шелк снега.

Двери Вершины Прекрасного, обращенные к заснеженным небесам, были и сегодня настежь. Я представил, как снежинки пролетают через узкое пространство покоев, ударяются о дряхлую позолоту стен и застывают узорами золотистой изморози.

В воскресенье утром меня позвал наш старик-экскурсовод. Время осмотра еще не наступило, но у ворот уже стоял американский солдат. Старик жестом попросил его подождать и пошел за мной, «знатоком» английского. Как ни странно, иностранный язык давался мне легче, чем Цурукаве, и, говоря по-английски, я никогда не заикался.

Перед воротами храма я увидел армейский джип. Вдребезги пьяный американец стоял, опираясь о столб ворот. Он взглянул на меня сверху вниз и насмешливо улыбнулся.

Храмовой двор, засыпанный свежим снегом, сиял ослепительной белизной. На меня в упор посмотрело молодое, в розовых складках жира лицо, обрамленное этим нестерпимым сиянием, и дохнуло белым паром и перегаром. Мне стало немного не по себе, как всегда, когда я пытался представить, что за чувства могут жить в существе, настолько отличающемся от меня по размерам.

Я взял себе за правило никому и ни в чем не перечить, поэтому, несмотря на ранний час, согласился провести американца по территории, попросив только уплатить за вход и экскурсию. К моему удивлению, смертельно пьяный детина безропотно заплатил. Потом обернулся к джипу и буркнул: «А ну, давай выходи» — или что-то в этом роде.

Снег блестел так ярко, что в темноте кабины ничего разглядеть было нельзя. Под брезентовым верхом шевельнулось что-то белое — будто кролик в клетке.

На подножку джипа высунулась нога в узкой туфле на высоком каблуке. Я удивился, что она голая, без чулка, — было очень холодно. Появилась женщина, обычная проститутка из тех, что путаются с американской солдатней, — это было видно с первого взгляда: ярко-красное пальто, того же пылающего цвета лакированные ногти. Полы пальто распахнулись, и промелькнула грязноватая ночная рубашка из дешевой материи. Женщина тоже была абсолютно пьяна, глаза ее смотрели мутно. Парень хотя бы не забыл одеться, она же просто накинула на рубашку пальто и обмотала шею шарфом — видимо, только что вылезла из постели.

В белом свете снега женщина казалась мертвенно-бледной. На бескровном лице неживым пятном алели намазанные губы. Ступив на землю, женщина чихнула — по тонкому носу пробежали морщинки, пьяные, усталые глаза на миг уставились куда-то вдаль и снова помутнели. Она назвала солдата по имени:

— Дзяк, Дзя-ак, цу корудо, цу корудо[1].

Голос ее жалобно раскатился над заснеженной землей. Парень не ответил.

Впервые женщина этого сорта казалась мне красивой. И вовсе не потому, что она хоть сколько-то походила на Уико, — наоборот, ее словно специально создали так, чтобы она ни единой мелочью не напоминала Уико. И может быть, именно благодаря этой несхожести с оставшимся в моем сердце образом проститутка обрела особую, свежую красоту. И было что-то утешительное в таком противопоставлении чувству, которое оставило в моей душе первое соприкосновение с женской красотой.

Только одно, пожалуй, объединяло проститутку с Уико: как и та, она не удостоила мою жалкую фигуру в грязном свитере и резиновых сапогах ни единым взглядом.

Все обитатели храма с раннего утра вышли на уборку снега, но едва-едва успели расчистить дорож-

_____

[1] _Искаж. англ.:_ «Джек, Дже-ек, очень холодно, очень холодно».

ки для публики, да и по тем пройти можно было только друг за другом. Я повел американца и его подругу за собой.

Выйдя на берег пруда и увидев открывшуюся картину, солдат замахал своими здоровенными ручищами, радостно загоготал и что-то прокричал. Схватил женщину за плечи и с силой встряхнул. Та недовольно нахмурила брови и снова повторила:

— О-о, Дзя-ак! Цу корудо!

Американец спросил меня, что это за ягоды краснеют на присыпанных снегом ветвях, но я не знал, как они называются по-английски, и просто сказал: «Аоки». Быть может, под внешностью громилы скрывался поэт, но мне ясные голубые глаза солдата показались жестокими. В английской детской песенке про Матушку Гусыню поется о том, что черные глаза — злые и жестокие. Видимо, человеку свойственно отождествлять жестокость с чем-то чужеродным и иностранным.

Я начал экскурсию как обычно. В Золотом Храме мертвецки пьяный американец, шатаясь из стороны в сторону, снял сапоги и швырнул их на пол. Закоченевшими от холода пальцами я достал из кармана путеводитель на английском языке и приготовился читать по нему, как делал это всегда, но солдат протянул руку, выхватил у меня брошюру и стал дурашливым голосом декламировать по ней сам, так что необходимость в моих услугах отпала.

Я стоял, прислонившись к одной из колонн Зала Очищения Водой, и смотрел на искрящийся и сверкающий пруд. Никогда еще покои Золотого Храма не заливало такое море света — даже становилось как-то не по себе.

Засмотревшись на пруд, я не заметил, как между солдатом и проституткой, зашедшими в Рыбачий павильон, началась перебранка. Ссора становилась все громче, но слов разобрать я не мог. Женщина ожесточенно кричала что-то своему спутнику, причем я так и не понял — по-японски или по-английски. Переругиваясь на ходу, американец и проститутка двигались в мою сторону, обо мне они уже забыли.

Солдат бранился, нависая над женщиной, и она вдруг со всего размаху ударила его по щеке. Потом повернулась и, быстро надев свои туфли на высоких каблуках, пустилась бежать по дорожке к воротам.

Я не понял, что произошло, но тоже выскочил из Храма и побежал вдоль пруда. Однако длинноногий американец догнал женщину быстрее меня и схватил ее за лацканы ярко-красного пальто.

Потом парень оглянулся на меня и разжал пальцы. Наверное, руки его обладали поистине богатырской силой, потому что женщина тут же навзничь рухнула на снег. Красные полы пальто распахнулись, заголились белые ляжки. Она даже не пыталась встать, а только злобно смотрела снизу на солдата, горой возвышавшегося над ней.

Я инстинктивно опустился рядом с женщиной на колени, чтобы помочь ей подняться.

— Эй, ты! — крикнул американец.

Я обернулся. Он стоял надо мной, широко расставив ноги, и делал какой-то знак рукой. Потом сказал по-английски странно потеплевшим, мягким голосом:

— Ну-ка наступи на нее. Слышишь, ты?

Я сначала не понял, чего он от меня хочет. Но в голубых глазах, глядевших на меня откуда-то сверху, недвусмысленно читался приказ. За широкими плечами солдата сверкал и переливался покрытый снегом Храм, ярко синело ясное, словно свежевымытое, зимнее небо. В этих голубых глазах не было и тени жестокости. Их выражение показалось мне необычайно нежным и даже лиричным.

Толстые пальцы крепко взяли меня за воротник и рывком поставили на ноги. Но голос по-прежнему был мягок и ласков:

— Наступи. Наступи на нее.

Словно завороженный, я поднял ногу в резиновом сапоге. Солдат хлопнул меня по плечу, нога дернулась книзу и опустилась на мягкое — будто я ступил в жидкую весеннюю грязь. Это был живот проститутки. Она зажмурила глаза и взвыла.

— Еще разок. Давай-давай.

Я наступил еще. Охватившее меня поначалу смятение исчезло, сменилось вдруг безудержной радостью. Это женский живот, сказал себе я. А вот это — грудь. Никогда бы не подумал, что человеческое тело так послушно и упруго — прямо как мяч.

— Хватит, — отчетливо произнес американец.

Потом вежливо помог женщине подняться, стряхнул с нее снег и грязь и, не оборачиваясь, повел ее под руку вперед. Женщина за все время так ни разу на меня и не взглянула.

Усадив проститутку в джип, солдат посмотрел на меня и с пьяной торжественностью сказал: «Спасибо». Протянул мне какие-то деньги, но я не взял. Тогда он достал с переднего сиденья две пачки сигарет и сунул мне в руки.

Я стоял у ворот, солнечные блики слепили мне глаза. Щеки мои горели огнем. Подняв облако снежной пыли, джип запрыгал по ухабам и скрылся вдали. Я весь дрожал от возбуждения.

Когда же волнение схлынуло, в голову мне пришла восхитительная по своему коварству мысль: я представил, как обрадуется настоятель, заядлый курильщик, получив в подарок эти сигареты. *А знать ничего не будет.*

Не к чему мне признаваться ему в содеянном. Я лишь подчинился насилию. Неизвестно еще, что со мной сталось бы, попробуй я не подчиниться.

Я отправился в Большую библиотеку. Отец эконом, мастер на все руки, как раз брил Учителю голову. Я остался ждать на засыпанной снегом веранде.

Сосна «Парусник», покрытая искристым снегом, сегодня была похожа на настоящий корабль со свернутыми белыми парусами.

Настоятель сидел с закрытыми глазами и держал в руках лист бумаги, о который эконом вытирал лезвие. Из-под бритвы все явственней возникал голый череп — массивный и какой-то животный. Покончив с бритьем, отец эконом накрыл голову Учителя горячим полотенцем. Когда он снял полотенце, взору явилась блестящая, будто новорожденная голова, похожая на вынутое из кипятка яйцо.

Я пробормотал, заикаясь, какие-то объяснения и с поклоном протянул преподобному две пачки «Честерфильда».

— О-о, вот за это спасибо.

По лицу Учителя промелькнула рассеянная улыбка. Только и всего. Потом его рука деловито и одновременно небрежно швырнула обе пачки на стол, заваленный письмами и бумагами.

Отец эконом принялся массажировать преподобному Досэну плечи, и тот снова прикрыл глаза.

Надо было уходить. От разочарования меня бросило в жар. Мой преступный и загадочный поступок, полученные в награду за него сигареты, принявший их, не ведая ни о чем, Учитель — вся эта цепь событий должна была привести к более острому и драматичному эффекту! И то, что человек, именующий себя Учителем, ничего не почувствовал, лишь усилило мое к нему презрение.

Однако настоятель вдруг велел мне задержаться. Оказалось, что он решил меня облагодетельствовать.

— Ты вот что, — объявил настоятель, — как кончишь школу, будешь поступать в Университет Отани. Тебе надо хорошенько учиться, чтобы сдать экзамены как следует, покойный отец взирает на тебя с небес.

Новость благодаря отцу эконому незамедлительно распространилась среди всех обитателей храма. То, что отец настоятель сам предлагает послушнику поступать в университет, говорило о многом. Я был наслышан о том, каких трудов стоило другим добиться этой милости: иной каждый вечер месяц за месяцем ходил делать Учителю массаж, чтобы получить желанное разрешение. Цурукава, который собирался учиться в Отани на собственные средства, узнав о решении настоятеля, обрадованно хлопнул меня по плечу, а еще один послушник, обойденный вниманием Учителя, с этого дня перестал со мной разговаривать.

ГЛАВА ЧЕТВЕРТАЯ

Итак, весной сорок седьмого года я поступил на подготовительное отделение университета Отани. Со стороны могло бы показаться, что все складывается как нельзя лучше и я уверенно ступаю по жизни, пользуясь неизменным расположением Учителя и вызывая зависть недругов. На самом же деле поступлению в университет предшествовало событие, при воспоминании о котором меня и поныне охватывает дрожь.

Через неделю после того снежного утра, когда настоятель объявил, что я буду учиться в университете, я, вернувшись из школы, столкнулся лицом к лицу со своим обойденным соперником — тот взглянул на меня со странным ликованием. До этого он делал вид, что не замечает моего существования.

В поведении отца эконома и всех прочих я тоже уловил нечто необычное, хотя внешне все оставалось по-прежнему. Вечером я пошел в келью Цурукавы и пожаловался ему на непонятную перемену, произошедшую в братии. Поначалу Цурукава отвечал уклончиво, но он никогда не умел скрывать своих чувств и вскоре виновато посмотрел на меня исподлобья.

— Мне рассказал... — (тут Цурукава назвал имя третьего из послушников), — но его при этом тогда не было, он еще не вернулся из школы... В общем, тут днем произошла какая-то странная история.

У меня все сжалось в груди. Я насел на своего приятеля, и он, заставив меня поклясться, что я его не выдам, глядя мне прямо в глаза, рассказал следующее.

Днем в храм приходила проститутка, одетая в красное пальто. Она потребовала встречи с настоятелем. К ней вышел отец эконом, но женщина не пожелала с ним объясняться и вновь потребовала самого главного. На беду по коридору проходил преподобный Досэн. Увидев посетительницу, он вышел в переднюю. Проститутка сказала, что неделю назад, в тот день, когда кругом лежал снег, она вдвоем с одним иностранным солдатом приехала посмотреть Золотой Храм; по словам проститутки, американец повалил ее наземь и заставил какого-то монашка из нашего храма топтать ее ногами. Вечером у нее случился выкидыш. От настоятеля она требовала денежной компенсации. Если же он ничего не даст, женщина грозилась поднять скандал и объявить всему миру, что́ за дела творятся в храме Рокуондзи.

Отец настоятель, ни слова не говоря, дал проститутке денег, и она ушла. Было известно, что в то злосчастное утро экскурсию вел я, однако, поскольку других свидетелей моего проступка не имелось, преподобный Досэн велел ничего мне о случившемся не говорить. Сам он решил счесть рассказ проститутки ложью и небылицей. Однако братия, которой отец эконом не преминул все передать, не сомневалась в моей виновности.

Цурукава, чуть не плача, схватил меня за руку. Глядя на меня ясными глазами, он спросил своим бесхитростным детским голоском:

— Неужели ты и вправду мог совершить такое?

———

...Я оказался лицом к лицу с обуревавшими меня мрачными страстями. К этому вынудил меня вопрос Цурукавы. Почему он задал его? Из дружеских чувств? Знает ли он, что, спрашивая меня об этом, выходит за пределы отведенной ему роли? Понимает ли, что самим своим вопросом совершает предательство по отношению к моему сокровенному «я»?

Я ведь уже говорил, что Цурукава — мой позитив. И если бы он честно играл свою роль, то ему следовало бы не приставать ко мне с вопросами, а перевести мои темные чувства в чувства светлые. Тогда ложь стала бы правдой, а правда обернулась бы ложью. Поступи Цурукава как обычно — преврати он тень в свет, ночь в день, луну в солнце, скользкую плесень во влажную молодую листву, — я бы, наверное, заикаясь, во всем ему признался. Но на сей раз Цурукава меня подвел. И таившиеся в моей душе черные страсти обрели новую силу...

Я неопределенно улыбнулся. В храме полночь, не горит ни огонька. Холодные колени. Вокруг нас — древние мощные колонны.

Отчего я дрожал? Скорее всего, просто от холода, но то могла быть и дрожь наслаждения — ведь я впервые открыто лгал в глаза своему единственному другу.

— Ничего этого не было.

— Правда?! Значит, та женщина наврала? Ах, мерзавка! Надо же, отец эконом и тот поверил!

Цурукава все пуще распалялся праведным гневом, он уже собирался прямо с утра пойти к Учителю и поведать ему, как меня оболгали. В этот миг перед моими глазами возникла свежевыбритая голова настоятеля, так похожая на какой-то только что сваренный овощ. Потом — розовые пухлые щеки. Мной вдруг овладело жгучее отвращение к этому лицу. Необходимо было умерить пыл Цурукавы, пока он действительно чего-нибудь не натворил.

— Ты что ж, думаешь, Учитель поверил в мою виновность?

— А?.. — Цурукава был сбит с толку.

— Все остальные могут болтать что им вздумается, главное — отец настоятель молчит. А значит, он разобрался, что к чему, и я могу быть спокоен. Так я думаю.

И я объяснил Цурукаве, что, начни он уверять остальных в моей невиновности, это лишь убедило бы всех в обратном. Настоятель знает, что я ни при чем, поэтому он и велел оставить историю без последствий. Я говорил это своему приятелю, а сердце трепетало от восторга, радость охватила все мое существо. В голове у меня ликующе звучало: «Никто, никто не видел. Свидетелей нет!»

Сам-то я, конечно, не считал, что настоятель убежден в моей невиновности. Совсем наоборот. Он потому и велел оставить дело без последствий, что твердо знал: женщина не лгала. Может быть, он догадался еще прежде, когда я вручил ему две пачки «Честерфильда». Возможно, он молчит, ожидая, что я сам приду к нему и во всем покаюсь. Более того, не исключено, что и позволение поступать в университет было своего рода приманкой: утаи я свою вину, и настоятель накажет меня, отменив распоряжение; покайся я, он смилостивится и оставит решение в силе — если, конечно, будет убежден, что мое раскаяние искренне. А самая главная ловушка, вне всякого сомнения, заключается в том, что преподобный велел отцу эконому сохранить все в тайне от меня. Если на мне вины нет, я ничего не почувствую и буду жить как ни в чем не бывало, пребывая в счастливом неведении. Если же моя совесть нечиста, придется мне (конечно, если я не круглый идиот) кривить душой и притворяться, изображая спокойствие и безмятежность духа, как будто каяться мне абсолютно не в чем... Итак, я должен буду притворяться. Это лучшее из всего, что мне остается, единственная возможность уйти от наказания. В этом-то и состоит тайный умысел настоятеля, вот в какую ловушку хочет он меня заманить!

При этой мысли я пришел в ярость. Можно подумать, мне нечего сказать в свое оправдание! Да если б я не наступил на проститутку, американец вполне мог бы выхватить пистолет — под угрозой оказалась бы моя жизнь! Им, оккупантам, законы не писаны! Я же был жертвой насилия!

Все это так, но прикосновение моего сапога к женскому животу, податливая упругость, те стоны, ощущение, будто давишь едва распустившийся цветок из нежной плоти; чувственное содрогание, наконец, некая таинственная молния, рожденная телом женщины и пронзившая мою ногу, — кто мог заставить меня испытать подобное наслаждение? Я и сейчас помню всю сладость тех мгновений. И настоятель знал, что я ощущал тогда, прекрасно понимал, какое я чувствовал блаженство!

Весь последующий год я прожил подобно птице, попавшей в клетку. Решетка постоянно была у меня перед глазами. Я твердо решил ни в чем не сознаваться, и дни мои были лишены покоя. Странно, но мое деяние, которое и прежде не казалось мне преступным, со временем начало приобретать в моем восприятии некий ореол. И не только потому, что у женщины, как выяснилось, произошел выкидыш. Осев в памяти, мой поступок, подобно опустившемуся на дно золотому песку, стал источать сияние. Сияние зла. Да-да, пусть содеянное мной зло было ничтожным, но все же я его совершил, теперь я твердо это знал. И злое свершение сияло на мне подобно ордену — только подвешенному с внутренней стороны груди...

Что же касается повседневной жизни, то мне ничего не оставалось, кроме как ждать вступительных экзаменов, настороженно наблюдая за настоятелем и стремясь угадать его мысли. Он ни разу не пытался отменить данное ранее обещание, но и не давал мне распоряжения начинать подготовку к экзаменам. Как же ждал я развязки — той или иной! Но настоятель хранил злорадное молчание, подвергая меня долгой и мучительной пытке. Я тоже не заговаривал с ним об университете — отчасти из страха, отчасти из духа противоречия. Постепенно фигура настоятеля, к которому я прежде относился с довольно нейтральным уважением, приправленным известной долей скепсиса, выросла в моих глазах до размеров совершенно гигантских, и мне уже с трудом верилось, что в этой махине бьется человеческое сердце. Я пытался не обращать внимания на Учителя, но он вечно нависал надо мной, словно стена таинственного замка.

Помню день в конце осени. Настоятеля пригласили на похороны одного его давнего прихожанина. До дома усопшего было часа два езды на поезде, поэтому преподобный Досэн накануне вечером предупредил нас, что отправится в путь в полшестого утра. Сопровождал его отец эконом. Для того чтобы успеть сделать уборку, приготовить завтрак и проводить Учителя, нам пришлось встать в четыре часа.

Пока отец эконом собирал настоятеля в дорогу, мы читали утренние сутры. Беспрестанно позвякивала бадья у колодца на темном холодном дворе — обитатели храма спешили ополоснуть лицо. Предрассветные осенние сумерки резко разорвало звонкое петушиное кукареканье. Подобрав широкие рукава ряс, мы поторопились занять свои места перед алтарем в Зале Гостей.

Покрытый соломенными матами пол, на котором никто никогда не спал, был холодным и будто съеживался от прикосновения ног. Подрагивал огонь светильников. В такт ударам гонга мы трижды совершили поклон: сначала стоя, потом сидя.

Во время утренней службы я всегда чувствовал в хоре мужских голосов какую-то особую свежесть. Эти утренние голоса звучали мощно, словно разгоняя и распыляя ночные химеры, — мне казалось, что от стройных звуков разлетается мелкая черная капель. Не знаю, обладал ли тем же эффектом и мой голос, но сама мысль, что он тоже участвует в хоре, изгоняющем грязь ночных мужских помыслов, странным образом придавала мне мужества.

Мы еще не приступили к «утренней каше», когда настоятель отправился в путь. Для церемонии проводов вся братия выстроилась рядком в передней.

Рассвет еще не наступил, небо было усыпано звездами. Смутно белела вымощенная камнем дорожка, что вела к воротам, тень от огромного дуба сливалась с тенями сосен и слив. Холод проникал в дыры моего драного на локтях свитера.

Церемония проходила в полном молчании. Мы низко склонились в прощальном поклоне, настоятель, сопровождаемый экономом, едва кивнул в ответ. Потом стук их деревянных сандалий по камню дорожки стал удаляться, постепенно затихая. Этикет дзэн-буддистской обители требует провожать Учителя взглядом до тех пор, пока он не скроется из виду.

Собственно говоря, в темноте мы могли видеть лишь белые подбои ряс и белые таби[1]. Иногда пропадали и они — это их заслоняли деревья. Когда же во мраке снова появлялись белые пятна, казалось, будто и стук шагов становится громче.

Мы не сводили глаз с двух удаляющихся фигур, прошла целая вечность, прежде чем они окончательно скрылись за воротами.

Именно в этот миг во мне что-то дрогнуло. Душевный импульс поднялся из груди и обжег мне горло, точно так же застревали из-за моего проклятого заикания самые важные слова. Мне страстно захотелось освобождения. Я не желал более ни исполнения честолюбивых замыслов, внушенных мне матерью, ни места в университете. Я жаждал лишь одного — избавиться от той невыразимой силы, что владела и управляла мной.

Не то чтобы меня вдруг оставило мужество, нет. Да и много ли надо мужества, чтобы покаяться? Особенно такому, как я, молчавшему все двадцать лет своей жизни. Кому-то может показаться, что я драматизирую, но упрямое мое нежелание покаяться, поддаться молчанию отца настоятеля было не чем иным, как экспериментом на тему: «Возможно ли зло?» Если бы я выдержал и смолчал, значит зло — пускай самое незначительное — мне по плечу.

Я смотрел вслед исчезавшим за деревьями белым точкам, и побуждение, огнем горевшее в моем гор-

---

[1] Носки с плотной подошвой.

ле, становилось нестерпимым. Покаяться, во всем покаяться! Побежать за настоятелем, припасть к рукаву его рясы и во весь голос признаться в злодеянии, совершенном мной в то снежное утро. На этот поступок меня толкало не почтение к святому отцу — я ощущал исходившую от него силу, почти физическое принуждение...

Но мысль о том, что, если я покаюсь, первое в моей жизни злодейство утратит цену, остановила меня; что-то не дало мне тронуться с места. Учитель прошел под сводом ворот и исчез в предрассветном мраке.

Все облегченно вздохнули и с шумом устремились к дверям прихожей. Я, окаменев, стоял на месте, когда Цурукава хлопнул меня по плечу. Плечо мое очнулось. Тощее и жалкое, оно вновь обрело былую гордость.

* * *

Как уже было сказано, несмотря на все переживания, в университет я в конце концов попал. Признаваться и каяться мне так и не пришлось. Через несколько дней настоятель вызвал меня и Цурукаву и коротко известил нас, что отныне мы освобождаемся от работ по храму и должны начинать подготовку к экзаменам.

Итак, я поступил в университет, но это событие не решило всех моих проблем. Поведение настоятеля по-прежнему было для меня загадкой, вопрос о том, кто станет его преемником, тоже оставался открытым.

Университет Отани. Там впервые познакомился я с идеями, которые сам для себя избрал; там жизнь моя приняла иное направление.

Древнему учебному заведению было без малого триста лет; его история восходила к пятому году эпохи Камбун (1665), когда училище при храме Цукуси-Кандзээон переехало на новое место — в усадьбу Кикоку. Там открылся монастырь для молодых послушников школы Отани, принадлежавшей к секте Хонгандзи. Во времена пятнадцатого главы секты некий Сокэн Такаги, родом из Нанива, последователь учения Хонгандзи, пожертвовал все свое состояние храму. На эти средства и был основан университет, построенный в северной части столицы, в квартале Карасумагасира, где он находится и поныне. Участок площадью 12 700 цубо[1], конечно, тесноват для университета, но в этих стенах, ставших колыбелью буддийского богословия, обучаются юноши, принадлежащие к самым различным сектам и школам.

Старые кирпичные ворота, обращенные на запад, к горе Хиэйдзан, отделяли территорию университета от улицы, по которой ходили трамваи. Посыпанная гравием дорожка вела к центральному подъезду главного корпуса, старого и мрачного двухэтажного здания красного кирпича. Над строением возвышалась крытая башенка, назначение которой было не вполне ясно: она не являлась часовой, так как на ней отсутствовали часы, и не могла претендовать на звание колокольни, поскольку не имела колокола. Из этой башни, увенчанной чахлым громоотводом, через квадратное оконце, неизвестно для чего пробитое в крыше, открывался вид на синие небеса.

Возле подъезда росла древняя смоковница, чьи царственные листья отливали на солнце красной медью. Учебные корпуса представляли собой старые одноэтажные, в основном деревянные пристройки, беспорядочно жавшиеся к главному зданию. Вход внутрь в обуви строго-настрого воспрещался, поэтому кор-

---

[1] Примерно 4 га.

пуса соединялись между собой бесчисленными галереями с бамбуковыми полами. Бамбук давно обветшал, и пол, насколько мне помнится, пестрел свежими заплатами. Идешь, бывало, из корпуса в корпус, а под ногами настоящая мозаика из заплат всех оттенков.

Как у любого новичка, дни мои были полны свежих впечатлений, но в голову то и дело лезли разные вздорные мысли. Я никого здесь не знал, кроме Цурукавы, поэтому поначалу мы разговаривали только друг с другом. Однако из-за этого пропадало ощущение, что ты попал в новый мир; Цурукава испытывал, видимо, те же чувства, и уже через несколько дней после начала учебы мы на переменах стали специально расходиться в разные стороны, ища новых знакомств. Число приятелей Цурукавы постоянно росло, у меня же с моим заиканием не хватало мужества вступить с кем-нибудь в разговор, и я постоянно пребывал в полном одиночестве.

На подготовительном курсе университета преподавали десять предметов: этику, японский, иероглифику, китайский, английский, историю, священное писание, логику, математику и гимнастику. Труднее всего с самого начала давалась мне логика. Однажды после особенно сложной лекции, во время перерыва, я наконец рискнул приблизиться к одному из студентов, который давно был у меня на примете, чтобы задать ему несколько вопросов по конспекту.

Этот юноша всегда держался особняком, вот и теперь он сидел в одиночестве возле цветочной клумбы и ел свой завтрак. Поглощение пищи, кажется, было для него целым ритуалом, к тому же смотреть, с каким мизантропическим видом совершает он свою трапезу, было не слишком приятно, поэтому рядом с ним никто не пристроился. Мне показалось, что этот студент, как и я, не имеет друзей; более того, он и не стремится ни с кем дружить.

Я знал, что его фамилия Касиваги. Главная отличительная особенность Касиваги заключалась в сильно выраженной косолапости обеих ног. Его манера ходить была неподражаема: казалось, он всегда утопает в грязи — едва успеет выдернуть одну ногу, а уже завязла вторая. Все его тело при этом дергалось из стороны в сторону, будто Касиваги танцевал некий диковинный танец, — нет, его походка была ни на что не похожа.

Вполне понятно, почему я сразу выделил Касиваги из прочих. Его уродство придавало мне уверенности. Искривленные ноги Касиваги ставили нас с ним на одну доску, уравнивали наши условия.

И вот он сидел во дворе среди цветов клевера и ел свой завтрак. Сюда выходили зияющие окна полуразвалившегося сарая, в котором располагались залы для занятий каратэ и пинг-понгом. Во дворе росло несколько чахлых сосен, над клумбами торчали голые цветочные рамы, голубая краска с них облезла и висела лохмотьями, напоминавшими искусственные цветы. Тут же стояло несколько полок для карликовых деревьев бонсай, цвели гиацинты и примулы, а чуть поодаль красовалась гора мусора.

Сидеть на траве среди клевера было, наверное, приятно. Мягкие стебли поглощали свет, и лужайка, вся в мелких пятнышках тени, словно парила над землей. Сидящий Касиваги, в отличие от Касиваги идущего, имел вид самого обычного студента. Его бледное лицо дышало своеобразной, суровой красотой. Калеки, по-моему, чем-то похожи на красивых женщин. И те и другие устали от вечно обращенных на них взглядов, они пресыщены постоянным вниманием, они затравлены этим вниманием и открыто отвечают взглядом на взгляд. Кто не отводит глаз, тот выигрывает. Касиваги смотрел вниз, на коробку с едой, но я чувствовал, что он изучающе озирает все вокруг.

Он сидел, ярко освещенный солнцем, с видом гордым и независимым — таково было мое первое впечатление. Я интуитивно понял, что этому юноше, окруженному цветами и сиянием весеннего дня, неведомы мучающие меня застенчивость и душевные страдания. Он являл собой саму уверенность, саму прочность. Солнечному свету не под силу было проникнуть сквозь эту твердую кожу.

Завтрак, который самозабвенно, но с явным отвращением поедал Касиваги, действительно был скуден, впрочем, не хуже того, что приносил с собой я. В сорок седьмом году прилично питаться можно было, только покупая продукты на черном рынке.

Я остановился перед Касиваги, держа в руках тетрадь с конспектами и коробочку с завтраком. Накрытый моей тенью, Касиваги поднял голову. Мельком взглянул на меня и снова склонился над едой, жуя мерно и монотонно, словно шелковичный червь лист тутовника.

— Извините, я только хотел спросить кое-что по лекции, — заикаясь, проговорил я на токийском диалекте — в университете я решил говорить только правильным языком.

— Ничего не понимаю, — заявил вдруг Касиваги. — Нечленораздельный лепет какой-то.

Мое лицо вспыхнуло. Облизав палочки для еды, Касиваги добавил:

— Ты думаешь, я не понимаю, чего ты ко мне подкатываешься? Как там тебя, Мидзогути, что ли? Если ты хочешь предложить нам объединиться в союз калек, я в принципе не против, но тебе не кажется, что по сравнению с моими ногами твое заикание немногого стоит? По-моему, ты чересчур носишься с собой. А заодно и со своим заиканием, а?

Позже я узнал, что Касиваги — сын священника той же дзэн-буддистской школы Риндзай, это в какой-то степени объясняло такой чисто дзэнский град вопросов, однако в первый миг, должен признаться, я был совершенно сражен.

— Давай-давай, заикайся! — насмешливо подбодрил меня Касиваги, слушая, как я безуспешно пытаюсь что-то сказать. — Валяй, наконец-то у тебя появился слушатель, которого ты можешь не стесняться. Верно я говорю? Ничего, все люди подыскивают себе пару именно по этому принципу... Послушай, а ведь ты, поди, еще девственник. Точно?

Я с серьезным видом кивнул. Касиваги задал этот вопрос с таким медицинским хладнокровием, что я почувствовал — ложь будет во вред самому себе.

— Ну конечно. Невинный ягненок. Разве что не смазливенький — уж чего нет, того нет. Девицам ты не нравишься, а пойти к шлюхе смелости не хватает. Все с тобой ясно. Только знаешь, приятель, если ты надеялся обрести во мне столь же девственного друга, ты здорово ошибся. Рассказать тебе, как я распрощался с невинностью?

Я, дружок, родился на свет с кривыми лапами. Папочка мой служил священником дзэнского храма в Мицуномия... Ты, наверное, думаешь, раз я рассказываю про себя, значит я несчастный калека, которому дай только поплакаться все равно кому? Черта с два, я не из тех, кто откровенничает с первым встречным. Стыдно признаваться, но, по правде говоря, я тоже с самого начала глаз на тебя положил. И знаешь почему? Потому что подумал: этому парню пригодится мой опыт, как раз то самое, что ему нужно. Рыбак рыбака видит издалека — вроде как сектант, который сразу чует единоверца, или трезвенник, сразу распознающий другого такого же придурка.

Ну так вот. Я стыдился сам себя. Считал: если примирюсь с такой жизнью, успокоюсь — грош мне цена. Если бы я копил обиды, за поводами дело бы не стало. Взять хотя бы драгоценных родителей — что им стоило еще в раннем детстве сделать мне операцию, и я стал бы нормальным. Теперь-то уже, конечно, поздно. Но плевал я на родителей, мне и в голову не приходило на них дуться.

Я раз и навсегда убедил себя, что меня не может полюбить ни одна женщина. Ты-то знаешь, насколько утешительна и приятна эта уверенность, другим и невдомек, верно? Не примиряться с условиями своего существования и одновременно верить, что никто тебя не полюбит, — тут никакого противоречия нет. Ведь если я допустил бы мысль, что в меня можно влюбиться, это означало бы, что я уже примирился с жизнью. И я понял одну вещь: надо иметь мужество трезво оценивать вещи, но не менее важно иметь мужество бороться с этой оценкой. Улавливаешь — я палец о палец не ударил, а выходило, будто я уже с чем-то борюсь.

Я не мог, как мои нормальные приятели, лишиться невинности, обратившись к услугам проститутки, — это тебе объяснять не надо. Ведь шлюхи отдаются клиентам, не испытывая к ним любви. Им наплевать: будь ты старик, бродяга, раскрасавец или кривой, — да хоть прокаженный, если это у тебя на роже не написано. Большинство мужчин такое равноправие устраивает в самый раз, и первую свою женщину они покупают за деньги. Только мне эта демократия не подходила. Чтобы меня принимали так же, как здорового и нормального, — да ни за что на свете, думал я, нипочем не унижусь до такого. Я боялся, что если на мои кривые лапы не обратят внимания, не дай бог, проигнорируют их, — все, мне конец. Тебе этот страх знаком, верно? Мое существование на белом свете нуждалось во всестороннем признании, и удовлетворить меня могло только какое-нибудь особое, сверхубедительное доказательство. Вот так и надо строить жизнь, говорил я себе.

Наше недовольство миром, сколь бы яростным оно ни было, в принципе излечимо: достаточно, чтобы изменился либо ты сам, либо окружающий тебя мир. Но меня тошнило от всяких мечтаний на эту тему, я вообще запретил себе любое дурацкое фантазирование. Путем долгих рассуждений я пришел к такому логическому выводу: если мир изменится, я существовать не смогу; а если изменюсь я, то не сможет существовать мир. И должен тебе сказать, что эта мысль, как ни странно, меня успокоила, даже смягчила. Моя убежденность в том, что любить мою персону невозможно, и белый свет вполне могли уживаться друг с другом. Главная ловушка, в которую обязательно попадает урод, — это не отказ от противопоставления себя миру, а слишком уж большое увлечение этим противопоставлением. Вот что делает урода неизлечимым...

И вот однажды, когда я был, как говорится, в самом расцвете юности, со мной произошел невероятный случай. Одна хорошенькая прихожанка из богатой семьи, да еще образованная — колледж окончила, вдруг призналась мне в любви. Я прямо ушам своим не поверил.

Несчастливые люди поневоле становятся специалистами по части психологии, поэтому я, конечно, и не пытался отнести это неожиданное признание за счет жалости к калеке. Уж я-то знал, что из одной только жалости женщина полюбить не может. Я решил, что чувство этой девушки ко мне вызвано ее совершенно невероятной гордыней. Красавице, прекрасно знавшей себе цену, претила мысль о том, что ее будет добиваться какой-нибудь уверенный в себе хлыст. Она ни за что не согласилась бы класть на чаши одних весов свою гордость и его самовлюбленность. Ей предлагали массу так называемых «хороших партий», но чем они были престижнее, тем меньше они ей нравились. В итоге девица брезгливо отказалась от мысли о любви, в которой есть хотя бы намек на равенство (и решение ее было твердым, уж можешь мне поверить), — ну и положила глаз на меня.

Я не колебался ни секунды. Хочешь верь, хочешь нет, но я сразу ответил ей: «Я тебя не люблю». Да и что еще мог я ответить? Это было сущей правдой, я нисколько не кокетничал. Если бы я ухватился за предоставленную мне чудесную возможность и пролепетал: «Я тоже тебя обожаю» — это было бы уже даже не смехотворно, а, я бы сказал, трагично. Между тем я прекрасно усвоил, что человек, обладающий комичной внешностью, не может позволить себе роскоши выглядеть трагичным. Пустись я в трагедии, люди не будут знать, как им себя со мной вести. Я не должен вызывать жалости — хотя бы из жалости к окружающим. Поэтому-то я ей и заявил в лоб: «Я тебя не люблю».

Ее мой ответ не смутил. Она сказала, что я вру. Это надо было видеть — как она пыталась прибрать меня к рукам, осторожненько так, чтобы не оскорбить мою гордость. Красотка не могла себе представить, что ее можно не любить. Он просто самого себя обманывает, решила она. Стала препарировать мою душу и пришла к выводу, что я, конечно же, схожу по ней с ума, причем уже давно. Вообще-то, мозгов ей было не занимать. Если предположить, что девушка действительно меня любила, то следует отдать ей должное: она хорошо понимала трудность своей задачи. Она не могла назвать красивым мое некрасивое лицо — это меня бы обидело, не могла назвать прекрасными мои ноги — я оскорбился бы еще больше, ну и совсем я бы вышел из себя, если б она заявила, что любит не мое тело, а мою душу. Девица прекрасно это понимала и потому повторяла, не вдаваясь в подробности, одно: «Я тебя люблю». Аналитическим путем она вычислила, что во мне пылает ответное чувство.

Такая абсурдная логика найти во мне отклик, конечно, не могла. Хотеть-то я эту девицу хотел и с каждым днем все сильнее, но ее любовь вряд ли могла быть вызвана половым чувством. Я должен был обладать чем-то таким, чего нет больше ни у кого. А чем отличался я от других, кроме своего уродства? Выходит, красавица полюбила меня за косолапые ноги, хоть и не признается в этом? По моей теории, такого произойти никак не могло. Может быть, я принял бы ее любовь, если бы моя индивидуальность не ограничивалась искалеченными ногами. Но стоило мне допустить, что я обладаю еще чем-то, кроме косолапости, еще каким-то правом на существование, и я неминуемо вынужден был бы признать, что это право принадлежит и всем остальным людям. Тогда получилось бы, что я признаю свою связь с окружающим меня миром. Нет уж, не надо мне было никакой любви. Девушка просто выдумала, что любит меня, а я и подавно любить ее не мог. День за днем я твердил ей: «Я тебя не люблю».

И странная штука, чем чаще повторял я эти слова, тем сильнее становился ее самообман. И как-то вечером она решила мне отдаться. Тело у нее было — ослепнуть можно. Да только ничего у меня не вышло.

Моя неудача поставила все на свои места. Наконец-то девица поверила, что я действительно ее не люблю. И оставила меня в покое.

Я, понятное дело, сгорал от стыда, но что был этот стыд по сравнению с главным моим позором — уродливыми ногами? Гораздо больше мучило меня другое. Ведь я отлично знал, почему оказался импотентом. Я просто на миг представил, как мои искореженные лапы коснутся ее хорошеньких ножек. И все, конец. Это открытие нанесло удар по миру, царившему в моей душе, миру, который опирался на уверенность, что любить меня невозможно.

Понимаешь, все это время во мне жила лихая такая веселость, я собирался с помощью обычной похоти, точнее, удовлетворения обычной похоти доказать самому себе невозможность любви. Но меня предало мое собственное тело — оно взяло на себя роль, которую я предназначал только духу. Новое противоречие поставило меня в тупик. Говоря языком банальным, я, всю жизнь уверяя себя, что недостоин любви, только о ней и мечтал. Напоследок же решил подменить любовь похотью и успокоился на этом. Но даже похоть, приятель, требует, чтобы я забыл о своем уродстве, то есть чтобы я отказался от единственной преграды на пути к любви, все той же моей веры в собственную непривлекательность. У меня будто глаза открылись. Оказывается, я всегда считал похоть более примитивной, чем она есть на самом деле, мне и в голову не приходило, что для физической любви тоже нужно уметь видеть себя приукрашенным.

С тех пор тело стало интересовать меня куда больше, чем душа. Но я не мог предаться похоти, мне оставалось только мечтать о ней. Я стал этаким эфиром, которого не видит никто, но который видит всех. Легким ветерком подлетал я к объекту своей страсти, осыпал ласками вожделенное тело и тайно проникал в заветную плоть... Что ты представляешь себе, когда слышишь слово «плоть»? Верно, нечто плотное, массивное, непрозрачное — одним словом, материальное. Для меня же плоть, плотское желание — это ветер, прозрачный и невидимый глазу.

Но мои косолапые ноги торчали вечной помехой, они никак не желали становиться прозрачными. Это, собственно, были даже не ноги, а сгусток духа, материя, причем более твердая, чем любая плоть.

Нормальные люди полагают, что увидеть себя можно только в зеркале, но калека всю жизнь смотрится в зеркало, постоянно висящее перед самым его носом. Каждую минуту он вынужден любоваться собственным отражением. Забвение исключается. Поэтому для меня то, что люди называют «смущением» или «моральным дискомфортом», — не более чем детские игрушки. Нет никакого дискомфорта — мое существование так же определенно и несомненно, как существование солнца, земли, прекрасных островов и безобразных крокодилов. Мир незыблем, словно могильная плита.

Ни малейшего дискомфорта и ни единой точки опоры — вот на чем основывается моя жизненная позиция. Для чего я живу? Этот вопрос не дает другим покоя, некоторые аж накладывают на себя руки. А мне начхать. У меня косолапость — и условие, и причина, и цель, и смысл жизни... Да что там — это и есть моя жизнь. Мне хватает и самого факта моего существования. Более чем. Я вообще думаю, что беспокойство по поводу смысла жизни — это роскошь, позволительная тем, кто не в полной мере ощущает себя живущим на белом свете.

Для начала я приглядел одну старую вдову, живущую в нашей деревне. Ей было лет шестьдесят, а то и больше. Как-то раз, в годовщину смерти ее отца, я пошел к ней вместо папаши читать сутры. В доме никого не было — перед алтарем сидели только мы со старухой. Когда я покончил с поминанием, вдова отвела меня в другую комнату и стала поить чаем. Дело было летом, и я сказал, что хочу освежиться. Разделся догола, а старуха поливала меня водой. Когда я увидел, что она соболезнующе рассматривает мои ноги, в голове у меня моментально возник план.

Мы вернулись в дом, и я, вытираясь полотенцем, стал с торжественным видом плести старухе разные небылицы. Мол, когда я родился, моей матери во сне явился Будда и поведал: «Женщина, которая всей душой возлюбит больные ноги твоего сына, попадет прямиком в рай». Эта благочестивая дура уставилась на меня, знай только четки перебирает. Тут я прочитал приличествующую случаю сутру, сложил руки с четками на груди и хлоп на спину, как был, нагишом. И глаза закрыл. А сам все сутры бормочу.

Ты представить себе не можешь, чего стоило мне сдержаться и не расхохотаться. Меня просто распирало от смеха. И ничего такого в этот миг я о себе не воображал. А старуха тем временем тоже напевала сутры и молилась моим ногам. Я представлял себе свои кривые лапы и мысленно корчился от хохота. «Косолапый, косолапый», — повторял я про себя и ничего не видел, кроме скособоченных моих ног. Кошмарные, безобразные уродцы. Какой нелепый фарс! А старуха еще и кланялась, щекоча мне ступни своими седыми космами, от этого становилось еще смешней.

Оказалось, что мои представления о похоти, создавшиеся у меня после рокового прикосновения к хорошеньким ножкам, были неверными. В самый разгар этого маразматического богослужения я вдруг почувствовал, что возбуждаюсь. Ничего этакого о себе не воображая — ты понял?! Да еще в каких условиях!

Я вскочил и завалил старуху. Мне даже не показалось странным, что она приняла мои действия как должное. Вдовица смирно лежала, закрыв глаза, и читала сутру. Я отлично помню, что это была за сутра — «Заклинание Большого Утешения»: «Ики́-ики́. Сино́-сино́. Ора-сан. Фура́-сяри. Хадза́-хадза́ фура́-сяри́». Ты, конечно, знаешь, как это переводится: «Взываем к Тебе, взываем к Тебе. Даруй нам суть чистейшей из чистот, изгоняющей Три Зла — корысть, гнев и безумие».

Я видел прямо перед собой грубое, обожженное солнцем лицо с зажмуренными глазами, лицо шестидесятилетней женщины, готовой мне отдаться. И возбуждение мое ничуть не спадало. Самое же потешное во всей этой комедии было то, что моими движениями словно бы кто-то руководил, словно бы я тут и ни при чем.

Хотя чего там «ни при чем». Все я видел, все понимал. Такова уж особенность ада — ни одна мелочь не укроется от твоих глаз. Будь кругом хоть мрак кромешный!

В морщинистом лице старухи не было ни красоты, ни какой-нибудь там одухотворенности. Но своим уродством, своей старостью оно в самый раз соответствовало моему внутреннему настрою — никаких грез, никаких фантазий. Кто поручится, что любая раскрасавица не обернется такой же старой ведьмой, если попристальней взглянуть на нее абсолютно трезвыми глазами? Мои ноги и это лицо — ты понял? Мне открылась истинная суть физического возбуждения. Я впервые испытал дружескую симпатию к собственной похоти, поверил в нее. И потом я понял еще одну штуку: надо не стараться сократить дистанцию, отделяющую тебя от объекта страсти, а, наоборот, всячески ее сохранять, чтобы женщина так и оставалась абстрактным объектом страсти — и не больше.

Зато смотреть можно сколько хочешь. У калеки своя логика: он еще не тронулся с места, а ему кажется, что он уже достиг конечной точки; он неподвластен чувству душевного дискомфорта — на этой основе я и создал свою «эротическую теорию». Я разработал схему, имитирующую то, что у людей называется страстью. Для меня сияние, рождаемое ослепляющим желанием, которое можно сравнить с плащом-невидимкой или порывом ветра, — недоступная фантазия; я должен все видеть и знать, что видят меня. Тогда мое увечье и моя женщина оказываются рядом на одинаковом от меня удалении. Реальность — там, а похоть — всего лишь иллюзия. Я смотрю туда и бесконечно падаю, погружаясь в эту иллюзию; семя мое брызжет прямо в реальность. Моя косолапость и моя женщина не соприкасаются, между ними не возникает связи — и та и другая остаются за гранью... Желание нарастает и нарастает — ведь тем прекрасным ножкам никогда не придется дотрагиваться до моих уродливых лап.

Наверное, тебе нелегко во всем этом разобраться. Что, требуется разжевать? Но главное, я думаю, ты понял: с тех пор я успокоился и уверовал, что никакой любви нет и быть не может. Никакого дискомфорта. Никакой любви. Мир на веки вечные застыл на месте, но цель движения уже достигнута. Можно не пояснять, что речь идет о нашем с тобой мире.

Так мне удалось дать краткое определение всеобщей иллюзии, именуемой «любовью». Иллюзия эта пытается связать реальность с химерой... Я знаю твердо: уверенность, что никто тебя не полюбит, — вообще основа человеческого существования... Вот так, приятель, лишился я невинности.

Касиваги замолчал. Все это время я слушал его с напряженным вниманием и только теперь перевел дух. Впечатление от его рассказа было глубоким и горьким, неведомые доселе идеи открылись мне, и заныло сердце. Но прошло несколько мгновений, и весеннее солнце вновь засияло надо мной, вновь вспыхнула усыпанная ярким клевером трава. Стали слышны крики, доносившиеся с баскетбольной площадки. Весенний день оставался совершенно таким же, но значение его и смысл теперь виделись мне иначе.

Не в силах выдержать паузу, я, заикаясь, попытался поддержать разговор и, конечно же, сморозил глупость:

— И с тех пор ты все время один?

Касиваги нарочно сделал вид, что не понимает меня, и заставил повторить вопрос еще раз. Впрочем, ответил он тоном довольно дружелюбным:

— Один? С чего это мне быть одному? Познакомимся лучше — узнаешь, как было дальше.

Зазвенел звонок, извещая о начале лекции. Я было поднялся, но Касиваги ухватил меня за рукав и усадил рядом с собой. В университет я ходил в том же кителе, что и в школу, только пуговицы были новые; ткань совсем вытерлась и обветшала. К тому же форма меня так тесно обтягивала, что хилая моя фигура казалась еще более жалкой.

— Сейчас у нас что, иероглифика? Ну ее, тоска одна. Пойдем-ка лучше погуляем, — предложил Касиваги и стал подниматься, что стоило ему огромных усилий: сначала он будто разобрал свое тело на детали, а потом собрал вновь. Это напоминало мне встающего на ноги верблюда — я видел его в кино.

Я еще не прогулял ни одного занятия, но не хотелось упускать возможности узнать о Касиваги побольше. Мы направились к воротам.

На улице невообразимая походка моего нового приятеля потрясла меня с новой силой, и я испытал некое подобие стыда. Поразительно, как могло во мне возникнуть столь обыденное чувство, и только из-за того, что рядом ковылял хромой калека.

Касиваги впервые открыл мне самую суть стыда, жившего в моей душе. И в то же время он подтолкнул меня к жизни. Касиваги вскрыл все постыдное и скверное во мне, и оно приобрело новую свежесть.

Может быть, от этого, когда мы шли по усыпанной гравием дорожке к воротам, освещенная весенним солнцем гора Хиэйдзан явилась мне по-новому, словно я видел ее в первый раз. Так же как многие из окружавших меня предметов, гора будто бы проснулась и обрела иной смысл. Вершина ее остро вздымалась ввысь, но бег склонов вниз казался бесконечным, как затухающий резонанс музыкального аккорда. Нависая над морем крыш, гора была совсем близко; она сияла выпуклостями складок, впадины же терялись в черно-синей весенней дымке.

На улице перед университетскими воротами было тихо — мало прохожих и мало машин. Лишь изредка, лязгая, пробегал трамвай, ходивший от депо в Карасума до железнодорожного вокзала и обратно. По ту сторону проезжей части, напротив главного входа, находились старинные ворота университетского стадиона; слева шумела молодой листвой аллея деревьев гинкго.

— Пойдем, что ли, по стадиону погуляем? — сказал Касиваги и первым захромал через трамвайные пути. Он пересек пустынную мостовую, яростно дергаясь всем телом, похожий сейчас на крутящееся колесо водяной мельницы.

Стадион был просторен, вдали несколько студентов — то ли тоже сбежали с лекции, то ли у них занятия уже кончились — перебрасывались мячиком; группа из пяти-шести человек размеренно бежала по дорожке, тренируясь перед марафоном. Двух лет не прошло, как кончилась война, а юнцам уже опять некуда девать свою энергию, подумал я и вспомнил скудную храмовую пищу.

Мы присели на полусгнившее спортивное бревно и стали рассеянно смотреть на бегунов, которые то приближались к нам, то снова мчались прочь по кольцевой дорожке. Дивное это было ощущение — прогуливать занятия, словно свежее прикосновение впервые надетой новенькой рубашки. Как ярко светило солнце, как нежно дул ветерок! Вновь, тяжело дыша, сюда неслись бегуны; они запыхались, бег их стал неровным; вот, окутав нас облаком пыли, они протрусили мимо.

— Идиоты, — кивнул на них Касиваги, в голосе его не чувствовалось ни малейшей зависти. — Ну чем они занимаются? «Полюбуйтесь, какие мы крепкие да здоровые»? Кому нужен этот спектакль? Сейчас повсюду устраивают спортивные состязания. Верный признак упадка. Людям надо показывать вовсе не это. А знаешь что? Смертную казнь, вот что. И почему только у нас не устраивают публичные экзекуции, — мечтательно вздохнул Касиваги. — Не кажется ли тебе, что порядок в стране во время войны удавалось поддерживать только потому, что из насильственной смерти сделали своего рода представление? Публичную казнь человечество отменило якобы для того, чтобы не ожесточать людские сердца. Чушь собачья! Знаешь, какие благостные, оживленные лица были у тех, кто убирал трупы после бомбежек? Зрелище страданий и крови, предсмертные стоны ближнего учат человека смирению, делают его душу тоньше, светлее и мягче. Корни зверства и кровожадности надо искать не здесь. Жестокость рождается совсем в иные минуты — например, в такой вот славный весенний день, когда сидишь на подстриженном газончике и разглядываешь солнечные пятна на травке, а, как по-твоему? Все жутчайшие кошмары, произошедшие в истории человечества, начинались именно так. Вид же корчащегося в предсмертной агонии, окровавленного тела — причем среди бела дня, заметь, — придает кошмару конкретность, материальность. Это уже не наша мука, а мука кого-то там другого, страшная и абсолютно реальная. Только и всего. Чужую же боль мы не чувствуем. Представляешь, как здорово?

Однако меня в тот момент интересовала не столько кровожадная концепция Касиваги (хотя она и была чем-то мне близка), сколько его отношения с женщинами после того, как он лишился невинности. Я уже говорил, что надеялся с помощью Касиваги приблизиться к жизни. Очень путано и туманно я спросил его об этом.

— Ты о бабах? Ха! Я, брат, теперь в два счета распознаю женщин, которые готовы влюбиться в косолапого калеку. Есть среди женского пола такая особая разновидность. Баба этого сорта может всю жизнь прожить и в могилу улечься, так и не сказав никому о своей тайной склонности, а сама год за годом только и мечтала об уроде с ногами, как у меня. Ну так вот, признаки, по которым я определяю любительницу косолапости, таковы: это, как правило, красотки высшего класса; носик у них непременно остренький и надменный, но зато в рисунке рта есть этакая легкая распущенность...

В этот момент мимо нас проходила молодая женщина.

ГЛАВА ПЯТАЯ

Она шла не по стадиону, а по примыкавшей к нему улочке, которая с противоположной стороны была застроена жилыми домами. Тротуар находился на полметра ниже уровня спортивной площадки. Женщина вышла из дверей роскошного особняка в испанском стиле. Над крышей торчали две трубы, окна были забраны ажурными решетками, стеклянная крыша оранжереи придавала дому вид хрупкий и беззащитный, однако двор окружала высокая проволочная изгородь.

Мы с Касиваги сидели на бревне как раз напротив этой ограды. Я случайно взглянул в лицо женщине и, ошеломленный, замер — аристократичные черты в точности соответствовали приметам, по которым Касиваги определял «любительниц косолапости». Позднее мне стало стыдно за свое изумление; я решил, что Касиваги давно приметил эту женщину и, может быть, даже заранее имел на нее виды.

Мы ждали, пока незнакомка подойдет поближе. Ярко светило весеннее солнце, синей громадой дыбилась гора Хиэйдзан, к нам приближалась молодая женщина. Я еще не успел оправиться от впечатления, которое произвели на меня странные речи Касиваги: он говорил, что его косолапые ноги и его женщина существуют в реальном мире независимо, словно две звезды, а сам Касиваги тем временем вкушает наслаждение, все глубже погружаясь в химеры и иллюзии. В это мгновение солнце скрылось за тучей, и на нас с Касиваги легла тень; мне почудилось, что мир приоткрыл нам свой призрачный лик. Все вдруг стало пепельно-серым и ненадежным, ненадежным показалось мне и собственное существование. Незыблемыми и реальными оставались только темно-фиолетовая вершина горы да еще шагавшая по тротуару грациозная фигурка.

Женщина несомненно приближалась, но время тянулось мучительно, словно нарастающая боль, и с каждым шагом в лице незнакомки все яснее проглядывали иные, не имевшие к ней никакого отношения черты.

Касиваги поднялся и сдавленно прошептал мне на ухо:

— Пошли. Делай все, как я скажу.

Я вынужден был подчиниться. Мы шли по самому краю спортплощадки, по парапету, рядом с женщиной, но на полметра выше.

— Прыгай вниз! — ткнул мне в спину острым пальцем Касиваги.

Я спрыгнул на тротуар, благо было невысоко. Тут же рядом со мной с ужасающим грохотом приземлился на свои больные ноги Касиваги и, конечно, упал.

Тело в черной студенческой форме распласталось у моих ног, в нем не было ничего человеческого, и на миг мне показалось, что это какая-то грязная лужа, оставшаяся на асфальте после дождя.

Касиваги свалился прямо под ноги женщине, и она замерла на месте. Я опустился на колени, чтобы помочь ему подняться. Посмотрев снизу на гордый, правильный нос, чувственный рот, влажно блестевшие глаза незнакомки, я отчетливо увидел перед собой лицо Уико, освещенное луной.

Но мираж тут же рассеялся, и передо мной вновь оказалась молодая женщина, точнее, девушка — ей не могло быть больше двадцати; она презрительно оглядела меня и собралась продолжить свой путь. Касиваги почувствовал ее намерение еще прежде, чем я. Он громко закричал. Страшный вопль далеко разнесся по пустынному в этот полуденный час кварталу.

— Какая жестокость! Неужели ты хочешь уйти и бросить меня здесь?! Ведь это из-за тебя я так расшибся!

Девушка обернулась, и я увидел, что она вся дрожит. Тонкими, сухими пальцами она провела по бледной щеке и спросила у меня:

— А что я могу сделать?

Касиваги, подняв голову, пристально посмотрел ей в глаза и очень отчетливо произнес:

— Йод-то, поди, у тебя дома есть?

Немного помолчав, девушка повернулась к нам спиной и пошла обратно к дому. Я помог Касиваги подняться на ноги. Он тяжело навалился на меня, дыхание его было прерывистым; но стоило мне, подставив ему плечо, тронуться с места, как он пошел с неожиданной легкостью.

Я добежал до остановки «Трамвайное депо» и прыгнул в трамвай, направлявшийся в сторону Храма. Только тогда смог я перевести дыхание. Руки были липкими от пота.

Со мной произошло вот что: я, следуя за девушкой, довел Касиваги до дверей особняка, но на пороге меня вдруг охватил такой ужас, что я бросил своего приятеля и без оглядки кинулся бежать. Даже в университет не вернулся. Я несся по тихим улицам мимо аптек, кондитерских, магазинов. Один раз краем глаза я увидел что-то лиловое и еще алое, — наверное, то были бумажные фонари с изображением цветков сливы, украшавшие стены и ворота синтоистского храма Котоку. Я сам не знал, куда бегу.

Лишь когда трамвай проехал квартал Мурасакино, я понял, что мое бешено колотящееся сердце влечет меня к Золотому Храму.

Несмотря на будний день, Кинкакудзи одолевали толпы посетителей — туристский сезон был в самом разгаре. Старый экскурсовод проводил меня подозрительным взглядом, когда я проталкивался к Храму через людское скопище.

И вот я вновь оказался перед ним, на сей раз окруженный клубами пыли и толпами зевак. Во весь голос надрывался экскурсовод, а Золотой Храм стоял как ни в чем не бывало, наполовину скрыв от досужих взглядов свою красоту. Лишь его силуэт, отраженный в пруду, сиял прозрачностью и чистотой. Однако, если присмотреться, клубы пыли напоминали золотые облака, которые окутывают бодисатв, окружающих Будду на картине «Сошествие Божества на землю»; сам же Храм, замутненный пыльной тучей, был похож на старую, выцветшую картину или на полустертый временем узор. Я не усмотрел ничего странного в том, что шум и толчея, царившие внизу, впитывались стройными колоннами нижнего яруса и через Вершину Прекрасного, через золотистого феникса уходили, сжимаясь и слабея, в белесое небо. Кинкакудзи самим фактом своего существования восстанавливал порядок и приводил все в норму. Чем суетливее становилась толкотня внизу, тем разительнее был эффект Кинкакудзи, этого мудреного асимметричного сооружения с его вытянувшимся на запад Рыбачьим павильоном и суженным обрубком Вершины Прекрасного; Храм действовал подобно фильтру, превращающему грязный поток в родниковую воду. Кинкакудзи не отвергал жизнерадостной болтовни людской толпы, он просто втягивал ее меж точеных своих колонн и выпускал наружу уже нечто умиротворенное и ясное. Так Храму удавалось достичь на земле той же неподвижности, которой обладало отражение в глади пруда.

Душа моя умирилась, страх, владевший ею, исчез. Вот каким в моем представлении должно быть Прекрасное. Оно обязано отгородить, защитить меня от жизни.

«Если меня ожидает такая же жизнь, как у Касиваги, — взмолился я, — спаси меня, Храм, спаси и защити. Я этого не вынесу».

В словах Касиваги, в разыгранном им передо мной спектакле мог заключаться только один смысл: жить и уничтожать — одно и то же. Что же это за жизнь? В ней нет ни естественности, ни красоты, присущей Золотому Храму, какое-то мучительное содрогание — и больше ничего. Что скрывать, такое существование было исполнено для меня соблазна, я чувствовал, что именно в этом направлении лежит мой путь; но прежде придется израни́ть в кровь руки об острые осколки жизни — вот какая мысль вселяла в меня ужас. Касиваги с одинаковым презрением относился и к инстинктам, и к интеллекту. Все его существо, словно некий диковинный мяч, катилось вперед с единственной целью — пробить стену реальности. Никаких конкретных действий не подразумевалось. Жизнь, которую предлагал мне Касиваги, представляла собой

123

рискованный фарс: разбить вдребезги реальность, дурачащую нас множеством неведомых обличий, и, пока с реальности сорвана маска, а новая, неизвестная еще не надета, вычистить весь мир добела.

Я это понял позднее, когда побывал в комнате, которую снимал Касиваги, и увидел висевший на стене плакат. Обычная реклама туристического агентства, приглашающая посетить Японские Альпы, — белые пики на фоне синего неба и поперек призыв: «Приглашаем вас в мир неведомого!» Касиваги крест-накрест перечеркнул ядовито-красным эту надпись и горные вершины, а сбоку написал своим характерным, скачущим почерком, похожим на его дерганую походку: «Терпеть не могу неведомого!»

На следующий день я отправился на занятия, снедаемый беспокойством за Касиваги. С моей стороны было, конечно, не по-товарищески бросать приятеля в беде и бежать от него со всех ног. Не то чтобы меня мучила совесть, но волноваться я волновался: вдруг он сегодня не придет в университет? Однако перед самым началом лекции Касиваги, целый и невредимый, вошел в аудиторию, как всегда неестественно дергая плечами на ходу.

Как только прозвенел звонок, я приблизился к нему и схватил за руку. Уже само это порывистое движение было для меня необычным. Касиваги засмеялся, скривив углы рта, и повел меня в коридор.

— Как твои ушибы?

— Какие еще ушибы? — взглянул он на меня, снисходительно улыбаясь. — Ну откуда им взяться? А? С чего тебе в голову-то взбрело, что я действительно ушибся?

Я ошарашенно уставился на Касиваги, а он, еще немного помучив меня, снисходительно объяснил:

— Это же был цирк чистой воды. Я столько тренировался падать на асфальт, что достиг в этом деле совершенства. Так могу грохнуться — любому покажется, будто я все кости себе переломал. Правда, я не ожидал, что она попытается пройти мимо, словно ничего не случилось. Но это ерунда. Зато она в меня уже втюрилась. Нет, не так. Она втюрилась в мои косолапые ноги. Представляешь, сама их йодом мазала.

Касиваги задрал штанину и предъявил желтую от йода щиколотку.

Мне показалось, что я разгадал его трюк: конечно, Касиваги упал на тротуар, чтобы привлечь к себе внимание девушки, но дело не только в этом; уж не пытался ли он ложной травмой отвлечь внимание от своего уродства? Но эта догадка не вызвала во мне презрения к приятелю, наоборот, он стал мне ближе. И еще была у меня одна, вне всякого сомнения, наивная мысль: чем больше таких трюков и мелких обманов в философии Касиваги, думал я, тем, значит, серьезнее его подлинное отношение к жизни.

Надо сказать, что мое сближение с Касиваги не очень понравилось Цурукаве. Он стал приставать с разными «дружескими» советами, но они только раздражали меня. Помнится, я даже ответил, что Цурукава имеет возможность заводить себе любых, самых расчудесных друзей, мне же, мол, в самый раз подходит компания калеки. Как мучили меня потом угрызения совести, когда я вспоминал невыразимую печаль, с которой взглянул на меня тогда Цурукава!

* * *

Как-то в мае Касиваги предложил — не дожидаясь воскресенья, когда кругом будет полно народа, а прямо в один из будних дней — вместо занятий отправиться на гору Арасияма на пикник. Характерно, что при этом он заявил: «В ясную погоду не поеду. Только если будет пасмурно». Компанию составить нам должны были та самая барышня из испанского особняка и еще соседка Касиваги, которую он пригласил специально для меня.

Встретиться мы договорились на станции Китано. К счастью, погода в тот майский день выдалась на редкость унылая и мрачная.

Цурукава на неделю уехал в Токио, к родным — что-то у них там стряслось. Это тоже было кстати: конечно, Цурукава не донес бы на меня, но пришлось бы по дороге в университет отвязываться от него под каким-нибудь предлогом.

Да, тяжело мне вспоминать события той прогулки. Мы были совсем молодыми, но весь день оказался окрашен в мрачные, злые, беспокойные и нигилистские тона, которые, впрочем, свойственны юности. Касиваги, несомненно, предвидел это заранее и выбрал столь неподходящую для прогулки погоду не случайно.

Дул порывистый юго-западный ветер; он то набирал силу, то внезапно затихал, и временами в воздухе проносились лишь легкие нервные дуновения. Небо налилось свинцом, но о том, где находится солнце, все же можно было догадаться: облака в одном месте источали беловатое сияние — так под покровом одежд угадывается белая женская грудь; однако тусклое свечение тут же растворялось в монотонной серости туч.

Касиваги сдержал слово. Я увидел его у вокзального турникета рядом с двумя женскими фигурами. Одну из них я сразу узнал: тонкий, надменный нос, припухшие губы. Через плечо красавицы, поверх дорогого заграничного платья, висела на ремешке фляга. Рядом с этой барышней пухленькая и низкорослая соседка Касиваги, скромно одетая и неприметная, выглядела жалковато. Пожалуй, только маленький подбородок да поджатые губки были по-девичьи привлекательны.

Настроение, которому по всем понятиям следовало бы быть праздничным, испортилось у меня еще в электричке. Касиваги и его подруга все время ссорились между собой (слов, правда, разобрать я не мог); несколько раз она прикусывала губу, явно сдерживая слезы. Вторая девица сидела с безразличным видом и тихонько напевала модную песенку. Вдруг она обернулась ко мне и затараторила:

— Знаешь, у меня по соседству живет одна дамочка, красивая такая, уроки икебаны дает. Она мне на днях одну романтическую историю рассказала — ужас до чего грустная! У нее во время войны был любовник, офицер, ну и отправили его, значит, на фронт. Напоследок они устроили церемонию прощания в храме Нандзэндзи. Родители не разрешали им пожениться, а у нее уже ребенок родился, умер, правда, родами, бедняжка, прямо перед тем, как ему, ну офицеру в смысле, на фронт идти. Так уж он убивался, так убивался, а когда они прощались, он, значит, говорит: хочу, говорит, молока твоего попробовать. Представляешь? Ну, времени уже не было, так она ему прямо в чашку с чаем нацедила, а он взял и выпил. И что ты думаешь — месяца не прошло, а офицера-то и убило. Так она с тех пор одна и живет, уроки дает. Жалко — молодая, красивая.

Я слушал и не верил своим ушам. Вновь перед моим взором предстала та немыслимая сцена в Нандзэндзи, невольными свидетелями которой оказались мы с Цурукавой в конце войны. Девушке я ничего об этом рассказывать не стал. Нарочно — иначе я предал бы таинственное волнение, охватившее меня тогда; если же я промолчу, подумалось мне, разъяснение этой истории не обесценит ее, а, наоборот, еще более усугубит ее загадочность.

Поезд тем временем проезжал мимо бамбуковых рощ Нарутаки. Листья тростника пожелтели, ведь шел уже май. Ветер шелестел ветвями, срывал пожухшие листья, и они падали на густую траву; но корням бамбука, казалось, не было дела до увядания, они стояли незыблемо, в беспорядочном переплетении отростков. Лишь те стволы, что росли ближе всего к железнодорожному полотну, вовсю раскачивали ветвями в вихре, поднятом поездом. Мне бросился в глаза один молоденький, сияющий зеленью бамбук. В мучительном изгибе его ствола чувствовалось нечто грациозное и фантастическое; он еще долго стоял у меня перед глазами, пока не исчез навсегда...

Выйдя из поезда, мы направились к горе Арасияма и возле моста Тогэцу увидели гробницу фрейлины Кого.

Согласно легенде, прекрасная фрейлина Кого, фаворитка императора Такакура, страшась гнева всемогущего Киёмори Тайра[1], скрылась из столицы в Сагано. По приказу императора беглянку отправился разыскивать Накакуни Минамото и однажды в середине осени, лунной ночью, обнаружил ее убежище по едва слышному звону струн бива. Красавица пела песню «С любовью думая о нем». В пьесе театра Но «Кого» эта сцена описывается следующим образом:

---

[1] Правитель Японии (1118–1181).

«Зачарован лунным светом, прибыл он в долину Хорин и услышал среди ночи струн далекий перезвон. Он не понял поначалу, то ли это голос ветра, то ли отзвук лютой бури, проносившейся в горах. Но когда ему сказали: „Это песнь тоски сердечной", он возрадовался, ибо в песне слышалась любовь».

Остаток жизни фрейлина провела в Сагано, удалившись от мира, и каждодневно возносила молитвы за упокой души своего возлюбленного императора.

Гробница представляла собой небольшую каменную башенку, к которой вела узкая тропинка. По сторонам могилы росли огромный клен и древняя, наполовину засохшая слива. Мы с Касиваги с самым благочестивым видом прочитали короткую сутру в память легендарной фрейлины. Напускная набожность, с которой Касиваги произносил слова молитвы, была настолько кощунственна, что я поневоле поддался его примеру и тоже загнусавил с преувеличенной торжественностью. Это небольшое святотатство необычайно оживило меня, я стал чувствовать себя гораздо свободнее.

— Жалкий вид имеют все эти прославленные гробницы, — заявил Касиваги. — Богатые и власть имущие оставляют потомкам на память роскошные надгробия и сногсшибательные усыпальницы. У этой публики при жизни полностью отсутствовала фантазия, вот и могилы они себе сооружали такие, что смотреть тошно, — никакого простора воображению. Что же касается так называемых «благородных героев и героинь», то они как раз имели фантазию будь здоров, их гробницы уповают исключительно на наше с тобой воображение. Только это, по-моему, еще противнее: представляешь, человек давно умер, а все выпрашивает, все чего-то клянчит у людей.

— Выходит, благородство — не более чем игра воображения? — весело спросил я. — Вот ты часто говоришь о реальности. В чем, по-твоему, реальность благородства?

— А вот в этом. — Касиваги шлепнул ладонью по заросшему мхом камню башенки. — В неорганике, остающейся после смерти человека.

— Ты прямо буддийский проповедник, — усмехнулся я.

— Ерунда, при чем тут буддизм? И благородство, и культура, и разные выдуманные человеком эстетические категории сводятся к бесплодной неорганике. Возьми хоть пресловутый Сад Камней — обычные булыжники, и больше ничего. А философия? Тот же камень. И искусство — камень. Стыдно сказать, но единственным органическим увлечением человечества является политика. Человек — это такая тварь, которая сама на себя гадит.

— А куда ты относишь половое чувство?

— Половое чувство? Оно где-то посередине. Человек и камень играют друг с другом в пятнашки, один переходит в другого, а потом обратно.

Я хотел возразить, воспротивиться его представлению об эстетических категориях, о Прекрасном, но нашим спутницам наскучила отвлеченная дискуссия, они направились назад, к дороге, и нам пришлось следовать за ними.

С тропинки открывался вид на реку Ходзугава, на дамбу, перекрывавшую поток к северу от моста Тогэцу. Гора Арасияма, высившаяся на противоположном берегу, была покрыта тусклой и мрачной зеленью, лишь вода у плотины жизнерадостно кипела белой пеной, журчание и плеск заглушали все прочие звуки.

По реке скользило немало лодок, но, когда мы вошли в парк Камэяма, людей там почти не было, лишь бумажки и мусор на траве.

У ворот парка мы обернулись и еще раз окинули взглядом реку, гору и деревья, покрытые молодой листвой. Напротив, на другом берегу, по склону сбегал небольшой водопад.

— Красивый ландшафт — это и есть ад, верно? — сказал Касиваги.

Несет первое, что взбредет в голову, с раздражением подумал я, но все же попытался взглянуть на пейзаж глазами Касиваги, стараясь усмотреть в нем что-нибудь инфернальное. И не без успеха. В тихой картине природы, покрытой молодой зеленью, я уловил дыхание ада. Оно давало почувствовать себя и днем и ночью, всегда и везде — достаточно было только о нем подумать. Стоило призвать ад, и он сразу оказывался тут как тут.

Знаменитые вишневые деревья Арасияма, по преданию пересаженные сюда в тринадцатом веке с горы Ёсино, уже отцвели, и теперь их ветки зеленели молодыми листочками. В этих краях вишни после цветения утрачивают всякий смысл, словно имена умерших красавиц.

Впрочем, больше всего в парке Камэяма росло сосен, неподвластных временам года. Высокие деревья на крутых склонах тянулись ввысь и обрастали ветвями лишь на значительном удалении от земли; вид пересекающихся под разными углами голых стволов создавал беспокойное ощущение нарушенной перспективы.

131

Дорожка, опоясывавшая территорию парка, то резко поднималась вверх, то снова шла вниз; вырубки перемежались кустарниками, посадками молодых сосенок, а возле огромного белого камня, глубоко вросшего в землю, пышно цвели пурпурные азалии. Яркий этот цвет на фоне угрюмого неба показался мне зловещим.

Мы миновали качели, на которых раскачивалась юная пара, поднялись чуть выше по склону и на вершине небольшого холма присели передохнуть в беседке. На востоке от нас раскинулся обширный парк, на западе, за деревьями, виднелась река. Снизу беспрестанно доносился пронзительный скрип качелей, похожий на визг пилы.

Барышня развернула сверток с завтраком. Не зря Касиваги говорил, что еду мне брать с собой не обязательно: здесь были и бутерброды, и заморские сласти, и даже бутылка виски, которым снабжали оккупационные войска, — японец мог его купить разве что на черном рынке. В то время Киото был центром спекуляции всего района Осака — Киото — Кобэ.

Я обычно не пил спиртного, но тут, следуя примеру Касиваги, с поклоном принял рюмку из рук девушки. Наши спутницы предпочитали чай из фляги.

Я до сих пор не мог поверить, что Касиваги и эту красавицу связывают близкие отношения. Почему такая гордячка снизошла до нищего, хромого студента? Словно отвечая на мой невысказанный вопрос, Касиваги после двух-трех рюмок заговорил:

— Видел, как мы с ней собачились в электричке? Понимаешь, родители заставляют ее выходить замуж за одного типа, которого она терпеть не может. Ну, она сразу хвост поджала и лапки кверху. А я ее попеременно то утешал, то пугал, что расстрою к чертовой матери эту свадьбу.

Все это Касиваги говорил мне, словно девушка и не сидела тут же, вместе с нами. Она молча слушала его, и на лице ее не дрогнул ни единый мускул. Нежную шею украшали голубые фарфоровые бусы, роскошные волосы бросали мягкую тень на лицо, сиявшее почти нестерпимой свежестью на фоне хмурого неба. Затуманенный взгляд придавал этому лицу обнаженное и беззащитное выражение. Припухлые губы, как всегда, были слегка приоткрыты, и в узкой щели сухо белели зубки — мелкие, ровные и острые, словно у какого-нибудь зверька.

— О-о! Как больно! — закричал вдруг Касиваги и, согнувшись пополам, схватился руками за щиколотки.

Я испуганно кинулся к нему, но он оттолкнул меня, незаметно подмигнув, — по лицу его скользнула холодная улыбка. Я отпрянул.

— А-а! Больно! — снова застонал Касиваги, в его крике звучала неподдельная мука.

Я непроизвольно взглянул на барышню. Лицо ее разительным образом переменилось: глаза лихорадочно заблестели, задрожали губы, лишь гордый точеный носик оставался все тем же, странно контрастируя с остальными чертами и нарушая гармонию этого лица.

— Прости меня! Прости! Сейчас я тебя вылечу! Сейчас!

Впервые я услышал, чтобы она говорила таким пронзительным голосом, словно, кроме них двоих, здесь никого не было. Девушка поспешно огляделась по сторонам, опустилась на колени и обняла ноги

Касиваги. Сначала она прижалась к ним щекой, потом стала осыпать поцелуями.

Вновь, как и при первой их встрече, меня охватил непреодолимый ужас. Я обернулся на вторую девушку. Она смотрела в другую сторону и с безразличным видом мурлыкала песенку...

В это мгновение сквозь тучи проглянуло солнце. А может быть, мне только показалось. Однако несомненно одно: тихому спокойствию пейзажа пришел конец; вся прозрачная картина, окружавшая нас, — сосновые рощи, блеск речной воды, синевшие вдали горы, белые скалы, яркие пятна азалий — вдруг словно покрылась сеткой мельчайших трещин.

Чудо, которого, очевидно, жаждала барышня, свершилось — стоны Касиваги постепенно затихли. Он поднял голову и опять послал мне холодный насмешливый взгляд.

— Прошло! Чудеса да и только. Надо же, стоит тебе так сделать, и боль сразу куда-то уходит.

Он взял барышню обеими руками за волосы и поднял ее лицо кверху. Она глядела на него снизу, словно преданная собака, и искательно улыбалась. В безжалостном свете пасмурного дня лицо юной красавицы внезапно показалось мне уродливой физиономией старухи, о которой рассказывал Касиваги.

После «совершения чуда» мой приятель пришел в отличное расположение духа. В его безудержном веселье временами сквозило чуть ли не безумие. Он то заливался громким хохотом, то сажал барышню себе на колени и начинал с ней целоваться. Смех его раскатывался эхом по лесистому склону.

— Ну, что сидишь как пень? — крикнул мне Касиваги. — Я же специально для тебя подружку привел, так давай обхаживай ее! Или ты боишься, что она станет смеяться над твоим заиканием? Ничего, ничего, заикайся! Может, ей нравятся заики!

— Так ты заика? — спросила меня его соседка, словно впервые услышав об этом. — Ничего себе компания собралась — сплошные калеки.

Ее слова больно кольнули меня, стало невмоготу оставаться здесь. Я испытал к этой девице жгучую ненависть, но — странное дело — тут же закружилась голова, и на смену ненависти пришло желание.

— Ну, расходимся, — объявил Касиваги, поглядывая на юную пару, все еще качавшуюся на качелях. — Встречаемся в этой же беседке через два часа.

Они с барышней ушли. Мы спустились немного вниз, а потом вновь стали подниматься по отлогому склону.

— Снова девушке голову морочит своими чудотворными фокусами. Обычный его трюк, — заметила девица.

Я спросил, заикаясь:

— А откуда ты знаешь?

— Подумаешь, у меня у самой с ним роман был.

— А сейчас уже нет? И ты не ревнуешь?

— Вот еще. Что с него, с калеки, возьмешь.

Эти ее слова придали мне мужества, и я продолжил свой допрос:

— Ты что, тоже с ума сходила по его ногам?

— Брр, — передернула плечами девушка. — Не говори мне об этих лягушачьих лапах. Вот глаза у него красивые, это да.

Воскресшее ненадолго мужество опять оставило меня. Что бы там ни фантазировал себе Касиваги, эта девушка, оказывается, любила его за красоту, о которой он сам и не подозревал. Мое же чувство собственного превосходства основывалось на убеждении, что я знаю о самом себе абсолютно все и что во мне ничего привлекательного нет и в помине.

Взобравшись на возвышенность, мы оказались на небольшой уединенной лужайке. Сквозь ветви сосен и криптомерий вдали виднелись силуэты гор Даймондзияма и Нёигадакэ. Весь склон холма, на котором мы находились, был покрыт бамбуковой порослью, спускавшейся к самым городским домам, а вдалеке белела запоздалыми цветами одинокая вишня. «Что-то отстала ты от подруг, — подумал я, — тоже, наверное, заикаешься».

Мне сдавило грудь, тяжестью налился желудок. Выпитое виски было тут ни при чем, это мое желание набирало силу и вес, оно давило мне на плечи, превратившись в некую абстрактную конструкцию, существующую отдельно от меня. Желание напоминало массивный черный заводской станок.

Не раз уже говорил я, что многого ожидал от Касиваги: из лучших, а может быть, из худших побуждений он должен был ввести меня в жизнь. Я, тот самый мальчишка, что некогда изуродовал блестящие ножны кортика своего старшего товарища, твердо знал: дорога, ведущая к светлой поверхности жизни, мне заказана. А Касиваги впервые показал мне, что в жизни существует и еще один путь — окольный, с черного хода. На первый взгляд могло показаться, что путь этот ведет лишь к разрушению и гибели, но как богат он был неожиданными хитрыми поворотами, подлость он превращал в мужество; его следовало бы назвать алхимией, поскольку он регенерировал злодейство, возвращая его в исходное состояние — чистую энергию. Разве это была не настоящая жизнь? Она тоже шла своим чередом, претерпевала изменения, имела свои свершения, в конце концов, ее тоже можно было лишиться! Безусловно, обычной ее не назовешь, но все необходимые атрибуты присутствовали и в ней. Если где-то там, за невидимой нашему глазу чертой, заранее определено, что всякое существование лишено цели и смысла, значит жизнь, которой жил Касиваги, была ничем не хуже любой другой.

Вряд ли суждения Касиваги можно признать вполне трезвыми, подумал я. В любом рассудочном построении, сколь бы мрачным и зловещим оно ни было, обязательно есть элемент опьянения — хотя бы собственной рассудочностью. А хмель всегда один и тот же, от чего бы ни пьянел человек...

Мы присели на траву возле увядших, изъеденных насекомыми ирисов. Я никак не мог понять, что заставляет мою спутницу оставаться со мной. Почему решилась она оскверниться (я специально употребляю это страшное слово) общением со мной. Существует, наверное, в мире пассивность, исполненная нежности и застенчивости, но соседка Касиваги просто сидела и равнодушно наблюдала, как мои пальцы скользят по ее пухлым ручкам — словно мухи по лицу спящего.

Долгий поцелуй и прикосновение к мягкому девичьему подбородку вновь пробудили во мне желание. Я столько мечтал о подобной минуте, но теперь ощущения реальности не возникало, желание жило само по себе, мчалось по своей собственной траектории. Хаотичный и разобщенный мир ничуть не изменился: плыли в небе белые облака, шелестели ветви бамбука, по листику ириса натужно карабкалась божья коровка...

Чтобы избавиться от этого наваждения, я попытался свести мое желание и сидевшую рядом де-

137

вушку воедино. Именно здесь была жизнь. Стоило мне разрушить последнее препятствие, и путь стал бы свободным. Если я упущу предоставленный шанс, жизнь никогда больше не дастся мне в руки. В памяти вновь возникли бесчисленные унижения, перенесенные мной, когда в горле сбивались и застревали слова. Я должен был что-то сейчас сказать, пусть даже заикаясь, обязан был заявить на жизнь свои права. Я вновь услышал грубый, жестокий голос Касиваги, приказывавший: «Ну, давай заикайся!» — и голос этот придал мне сил... Наконец моя рука скользнула под платье девушки.

И тут передо мной возник Золотой Храм. Замысловатое, мрачное сооружение, исполненное глубокого достоинства. Сверкнула облезлая позолота, напоминание о днях былого великолепия. Прозрачный Храм невесомо парил на непостижимом уму расстоянии — одновременно далекий и близкий, родной и бесконечно чужой.

Кинкакудзи встал между мной и жизнью, к которой я так стремился; сначала он был мал, словно изображение на миниатюре, но постепенно становился все больше и больше, пока наконец не заполнил собой весь мир без остатка, все его углы и закоулки. Впервые прообраз гигантского этого Храма я увидел в искусном макете, выставленном в первом ярусе Кинкакудзи. Бескрайнюю вселенную огласила одна мощная мелодия, и в этой музыке заключался смысл всего мироздания. Храм, временами изгонявший меня прочь, обрывавший все связи, теперь принял меня в свои стены, прикрыл и поглотил.

Жалкой пылинкой сдуло с лица земли мою спутницу, ставшую сразу крошечной и далекой. Храм отверг ее, а значит, была отвергнута и жизнь, что так влекла меня. Как мог я тянуться руками к жизни, когда весь мой мир наполняло Прекрасное? Оно имело право требовать, чтобы я отрекся от всего остального. Невозможно касаться одной рукой вечности, другой — суетной повседневности. В чем смысл действий, посвящаемых сиюминутной жизни? Поклясться в верности избранному мгновению и заставить его остановиться? Если так, то Золотому Храму это было прекрасно известно, ибо он, на миг отменив изгнание, на которое сам же меня обрек, явился в такое мгновение моему взору и открыл мне тщету тоски по жизни. В суете каждодневного бытия нас пьянит мгновение, обернувшееся вечностью, Храм же показал мне всю ничтожность этого превращения по сравнению с вечностью, сжатой в одно мгновение. Именно тогда вечное существование Прекрасного заслоняет и отравляет нашу жизнь. Чего стоит рядом с этим мимолетная красота, которую жизнь позволяет увидеть нам краешком глаза? Под действием этого яда земная красота меркнет и рассыпается в прах, да и сама жизнь предстает перед нашим взглядом в безжалостном бело-коричневом свете разрушения...

Под действием чар Золотого Храма я находился недолго. Вскоре я очнулся, Храма как не бывало. Да и откуда ему было здесь взяться, этому архитектурному сооружению, находящемуся далеко на северо-востоке отсюда? Явившееся мне видение, будто Кинкакудзи принял и защитил меня, растаяло как дым. Я лежал на холме, в парке Камэяма, среди травы, цветов, глухого жужжания насекомых, а рядом со мной непристойно раскинулась чужая девушка.

Раздосадованная моей внезапной робостью, девушка приподнялась, резко повернулась ко мне спиной и достала из сумочки зеркальце. Она не сказала мне ни слова, но презрение ее было безгранично, оно вонзилось прямо в мою кожу, словно репейник, что липнет осенью к одежде.

Небо низко нависло над нашими головами. Мелкий дождь брызнул на траву и на ирисы. Мы поспешно поднялись и побежали по дорожке к беседке.

* * *

Пикник закончился весьма плачевно, но это не единственная причина, по которой тот майский день оставил столь тяжкий осадок в моей душе. Вечером, перед самым «открытием подушки», на имя настоятеля пришла телеграмма из Токио, и ее содержание моментально стало известно всем обитателям храма.

Умер Цурукава. В телеграмме коротко сообщалось, что он стал жертвой несчастного случая; подробности мы узнали позднее. Накануне вечером Цурукава пошел в гости к дяде, который жил в Асакуса[1], и там выпил вина, к чему был совершенно не приучен. На обратном пути, возле самой станции, его на перекрестке сбил грузовик. Цурукава сильно ударился головой и скончался на месте. Потрясенная горем семья только на следующий день к вечеру догадалась послать телеграмму в храм Рокуондзи.

Когда умер отец, глаза мои оставались сухими, но здесь я не мог сдержать слез. Смерть Цурукавы была в моей жизни событием куда более значительным, чем смерть отца. Хоть, сблизившись с Касиваги, я и отдалился от прежнего товарища, теперь, лишившись его, я понял, что с этой потерей оборвалась единственная нить, связывавшая меня с миром свет-

---

[1] Район Токио.

лого и ясного дня. Я рыдал, оплакивая навек утраченные свет, день, лето…

У меня не было даже денег съездить в Токио, чтобы выразить соболезнование семье погибшего друга. Учитель выдавал мне на карманные расходы пятьсот иен в месяц. У матери и гроша за душой не было — раза два в год она посылала мне по двести-триста иен, вот и все. Она и к дяде-то на житье подалась только потому, что, расплатившись с долгами покойного отца, не могла прожить на жалкую префектуральную пенсию и те несчастные пятьсот иен, которые выплачивали ей ежемесячно прихожане.

Меня мучил один вопрос: я не видел Цурукаву мертвым, не присутствовал на его похоронах — как я могу уверить свое сердце в том, что моего друга больше нет? Как сияла тогда белоснежная рубаха Цурукавы, что обтягивала трясущийся от смеха живот, весь в пятнах тени и солнца! Кто бы мог представить, что тело и дух, предназначенные, нет, специально созданные для яркого света, поглотит мрак могилы? Ни малейшего знака, намекающего на возможность преждевременной кончины, в Цурукаве не было; казалось, ему неведомы ни тревога, ни горе. Смерть просто не могла иметь с ним ничего общего! Может быть, именно поэтому так внезапно оборвалась его жизнь? Чем чище выведенная порода, тем меньше сопротивляемость болезням. Так, может, и Цурукава, состоявший из одних лишь чистейших частиц, не обладал защитой против смерти? Если моя догадка верна, то мне обеспечено исключительное долголетие, будь оно проклято.

Прозрачный мир, в котором жил Цурукава, всегда казался мне непостижимой загадкой, и с гибелью моего приятеля загадка эта стала еще более устрашающей. Грузовик на бешеной скорости наехал на прозрачный мир, словно на стену из тончайшего, невидимого глазу стекла, и она рассыпалась на мелкие осколки. То, что Цурукава умер не от болезни, прекрасно вписывалось в эту аллегорию; смерть в результате несчастного случая, чистейшая из всех смертей, подходила к непревзойденной по чистоте жизненной конструкции моего приятеля наилучшим образом. Один удар, одно-единственное мгновенное прикосновение — и жизнь обернулась смертью. Стремительная химическая реакция... Очевидно, лишь таким экстремальным способом мог этот необычный, лишенный тени юноша встретиться со своей тенью и своей смертью.

Мир, в котором существовал Цурукава, наполняли светлые и добрые чувства, и я уверен, что в их основе лежало не ложное, приукрашенное восприятие жизни. Ясная душа моего друга, не принадлежавшая этой жизни, обладала великой и гибкой силой, которая определяла все его мысли и поступки. Было нечто бесконечно надежное в той уверенности, с которой он переводил мои темные думы и чувства на свой светлый язык. Мое черное и его белое настолько соответствовали друг другу, являли собой такую точную аналогию, что временами у меня закрадывалось подозрение: не может быть, чтобы Цурукава иногда не проникал в тайники моей души. Я ошибался! Его душевное устройство было столь незамутненным, чистым и однозначным, что породило уникальную систему, по сложности и аккуратности своей почти не уступающую системе зла. Этот светлый, прозрачный мир, верно, давно бы распался, если бы его не поддерживало тело, не ведавшее усталости. Цурукава мчался по жизни вперед на полной скорости. И в это тело врезался грузовик.

Теперь, когда не стало веселого лица и стройной фигуры, так располагавших к себе людей, я вновь задумался о магии видимой части человеческого тела. Как это странно, что внешняя форма одним своим видом может оказывать на других столь сильное влияние, думал я. Душе стоит многому поучиться у тела, чтобы обрести такую простую и действенную силу очевидности. Меня учили, что суть дзэн-буддизма — в мире чистой духовности, в отсутствии всякой формы. Истинное умение видеть заключено в знании, что твоя душа не имеет ни очертаний, ни границ. Но для того, чтобы разглядеть нечто, лишенное формы, надо, наверное, обладать сверхтонкой восприимчивостью к очарованию, таящемуся в зримом образе. Разве смог бы человек неспособный с самозабвенной остротой чувствовать прелесть формы, увидеть и познать отсутствие формы и всяческих границ? Существо, которое, подобно Цурукаве, излучает свет самим своим присутствием, которое можно увидеть глазами и потрогать руками, живет просто ради того, чтобы жить. Теперь, когда этого существа больше нет, его четкая форма обратилась в очевиднейшую аллегорию отсутствия всяческой формы, его несомненная реальность превратилась в убедительнейший макет небытия, и поневоле возникает мысль: а не было ли и само это существо всего лишь аллегорией? Ну вот, скажем, явная сочетаемость и даже сходство Цурукавы с майскими цветами — не означало ли оно всего лишь, что цветы эти будут весьма уместны, если их бросить в гроб человека, которому суждено скончаться внезапной майской смертью?

Что ни говори, мне недоставало того уверенного символизма, которым была исполнена жизнь Цурукавы. Вот почему я испытывал в этом юноше такую нужду. Больше всего я завидовал одному: Цурукаве удалось закончить свой жизненный путь, нисколько не утруждая себя тяжким бременем сознания своей исключительности или, по крайней мере, исключительности возложенной на него миссии. Вот я ощущал себя не таким, как все, и это чувство лишало мое существование символизма, возможности, подобно Цурукаве, представлять собой аллегорию чего-то вне себя; жизнь моя утратила широту и сопричастность, я оказался обреченным на вечное, неизбывное одиночество. Как странно. Я не мог чувствовать себя солидарным ни с кем и ни с чем — даже с небытием.

* * *

Опять настали дни полного одиночества. С той девицей я больше не встречался, с Касиваги мы теперь общались не так тесно, как прежде. Притягательность его образа жизни не стала для меня меньше, но я почему-то считал, что должен, хотя бы отдавая последнюю дань покойному Цурукаве, попробовать бороться с чарами Касиваги, и какое-то время держался от него подальше, пусть даже против желания. Матери я написал резкое письмо и прямо потребовал, чтобы она не появлялась в храме, пока не закончится мое обучение. Раньше я высказывал свое желание на словах, но мне казалось, что я не могу быть вполне спокоен на этот счет, если не напишу сурового письма. В сбивчивом ответном послании мать жаловалась мне, как тяжело ей работать на ферме у дяди, давала разные немудрящие наставления, а в конце приписала: «Увидеть бы, как ты стал настоятелем Рокуон-

144

дзи, а потом уже можно и помереть спокойно». Я прочел приписку с ненавистью и несколько дней ходил сам не свой.

Даже в летние каникулы я не навещал мать. Я тяжело переносил зной и духоту — летом особенно сказывалась скудость монашеской пищи.

Однажды в середине сентября по радио передали, что на город надвигается мощный тайфун. Кто-то должен был нести ночное дежурство в Кинкакудзи, я вызвался добровольно.

Мне кажется, именно в это время в моем отношении к Золотому Храму наметилась едва заметная перемена. Не зачатки ненависти, нет, — просто предчувствие, что рано или поздно наступит день, когда некая зреющая во мне сила не сможет больше уживаться с Храмом. Это ощущение явственно возникло еще в памятный день пикника, но я страшился дать название зарождавшемуся чувству. Однако моя радость по поводу того, что Золотой Храм будет целую ночь принадлежать только мне, была велика, и я не пытался ее скрыть.

Мне вручили ключ от Вершины Прекрасного. Верхний ярус считался главной ценностью бесценного Храма. На стене, ровно в сорока двух сяку[1] от земли, висела картина, написанная императором Го-Комацу.

По радио регулярно передавали сводки о приближении тайфуна, однако ничто в природе не предвещало урагана. Мелкий дождик, моросивший во второй половине дня, кончился, небо очистилось, взошла полная луна. Обитатели храма, глядя на небо, говорили, что это затишье перед бурей.

---

[1] *Сяку* — 30,3 см.

Постепенно обитель погрузилась в сон. Я остался наедине с Кинкакудзи. Оказавшись в темном углу, куда не проникал лунный свет, я вдруг испытал восторг при мысли, что меня обволакивает тягучий и великолепный мрак Золотого Храма. Это ощущение постепенно охватило все мое существо, и я стал грезить наяву. Меня вдруг осенило, что я очутился внутри того самого миража, который явился мне в парке Камэяма.

Я был совсем один, Золотой Храм, абсолютный и всеобъемлющий, окутывал меня со всех сторон. Кто кому принадлежал — я Храму или он мне? Или же нам удалось достичь редчайшего равновесия и Храм стал мною, а я стал Храмом?

Часов с одиннадцати задул ветер. С карманным фонариком в руке я поднялся по лестнице и вставил ключ в дверь, ведущую в Вершину Прекрасного.

Я стоял, опираясь на перильца верхнего яруса Кинкакудзи. Ветер дул с юго-запада. Небо пока не изменилось. В Зеркальном пруду, зацепившись за водоросли, сияла луна; кругом ни звука — лишь кваканье лягушек да треск цикад.

Когда мне в лицо ударил первый резкий порыв ветра, по телу пробежала почти чувственная дрожь. Дуло все сильней и сильней, это был уже настоящий шквал, и буря показалась мне предзнаменованием нашей общей с Храмом гибели. Моя душа находилась внутри Храма и внутри урагана. Кинкакудзи, стержень, на котором держался весь мой мир, стоял незыблемо в лунном свете под натиском бури; не было в нем ни ширм, ни занавесей — ничего, что могло бы затрепетать под напором ветра. И все же я не сомневался: могучий ураган, злая моя воля заставят Храм очнуться от вечного сна и содрогнуться, в самый миг гибели сорвут с него маску надменности.

Было так. Я находился внутри Прекрасного, оно обволакивало меня со всех сторон, но вряд ли подобное слияние стало бы возможным, если б не безумная, могучая сила тайфуна. Точно так же, как Касиваги кричал мне: «Давай, давай заикайся!» — я взывал к ветру, подгонял его, словно мчащегося во весь опор скакуна: «Сильней! Быстрей! Дуй во всю мочь!»

Застонал лес. Затрещали ветви деревьев, что росли на берегу пруда. Ночное небо утратило спокойный чернильно-синий оттенок, замутилось тревожной голубизной. Цикады, правда, не умолкли, но их теперь заглушал таинственный свист флейты ветра.

Я смотрел, как по лику луны стремительно проносятся полчища облаков. Словно некая великая армия, двигались они с юга на север, появляясь из-за далеких гор. Облака шарообразные и плоские, гигантские и изорванные на мелкие клочки. Все это воинство пролетало над Золотым Храмом, отчаянно торопясь куда-то на север. Мне послышалось, что вслед им несется крик золотистого феникса, венчающего крышу.

Ветер то ослабевал, то снова крепчал. Лес чутко прислушивался к урагану — тоже то успокаивался, то начинал шуметь и стонать. Отражение луны в пруду попеременно светлело и темнело, а временами собирало воедино свои разбросанные осколки и на мгновение озаряло поверхность воды. Жутко было смотреть, как надвигаются с гор многослойные тучи, захватывая все небо в мощные свои объятия. Открывшаяся ненадолго прозрачная синь вмиг исчезла, проглоченная этим новым нашествием. Временами сквозь тонкую тучу проглядывала окруженная призрачным нимбом луна.

Всю ночь небо ни на миг не прекращало стремительного своего бега. Однако ветер больше не усиливался. Я так и уснул, прикорнув возле перил. А ранним утром — тихим и ясным — меня разбудил старик-служитель и сообщил, что, благодарение богу, тайфун обошел город стороной.

ГЛАВА ШЕСТАЯ

Почти целый год продолжался мой добровольный траур по Цурукаве. Едва начались дни одиночества, как я сразу почувствовал, что безо всякого усилия возвращаюсь к жизни полного уединения и молчания. Суета и волнение больше не смущали мою душу. Каждый новый безжизненный день был мне одинаково приятен.

Излюбленным моим пристанищем стала университетская библиотека. Я не изучал там трактатов по дзэн-буддизму, а просто читал все, что попадалось под руку, — от трудов по философии до переводных романов. Пожалуй, я не стану называть здесь имена заинтересовавших меня философов и писателей. Они, безусловно, оказали определенное влияние на ход моих мыслей и, возможно, отчасти подтолкнули меня к *Деянию*. Но все же мне хочется верить, что *Деяние* — детище мое, и только мое, и я решительно возражаю против того, чтобы совершенное мною относили за счет воздействия какой-либо уже известной философской идеи.

С детских лет единственной моей гордостью была уверенность, что я недоступен ничьему пониманию; я ведь уже говорил, что мне совершенно чуждо стремление выразить людям свои мысли и чувства понятным им образом. Я всегда хотел иметь ясное и неприкрашенное представление о самом себе, это верно, но не думаю, чтобы причиной тому было желание до конца себя понять. Подобное желание, вообще говоря, свойственно человеческой природе, оно необходимо, чтобы наладить контакт между собой и окружающими. Однако пьянящее воздействие красоты Золотого Храма делало часть моей души непрозрачной и лишало меня возможности поддаться любому иному виду опьянения, поэтому, чтобы сохранить разум, я должен был всеми силами беречь вторую половину души, ту, что еще оставалась незамутненной. Я ничего не знаю о других людях, во мне же главенствовала эта ясная и трезвая часть натуры — не я распоряжался ею, а она мною...

Миновал год с тех пор, как я поступил на подготовительное отделение университета. Шли весенние каникулы сорок восьмого года. Отец настоятель куда-то отлучился, и я отправился на прогулку — для меня, лишенного друзей, это был единственный способ использовать выдавшийся свободный вечер. Я вышел с территории Храма через главные ворота. Вдоль стены тянулась канава, а на самом ее краю была установлена табличка. Я видел ее несчетное количество раз, но теперь, не зная, чем заняться, остановился и стал разглядывать старую надпись, освещенную луной.

ПРЕДУПРЕЖДЕНИЕ

1. Запрещается каким-либо образом видоизменять облик храмовых построек без специального на то разрешения.

2. Запрещается производить какие-либо действия, могущие нанести вред сохранности памятников архитектуры.

Несоблюдение вышеуказанных предписаний карается законом.

Министерство внутренних дел
31 марта 1928 года

Объявление явно относилось в первую очередь к Кинкакудзи. Однако смысл казенных фраз был туманен, и я никак не мог их соотнести с вечным и неизменным Храмом. Надпись намекала на возможность каких-то таинственных и абсолютно невероятных действий. Создавалось впечатление, что сам закон затруднялся определить их точнее. Если преступление может совершить только безумец, как испугать его угрозой наказания? Нужны какие-то особые письмена, понятные лишь безумцам...

Пока в моей голове рассеянно бродили подобные мысли, я разглядывал одинокую фигуру, приближавшуюся к воротам по широкому тротуару. Время посетителей уже кончилось, темноту рассеивал лишь лунный свет, лившийся на ветви сосен, да отсвет фар автомобилей, что изредка проезжали по улице.

Вдруг я понял, что человек, идущий в мою сторону, — Касиваги. Его выдала походка. И я тут же решил, что не буду больше сторониться своего сокурсника, ведь я не общался с ним целый бесконечный год. Мне вспомнилось, какое благотворное влияние оказывали на мой характер те беседы. Конечно, благотворное. С первой же нашей встречи Касиваги своими уродливыми ногами, своими грубыми и жестокими речами, своей откровенностью врачевал мои больные мысли. Впервые испытал я наслаждение об-

151

щения с равным, с таким же, как я. Я вкусил истинное блаженство, хоть и было в этой радости нечто глубоко безнравственное; я самозабвенно погрузился в сознание своей сути, которую можно выразить двумя словами: заика и монах. А дружба с Цурукавой заставляла меня временами забывать и о первом, и о втором...

Я, улыбаясь, шагнул навстречу Касиваги. Он был в студенческой тужурке, в руке держал какой-то продолговатый узкий сверток.

— Идешь куда-нибудь? — спросил Касиваги.

— Да нет...

— Хорошо, что я тебя встретил. — Касиваги уселся на каменную ступеньку и развернул сверток. Там оказалась флейта сякухати — спаренные ее трубки сверкнули холодным темным блеском. — Понимаешь, какая штука, у меня тут дядя умер и на память завещал вот эту дудку. Он мне уже дарил такую — давно, еще когда учил на ней играть. Эта, кажется, классом повыше, но я привык к старой, а две мне вроде ни к чему. Вот я и решил тебе презент сделать.

Мне прежде не приходилось ни от кого получать подарки, и я обрадовался. Я осторожно взял свирель в руки. На ней было четыре отверстия спереди и одно сзади.

— Меня учили играть в стиле Кинко, — продолжал Касиваги. — Я, вообще-то, чего сюда шел — луна нынче больно хороша, вот и захотелось поиграть в Золотом Храме. Да и тебя надо бы поучить.

— Очень кстати, — обрадовался я. — Настоятеля нет, а служитель совсем обленился и уборку там еще не делал. После уборки Храм всегда запирают.

Появление Касиваги у ворот обители было внезапным, как и высказанное им желание поиграть на флейте в залитом луной Кинкакудзи, — именно таким я и знал своего приятеля. Да и потом, в серой и монотонной моей жизни любой сюрприз был радостью. Зажав в руке подаренную свирель, я повел Касиваги к Храму.

Я плохо помню, о чем мы разговаривали. Наверное, ни о чем существенном. Касиваги на сей раз был не настроен дурманить мне голову своей эксцентричной философией и ядовитыми парадоксами.

Быть может, он пришел сегодня, чтобы открыть мне еще одну сторону своей натуры, о существовании которой я и не подозревал. И действительно, в тот вечер язвительный и циничный Касиваги, казалось поглощенный одной-единственной страстью — надругаться над Прекрасным, открылся мне в новом и сложном качестве. Я узнал, что у него есть своя теория красоты, гораздо более совершенная, чем моя. Он изложил мне ее не словами, а телодвижениями, выражением глаз, пением флейты, отсветом луны, падавшим на его высокий лоб.

Мы сидели у перил второго яруса Храма, Грота Прибоя. Террасу, над которой плавно изгибались края крыши, поддерживало снизу восемь деревянных колонн в стиле Тэндзику; она словно парила над прудом и лежавшей в нем луной.

Сначала Касиваги исполнил небольшую мелодию под названием «Дворцовая колесница». Я поразился его мастерству. Когда же я приложил губы к мундштуку флейты и попытался извлечь из нее звук, у меня ничего не вышло. Касиваги терпеливо показал мне все с самых азов: как держать свирель сверху левой рукой, как зажимать пальцами отверстия, как прикладывать губы и выдувать воздух. Однако, сколько я ни старался, флейта молчала. Щеки и глаза ныли от напряжения, и мне казалось, что плавающая в пруду луна рассыпалась на тысячу осколков, хоть не было ни малейшего ветерка.

Скоро я совсем выбился из сил, и на миг у меня возникло подозрение: не выдумал ли Касиваги эту пытку специально, чтобы только поиздеваться над заикой. Однако постепенно физическое усилие создать звук, никак не желающий рождаться, стало приобретать для меня иной смысл: оно словно очищало то духовное напряжение, которое всегда требовалось мне, чтобы произнести без заикания первое слово. Я ощутил уверенность в том, что звук, пока еще неслышный, уже существует и занимает строго определенное место в этом мирном лунном царстве. Мне нужно было лишь, приложив определенное усилие, пробудить звук ото сна.

Но как добиться того, чтобы флейта пела у меня столь же волшебно, как у Касиваги? Меня воодушевила такая мысль: мастерство достигается тренировкой, а красота — это и есть мастерство; если Касиваги, несмотря на свои уродливые ноги, может создавать чистую, прекрасную музыку, значит и мне при известном прилежании это будет под силу. Но тут же я понял и еще одну вещь. Сыгранная мелодия показалась мне обворожительной не только из-за ночи и луны, но и потому, что исполнил ее косолапый урод.

Когда я узнал Касиваги ближе, мне стало ясно, что ему претит долговечная красота. Поэтому он с презрением относился к литературе и архитектуре, но зато любил музыку, что отзвучит и тут же исчезнет, или икебану, которой суждено постоять день-другой и увянуть. Касиваги и в Храм-то пришел лишь потому, что его привлекал не Кинкакудзи вообще, а Кинкакудзи, залитый лунным светом. Однако что за странное явление — прекрасная музыка! Быстротечная красота, рожденная музыкантом, превращает вполне конкретный отрезок времени в чистейшую беспредельность; точное воспроизведение ее вновь невозможно; она исчезает, едва успев возникнуть, и все же это истинный символ земной жизни, истинное ее детище. Нет ничего более близкого к жизни, чем музыка; Золотой Храм не менее прекрасен, но он бесконечно далек от жизни и взирает на нее с презрением. Стоило Касиваги доиграть «Дворцовую колесницу», и мелодия, эта воображаемая жизнь, тут же оборвалась, умерла; осталось лишь безобразное тело музыканта и его черные мысли — причем от смерти музыки тело и мысли не пострадали, не претерпели ни малейших изменений.

Не знаю, чего хотел Касиваги от Прекрасного, но уж во всяком случае не утешения. Это я понял сразу. Ему нравилось создавать своим дыханием мимолетную, воздушную красоту, а потом с еще большей остротой ощущать собственное уродство и предаваться сумрачным размышлениям. «Я пропустил красоту через себя, и она не оставила во мне ни малейшего следа» — так, верно, думал Касиваги, именно это ценил он в Прекрасном: его бессмысленность, его неспособность что-либо изменить. Если б только я мог относиться к Прекрасному так же, насколько легче стала бы моя жизнь!..

Я пробовал снова и снова, а Касиваги меня поправлял. Лицо мое налилось кровью, я задыхался. И наконец флейта издала пронзительный звук, будто я вдруг обернулся птицей и разорвал криком тишину.

— Вот так! — засмеялся Касиваги.

Потом свирель уже не умолкала, хотя издаваемые ею звуки вряд ли можно было назвать красивыми. Загадочный этот голос не мог иметь со мной ничего общего, и я представлял себе, что слышу пение сидящего надо мной золотистого феникса.

* * *

Теперь я каждый вечер учился играть на флейте по самоучителю, который подарил мне Касиваги. К тому времени, когда я освоил несложные мелодии вроде «Красного солнца на белой земле», наша дружба окрепла вновь.

В мае мне пришло в голову, что следовало бы сделать Касиваги какой-нибудь ответный подарок, но совершенно не было денег. Когда же я, набравшись смелости, сказал об этом приятелю, он ответил, что ему не нужны подарки, которые можно купить за деньги. Странно скривив губы, Касиваги добавил:

— Впрочем, раз уж ты сам завел этот разговор, кое-чего мне все же хотелось бы. Понимаешь, я в последнее время увлекся икебаной, а с цветами проблема — больно дороги. Сейчас как раз пора, когда возле Кинкакудзи цветут ирисы, так вот, не мог бы ты принести штучек пять — все равно, распустившихся или в бутонах. И еще хорошо бы шесть-семь побегов хвоща. Можно прямо сегодня вечером. Ну как, принесешь их мне домой?

Я тогда легко согласился с его просьбой и лишь позднее понял, что фактически он подбивал меня на воровство. Теперь хочешь не хочешь, чтобы сдержать слово, я должен был красть храмовые цветы.

В тот вечер «спасительный камень» состоял из концентрата, куска черного липкого хлеба и вареных овощей. К счастью, была суббота, и после обеда часть монахов покинула храм. Сегодня разрешалось лечь спать пораньше или гулять где хочешь до одиннадцати. В воскресенье утром полагалось «сонное забвение», то есть поднимали позже обычного. Настоятель отправился куда-то еще до ужина.

В половине седьмого солнце стало клониться к закату. Поднялся ветер. Я ждал первого ночного колокола. Ровно в восемь колокол «Осикидзё», висевший слева от центрального входа, отзвенел восемнадцать раз, извещая своим высоким, ясным голосом о наступлении ночи.

Возле самого Рыбачьего павильона, окруженный полукруглой изгородью, шумел миниатюрный водопад, по которому воды пруда Лотосов сбегали в Зеркальный пруд. Там было царство ирисов. Последние несколько дней они цвели, и лужайка стала необычайно красивой.

Когда я пришел туда, лепестки ирисов слегка трепетали, колеблемые ветром. Тихо журчал водопад, гордо покачивали вознесенными вверх головками лиловые цветы. Уже совсем стемнело, лиловые лепестки и зеленые листья казались одинаково черными.

Я нагнулся, чтобы сорвать несколько бутонов, но те с тихим вздохом словно отшатнулись от моих рук под порывом ветра, а один из листьев своим острым краем порезал мне палец.

Когда я принес Касиваги букет ирисов и хвощей, он лежал на кровати и читал книгу. Я очень боялся, что встречу его соседку, но ее, кажется, не было дома.

Мелкое воровство настроило меня на радостный лад. Все мои встречи с Касиваги неминуемо вели к небольшим грехам, маленьким святотатствам и крошечным подлостям, и каждое такое падение приносило мне радость, но я вовсе не был уверен, что увеличение масштабов этих падений будет прямо пропорционально росту наслаждения.

Касиваги был рад моему подарку и тут же отправился к квартирной хозяйке за принадлежностями для икебаны. Дом был одноэтажный, Касиваги занимал небольшую комнатку в пристройке.

Я взял флейту-сякухати, лежавшую на почетном месте, в токонома, и попробовал сыграть на ней. Звук получился такой чистый, что Касиваги, вернувшись, был поражен моими успехами. Но сегодня он был, увы, не тот, что в памятную лунную ночь.

— Гляди-ка, играя на сякухати, ты нисколечко не заикаешься. А я-то подарил тебе флейту в надежде услышать заикающуюся музыку.

Этой репликой он вновь поставил каждого из нас на свое место, как во время самой первой встречи. Касиваги снова восстановил себя во всех правах. Теперь я мог без стеснения задать давно интересовавший меня вопрос: что сталось с барышней из испанского особняка?

— А-а, с той-то. Давным-давно замуж вышла, — ответил он как ни в чем не бывало. — Я ее научил, как скрыть от жениха, что она не девушка. Ей достался такой олух, что никаких проблем, кажется, не возникло.

Тем временем он доставал из ведерка с водой ирисы и один за другим внимательно их осматривал. Потом опускал в ведерко руку с ножницами и обрезал стебель под водой. Когда Касиваги вертел в руках очередной цветок, тень от него металась по соло-

158

менным матам пола. Внезапно мой приятель заговорил о другом:

— Ты помнишь знаменитое изречение из «Риндзайроку»[1]: «Встретишь Будду — убей Будду, встретишь патриарха — убей патриарха...»?

— «Встретишь святого — убей святого, — подхватил я, — встретишь отца и мать — убей отца и мать, встретишь родича — убей и родича. Лишь так достигнешь ты освобождения от оков греховного мира».

— Вот-вот. Тот самый случай. Барышня — это святой, который встретился мне на пути.

— Значит, ты теперь освободился от оков греховного мира?

— Угу, — промычал Касиваги, задумчиво разглядывая только что обрезанный цветок. — Но убить еще недостаточно.

Поднос, наполненный хрустально-чистой водой, отливал серебром. Касиваги осторожно выпрямил слегка погнувшуюся иглу на кэндзане[2].

Мне стало не по себе, и, чтобы нарушить наступившее молчание, я спросил:

— Ты, конечно, знаешь коан «Нансэн убивает котенка». Представляешь, в день, когда закончилась война, Учитель собрал всех нас и стал почему-то толковать про этого самого котенка...

— «Нансэн убивает котенка»? Как же, как же. — Проверив длину каждого из стеблей хвоща, Касиваги прикинул будущее их расположение на подносе. — С этим коаном, в разных его формах, человеку

_____

[1] Священная книга школы Риндзай, содержащая изречения ее основателя Риндзая (ум. в 867 г.).

[2] Усыпанная иглами подставка, используемая для укрепления цветов в икебане.

за свою жизнь приходится сталкиваться неоднократно. Коанчик из коварных. В поворотные моменты судьбы он вновь и вновь возникает перед тобой, каждый раз меняя облик и смысл. Ну, прежде всего позволь тебе заметить, что котенок, зарезанный Нансэном, был сущее исчадие ада. Хорошенький до невозможности, просто само олицетворение красоты. Глазки золотистые, шерстка бархатная. Все наслаждения и радости жизни сжатой пружиной таились в этом пушистом комочке. Толкователи коана почему-то всегда забывают о том, что котенок был прекраснейшим существом на свете. Только я-то об этом помню. Так вот, котенок вдруг выскочил из травы и, игриво поблескивая нежными, кокетливыми глазками, дал монахам себя поймать. Послушники двух келий переругались из-за него между собой. И неудивительно — красота может отдаваться каждому, но не принадлежит она никому. Прекрасное — с чем бы его сравнить? — ну вот хотя бы с гнилым зубом. Когда у тебя заболел зуб, он постоянно заявляет о своем существовании: ноет, тянет, пронзает болью. В конце концов мука становится невыносимой, ты идешь к врачу и просишь вырвать зуб к чертовой матери. Потом, глядя на коричневый, покрытый кровью, грязный комок, человек поневоле поражается: «Как? И это все? То самое, что так крепко укоренилось во мне, мучило, ни на минуту не давало забыть о себе, — всего лишь кусочек мертвой кости? Не может быть, это не оно! Если боль была частицей мертвой материи, как же она смогла пустить во мне такие корни и причинить столько страданий? В чем первопричина этих мук? Во мне или в ней? Да нет же, этот жалкий осколок, лежащий на моей ладони, — нечто совершенно иное. Он не может быть тем *самым*».

Вот так же и с прекрасным. Может показаться, что, зарезав котенка — иными словами, вырвав гнилой зуб, — Нансэн выкорчевал красоту, но окончательно ли такое решение? А вдруг корни прекрасного уцелели, вдруг красота не умерла и после гибели котенка? И Дзёсю, желая высмеять упрощенность и несостоятельность метода, избранного старцем, кладет себе на голову сандалию. Он как бы заявляет: нет иного выхода, кроме как терпеливо сносить боль от гнилого зуба.

Толкование коана было оригинальным и вполне в духе Касиваги, но у меня вдруг возникло подозрение, что приятель видит меня насквозь и издевается над нерешительностью моего характера. Впервые я по-настоящему испугался Касиваги. И, боясь молчания, спросил:

— Ну а кто в этой истории ты — Нансэн или Дзёсю?

— Я-то? Сейчас, пожалуй, я — Нансэн, а ты — Дзёсю, но может настать день, когда мы поменяемся ролями. Этот коан переменчив, как кошачий глаз.

Все это время руки Касиваги непрестанно двигались, то расставляя на подносе маленькие заржавленные иглы кэндзаны, то укрепляя на них побеги хвоща (им отводилась в аранжировке роль Неба), то устанавливая ирисы, которые он расположил трилистником. Постепенно вырисовывалась композиция в стиле кансуй. Возле подноса, дожидаясь своей очереди, лежала горка чисто вымытых камешков — белых и коричневатых.

Движения пальцев Касиваги были поистине виртуозны. Одна удачная идея следовала за другой, все усиливая эффект перемежающихся контрастов и сим-

161

метрий, — растения, следуя замыслу творца, на глазах занимали свои места в искусственно созданной системе. Цветы и листья, еще недавно росшие, подчиняясь лишь собственной прихоти, теперь принимали тот вид, который им *надлежало* иметь: хвощи и ирисы перестали быть безымянными представителями своих видов, они являли собой чистое и несомненное воплощение сути *всех* ирисов и *всех* хвощей.

Было в руках Касиваги что-то жестокое. Он действовал так, будто имел над растениями некую тайную и безрадостную власть. Наверное, поэтому каждый раз, слыша щелканье ножниц, обрезавших стебли, я представлял, как цветы истекают кровью.

Но вот композиция в стиле кансуй была закончена. Справа на подносе, где прямые линии хвощей смешивались с изгибами листьев, Касиваги расположил три ириса — два бутона и один распустившийся. Икебана заняла маленькую нишу токонома почти целиком. Когда рябь успокоилась, я увидел, что галька, скрывая иглы кэндзаны, одновременно подчеркивает прозрачность воды и создает иллюзию речного дна.

— Здорово! Где ты этому научился? — спросил я.

— Тут живет неподалеку одна преподавательница икебаны. Она скоро должна зайти. Я с ней роман кручу, а заодно икебане учусь. Но теперь, как видишь, я уже кое-что могу сам, поэтому эта учительница начинает мне надоедать. Она, вообще-то, баба красивая и молодая еще. Во время войны у нее были шуры-муры с каким-то офицериком, даже родила от него. Но ребенок умер, а любовника убили, вот она и пустилась во все тяжкие. Деньжата у нее водятся, так что преподаванием она занимается для собственного удовольствия. Хочешь, забирай ее себе. Она с тобой пойдет, вот увидишь.

Целая буря противоречивых чувств охватила меня. Когда я увидел ту женщину с крыши храма Нандзэндзи, рядом со мной находился Цурукава; теперь, три года спустя, она вновь предстанет передо мной, но смотреть я на нее буду уже глазами Касиваги. Прежде ее трагедия казалась мне светлой загадкой, сейчас же взгляд мой будет черен и бездушен. Мне никуда не уйти от фактов: той белой и круглой, как полная луна, груди уже касалась рука Касиваги, к тем коленям, некогда прикрытым изысканным кимоно, прижимались его уродливые ноги. Можно было не сомневаться, что женщина вся замарана Касиваги, точнее, его знанием.

Эта мысль причинила мне боль, я почувствовал, что больше не могу здесь оставаться. Однако любопытство не давало мне уйти. Я с нетерпением ждал той, что некогда показалась мне возрожденной Уико, а теперь должна была предстать в качестве брошенной любовницы юного калеки. Я и сам не заметил, как стал сообщником Касиваги, мне не терпелось вкусить того иллюзорного наслаждения, когда собственными руками заляпываешь грязью дорогие сердцу воспоминания.

Когда же она пришла, я ровным счетом ничего не почувствовал. Я очень хорошо все помню: ее хрипловатый голос, безукоризненные манеры и вежливые речи, с которыми странно контрастировал лихорадочный блеск глаз; мольбу, явственно звучавшую в ее словах, когда она обращалась к Касиваги, пытаясь сохранить при постороннем видимость приличия...

Я понял истинную причину, по которой Касиваги позвал меня сегодня к себе, — ему надо было прикрыться кем-то от докучливой любовницы.

Женщина, пришедшая к Касиваги, не имела ничего общего с рисовавшимся мне когда-то образом. Это был совершенно незнакомый человек, которого я видел впервые. В голосе женщины все громче звучало отчаяние, хотя речь ее продолжала оставаться изысканно-вежливой. На меня любовница Касиваги не смотрела.

Когда ее душевные муки стали, казалось, невыносимыми, она вдруг взяла себя в руки, видимо решив на время отказаться от попыток смягчить сердце Касиваги. Прикинувшись абсолютно спокойной, женщина окинула взором тесную комнатку и впервые заметила икебану, что стояла в токонома.

— О, какая прелестная композиция! Прекрасная работа!

Касиваги словно ждал этих слов и нанес последний удар:

— По-моему, тоже, получилось неплохо. Вряд ли ты можешь меня еще чему-то научить. Так что наши уроки больше ни к чему.

Увидев, как изменилось при этих жестоких словах лицо учительницы, я отвел глаза. Она попыталась рассмеяться, потом, не поднимаясь с колен, как того требовала вежливость, приблизилась к токонома.

— О боже, да что же это! Будь они прокляты, эти цветы! — вдруг вскрикнула учительница, и поднос с водой оказался на полу, побеги хвоща полетели в разные стороны, от ирисов остались одни клочки — все украденные мной цветы лежали смятые и растерзанные.

Я невольно вскочил, но, не зная, что делать, прижался спиной к окну. Касиваги стал выкручивать женщине тонкие руки, потом схватил ее за волосы и с размаху ударил по лицу. Действовал он совершенно с той же размеренностью и жестокостью, будто продолжал обрезать ножницами стебли и листья ирисов для икебаны.

Учительница закрыла ладонями лицо и бросилась вон из комнаты. Касиваги же взглянул на меня — потрясенный, я стоял ни жив ни мертв, — улыбнулся странной, детской улыбкой и сказал:

— Что же ты, беги за ней. Утешь ее. Ну же, торопись.

Мне и самому не вполне понятно, что двигало мной — искренняя жалость к женщине или боязнь ослушаться Касиваги, — но я тут же бросился следом за учительницей. Она успела уйти совсем недалеко. Я нагнал ее возле трамвайного депо. Лязг трамваев, заезжавших в ворота, поднимался в самое небо, хмурое и облачное; во мраке ослепительным фейерверком рассыпались пурпурные искры от проводов. Женщина, пройдя квартал Итакура, свернула на восток и пошла по узкой, темной улочке. Она плакала на ходу, а я молча шагал рядом. Заметила она меня не сразу, но тут же придвинулась к моему плечу и голосом, от слез еще более хриплым, чем прежде, стала жаловаться на свои обиды, умудряясь сохранять при этом манеры светской дамы.

Бесконечно долго бродили мы по ночным улицам. Учительница сбивчиво обвиняла Касиваги в подлости и низком коварстве, а я слышал лишь одно слово: «жизнь, жизнь, жизнь»... Жестокость Касиваги, его тщательно рассчитанные поступки, предательство, бессердечие, гнусные способы, которыми он вытягивал у любовниц деньги, — все это только усугубляло его привлекательность, поистине необъяснимую. Я ничего в Касиваги не понимал и был уверен лишь в одном — серьезно он относится только к своему косолапию.

После внезапной гибели Цурукавы я долгое время существовал, оторванный от жизни, но вот меня повлекла новая судьба — зловещая и не такая жалкая, но требующая взамен, чтобы я ежедневно приносил страдания другим людям. «Но убить еще недостаточно», — сказал Касиваги, эти простые слова вновь зазвучали у меня в ушах. И мне вспомнилась молитва, которую я шептал в первую ночь мира, глядя с горы Фудосан на расстилавшееся внизу море огней большого города: «Пусть чернота моей души сравнится с чернотой ночи, окутавшей этот город!»

Женщина вовсе не собиралась вести меня к себе. Ей просто нужно было выговориться, и она сворачивала все в новые и новые закоулки, не в силах прекратить это бесконечное блуждание по городу. Когда же наконец мы подошли к ее дому, я уже не мог определить, в какой части Киото мы находимся.

Было половина одиннадцатого, следовало торопиться в храм, но женщина чуть ли не насильно заставила меня зайти. Она вошла первой, зажгла свет и сказала вдруг:

— Вам случалось проклясть человека и желать ему смерти?

— Да, — ответил я, не задумываясь.

И действительно, хоть теперь это казалось мне смешным, но еще совсем недавно я желал смерти соседке Касиваги, свидетельнице моего позора.

— Мне тоже. О, как это страшно!

Женщина вся как-то обмякла и обессиленно опустилась на татами. В комнате горела сильная лампа — ватт сто, не меньше, — за годы постоянной нехватки электроэнергии я отвык от такого яркого света; жалкая лампочка в конуре Касиваги была раза в три слабее. Теперь я мог рассмотреть женщину как следует. Широкий пояс в стиле Нагоя был ослепительно-бел, подчеркивая пурпур глициний, составлявших узор кимоно фасона Юдзэн.

От крыши храма Нандзэндзи до комнаты, где проходила чайная церемония, разве что птица могла долететь, но вот прошло несколько лет, и я смог сократить это расстояние, приблизить заветную цель — так мне теперь казалось. Оказывается, все это время я неотвратимо, мгновение за мгновением подбирался к тайне, заключенной в той чайной церемонии. Так все и должно было произойти, подумал я. И ничего удивительного, что за прошедшие годы она настолько переменилась, — ведь пока свет далекой звезды достигнет Земли, на ней все тоже успевает измениться. Если в тот миг, когда я смотрел на женщину с крыши храма, между нами возникла связь, предвещавшая сегодняшнюю встречу, все или почти все перемены, произошедшие с тех пор, можно аннулировать; мы вернемся в прошлое и окажемся лицом к лицу — прежний я и прежняя она.

И я заговорил. Заикаясь и задыхаясь от волнения. Вновь перед моими глазами ожила та молодая листва, вспыхнули яркими красками небожители и сказочные птицы, изображенные на потолке Башни Пяти Фениксов. Щеки учительницы запунцовели, лихорадочный блеск в глазах сменился выражением смятения и растерянности.

— Неужели? Неужели то, что вы говорите, правда? О, какая странная вещь судьба, какая странная!

Слезы горделивой радости выступили у нее на глазах. Она уже не помнила своего унижения и вся предалась воспоминанию; один вид возбуждения сменился другим, еще более сильным; мне показалось, что женщина близка к помешательству. Кимоно с узором из пурпурных глициний смялось и распахнулось.

— Молока больше нет, — всхлипнула она. — О, бедное мое, горькое мое дитя!.. Пусть молока нет, но я покажу вам снова то, что вы уже видели. Ведь вы любите меня с тех самых пор, правда? Я представлю себе, что вы — это он, и мне не будет стыдно. Пусть все будет точь-в-точь как тогда!

Объявив с торжественным видом о своем решении, женщина так и поступила. Я не знаю, что она чувствовала в тот миг — безумную радость или безумное отчаяние. Возможно, ей самой казалось, что она испытывает душевный подъем, но истинной причиной этого эксцентричного поступка было, по-моему, все же отчаяние брошенной любовницы; во всяком случае, я явственно ощущал вязкий привкус этого отчаяния.

Не в силах оторваться, смотрел я, как она распускает пояс, развязывает бесчисленные тесемки, как с визгом скользит, распахиваясь, шелковая ткань. Вот края кимоно раздвинулись, открылись белые груди, женщина взяла пальцами левую и приподняла ее, показывая мне.

Не стану лгать, я испытал нечто вроде головокружения. Я смотрел на эту грудь. Разглядывал ее во всех деталях. Но оставался лишь сторонним наблюдателем — и не более. Таинственное белое пятнышко, виденное мной с крыши храма, не могло иметь ничего общего с этой вполне конкретной, реальной плотью. Слишком долго вынашивал я в сердце тот образ, чтобы связать его с вполне реальной грудью, объектом чисто материальным, просто каким-то куском мяса. Ничего привлекательного или манящего в нем не было. Лишь бессмысленное доказательство бытия, отрезанное от тела жизни.

И снова меня тянет солгать, поэтому повторю еще раз: голова моя действительно закружилась. Но слишком уж дотошным был мой взгляд, и грудь постепенно перестала восприниматься мной как часть женского тела, а превратилась в лишенный всякого смысла безжизненный предмет...

Потом произошло самое поразительное. Пройдя весь мучительный круг превращений, грудь вдруг снова показалась мне прекрасной. И сразу же стерильность и бесчувственность Прекрасного наложили на нее свой отпечаток, грудь обрела самостоятельное значение и смысл, подобно тому как обладает самостоятельным значением и смыслом цветущая роза.

Прекрасное открывается мне с опозданием, не сразу, как другим людям. У всех остальных красота вызывает немедленную эмоциональную реакцию, у меня же реакция задерживается. Когда грудь восстановила свою связь со всем телом, это была уже не плоть, а бесчувственная и бессмертная субстанция, принадлежащая вечности.

Мне очень важно, чтобы меня поняли. Дело в том, что передо мной возник все тот же Золотой Храм, это грудь взяла и обратилась Золотым Храмом.

Я вспомнил свое ночное дежурство в начале осени, когда городу угрожал тайфун. Все вокруг было освещено луной, но меж решетчатых оконцев и деревянных дверей храмовых покоев, под облупившейся позолотой потолков царила густая, величественная тьма. И это было естественно, ибо Кинкакудзи представлял собой не что иное, как тщательно сконструированную и построенную Пустоту. Такой же явилась мне и женская грудь: сверху светлая, сияющая плоть, а внутри — тьма, густая и величественная тьма.

Это открытие отнюдь не привело меня в восторг, наоборот, я испытал чувство глубочайшего презрения к собственному извращенному рассудку. Еще более жалкими представлялись мне в этот миг жизнь и плотское желание. И все же весь я находился во власти экстаза и, застыв на месте, не мог оторвать взгляда от обнаженной груди...

Наконец женщина запахнула кимоно, и я взглянул в ее холодные, насмешливые глаза. Я сказал, что мне пора. Она проводила меня до прихожей и громко захлопнула за моей спиной дверь.

До самого Храма чувство экстаза не оставляло меня. Перед глазами возникали, сменяя друг друга, то Золотой Храм, то белоснежная грудь. Странная, бессильная радость переполняла душу.

Однако, когда за темными соснами показались ворота Рокуондзи, сердце мое уже успокоилось; не осталось ничего, кроме бессилия, и на смену опьянению пришла ненависть, только я сам не понимал, к чему или к кому.

— Он снова заслонил от меня жизнь! — пробормотал я. — Снова, как тогда! Почему Храм оберегает меня? Зачем не подпускает к жизни, ведь я не просил об этой опеке! Может быть, он хочет спасти меня от ада? Но благодаря ему я стал хуже ввергнутых в ад грешников, ибо знаю о преисподней больше, чем любой из них!

Ворота обители мирно чернели во мраке, лишь сбоку, у калитки, тускло светилась лампада, которую гасили только после утреннего колокола. Я надавил на калитку, и она приоткрылась, загремев старой, ржавой цепью. Привратник давно отправился спать. С внутренней стороны ворот висело напоминание, гласившее, что калитку должен запирать последний, вернувшийся в Храм. Судя по деревянным табличкам с именами монахов, кроме меня, отсутствовали еще двое: настоятель и старый садовник.

Направляясь к Храму, я заметил слева от дорожки несколько деревянных досок, их светлая древесина в лунном свете казалась белой. Подойдя ближе, я увидел, что земля вокруг покрыта опилками — словно лужайка, усыпанная желтыми цветами; в воздухе вкусно пахло свежей стружкой. Постояв у колодца, я хотел было уже идти в главное здание, но вдруг повернул назад.

Я должен был, прежде чем лягу спать, повидаться с Золотым Храмом. Оставив позади замершую в сонной тишине обитель, я зашагал по дорожке, ведущей к Кинкакудзи.

Вот вдали показался силуэт Храма. Его окружали колеблемые ветром кроны, но сам он высился неподвижный и бессонный, словно страж ночи... Я никогда не видел, чтобы он спал, подобно нашей обители. Здесь давно не жили люди, и поэтому, наверное, Храм забыл, что такое сон. А тьма, обитавшая в этих стенах, была неподвластна людским законам.

Впервые в жизни обратился я к Золотому Храму с дерзкими словами, звучавшими почти как проклятие:

— Когда-нибудь ты покоришься мне! Я подчиню тебя своей воле, и ты больше не сможешь мне вредить!

Голос мой раскатился эхом над гладью ночного пруда.

ГЛАВА СЕДЬМАЯ

Все происходившее со мной было словно зашифровано некой странной тайнописью; моя жизнь напоминала движение по коридору с зеркальными стенами, изображение в которых, множась, уходит в бесконечность. Мне казалось, что я сталкиваюсь с новым явлением, но на нем уже лежала тень виденного прежде. Я все шел и шел по нескончаемому этому коридору, влекомый подобными совпадениями, и не знал, в какие неведомые дебри заведет меня мой путь. Судьба, ожидающая каждого из нас, определена не волей случая. Если человека в конце пути ожидает смертная казнь, он всю жизнь поневоле в каждом телеграфном столбе, в каждом железнодорожном переезде видит тень предначертанного ему эшафота и постепенно свыкается со своей участью.

Мой жизненный опыт всегда оставался однослойным, лишенным углублений и утолщений. Ни к чему на свете, кроме Золотого Храма, не был я привязан, даже к собственным воспоминаниям. Но я не мог не видеть, что воспоминания эти, точнее, отдельные их обрывки, не проглоченные темным морем времени и не стертые бессмысленным повторением, выстраиваются в цепочку, образуют зловещую и омерзительную картину.

Что же то были за обрывки? Иногда я всерьез задумывался над этим вопросом. Но в воспоминаниях было еще меньше смысла и логики, чем в осколках пивной бутылки, поблескивающих на обочине дороги. Я не мог думать об этих осколках как о частицах, некогда составлявших прекрасное и законченное целое, ибо, при всей своей нынешней никчемности и бессмысленности, каждое из воспоминаний несло в себе мечту о будущем. Подумать только — эти жалкие осколки бесстрашно, бесхитростно и бесстрастно мечтали о будущем! Да еще о каком будущем — непостижимом, неведомом, неслыханном!

Неясные думы такого рода иногда приводили мою душу в несвойственное ей состояние поэтического восторга. Если подобное настроение охватывало меня в ясную лунную ночь, я брал флейту и шел к Золотому Храму. Я уже достиг такого мастерства, что мог играть мелодию «Дворцовая колесница», так понравившуюся мне в исполнении Касиваги, не заглядывая в ноты.

Музыка подобна сновидению. И в то же время, в противоположность сновидению, она обладает большей конкретностью, чем любая явь. Куда же все-таки следует отнести музыку, думал я. Ей под силу менять сон и явь местами. Иногда она и самого меня превращала в мою любимейшую мелодию. Моя душа познала наслаждение этого превращения, и для меня, в отличие от Касиваги, музыка стала истинным утешением.

Каждый раз, кончив играть, я думал, отчего Золотой Храм не мешает мне обращаться в мелодию, не осуждает меня, а просто молчаливо взирает на эту метаморфозу? Ведь он ни разу не позволил мне слиться со счастьем и радостью обычной жизни. Разве не пресекал Храм любые мои попытки уйти от него, разве не возвращал меня обратно? Почему же только в музыке позволяет он мне находить забвение и усладу?

И при одной мысли о том, что наслаждение это дозволено Храмом, радость ослабевала. Выходило, что, раз Кинкакудзи не препятствует мне сливаться с музыкой, значит музыка, при всей своей похожести на жизнь, — обман, подделка, и мое превращение — не более чем иллюзия.

Не подумайте, что я признал свое поражение и сдался после двух первых неудачных попыток сблизиться с женщиной и с жизнью. До конца сорок восьмого года мне еще не раз представлялись удобные случаи взять реванш (чаще всего с помощью Касиваги), и я без колебаний стремился использовать каждый из этих шансов. Однако результат вечно был один и тот же. Между мной и женщиной, между мной и жизнью неизменно вставал Золотой Храм. И сразу же все, к чему тянулись мои руки, рассыпалось в прах, а мир вокруг превращался в голую пустыню.

Однажды, работая на небольшом поле, что находилось за нашей кухней, я видел, как пчела садится на желтую летнюю хризантему. Собирательница меда прилетела, жужжа золотистыми крылышками, на залитый солнцем цветник, выбрала из множества хризантем одну и некоторое время висела над ней в воздухе.

Я попробовал представить себя пчелой. Передо мной желтела огромная хризантема, раскрывшая безукоризненные в своей правильности, лишенные изъянов лепестки. Цветок не уступал по красоте и совершенству Золотому Храму, однако вовсе не стремился в него превратиться, а так и оставался цветком. Да-да, очевидной и несомненной хризантемой, конкретной формой, не отягощенной потаенным смыслом. Таким образом, соблюдая правила своего бытия, цветок преисполнялся несказанного очарования и отлично выполнял для пчелы роль предмета ее вожделений. Какое, должно быть, мистическое ощущение — затаившись под оболочкой хризантемы, чувствовать себя объектом этого бесплотного, летающего и жужжащего вожделения! Форма постепенно слабеет, ее охватывает дрожь, она уже на пороге гибели. Однако безупречная хризантема создана именно для того, чтобы утолить жажду пчелы, в предвкушении этого акта и раскрыла она свои лепестки, именно сейчас ослепительно вспыхнет смысл самого существования формы. Она, форма, — это изложница, в которую вливается вечно подвижная, не имеющая очерченных границ жизнь; но и свободный полет жизни — тоже своего рода изложница, создающая различные формы в нашем мире...

Наконец пчела решительно устремилась вглубь хризантемы; опьянев от восторга, она всем тельцем зарылась в цветочную пыльцу. Цветок, приняв в себя гостью, сам превратился в пчелу, облаченную в роскошные доспехи из желтых лепестков, взволнованно закачался, и на миг показалось, что сейчас он сорвется со стебля и полетит.

От яркого света и от свершавшегося при этом ярком свете действа у меня закружилась голова. Затем я перестал быть пчелой и вновь стал самим собой; тут мне пришло в голову, что теперь мои глаза уподобились глазам Золотого Храма. Да, именно. Точно так же, как я вернулся от взгляда пчелы к своему взгляду, в моменты, когда жизнь должна вот-вот коснуться меня, мой собственный взгляд превращается во взгляд Храма. Именно тогда Кинкакудзи заслоняет от меня жизнь...

Итак, я вновь смотрел на мир своими глазами. Пчела и цветок заняли отведенные им места в бескрайнем мире вещей. Теперь полет пчелы и трепетание лепестков хризантемы встали в один ряд со всеми прочими явлениями — например, с дуновением ветерка. В этом неподвижном, холодном мире все предметы были равны; формы, таившей в себе столько очарования и соблазна, более не существовало. Хризантема осталась красивой, но не из-за неповторимой прелести формы, а лишь потому, что в самом названии «хризантема» для нас содержится обещание чего-то прекрасного. Я не был пчелой, и цветок не обладал для меня могучей притягательной силой; не был я и хризантемой, никакая пчела ко мне не вожделела. Исчезло родство многообразных форм с вечным движением жизни. Мир снова был отброшен в бездну всеобщей относительности, и двигалось теперь только время. В миг, когда передо мной возникал бесконечный и абсолютный Кинкакудзи, когда мои глаза становились его глазами, мир менялся, и в этой трансформированной вселенной один только Храм обладал формой и красотой, а все прочее обращалось в тлен и прах... И хватит об этом. С тех пор как у стен этого Храма я наступил на проститутку, а в особенности после внезапной смерти Цурукавы, я задавал себе один и тот же вопрос: «Возможно в этом мире зло или нет?»

* * *

Это случилось в один из первых дней нового, сорок девятого года, в субботу. У меня был свободный вечер, и я отправился прогуляться по оживленной улице Синкёгоку. В густой толпе прохожих мне вдруг встретилось знакомое лицо, но, прежде чем я успел сообразить, кто это, лицо исчезло в людском море.

Человек, привлекший мое внимание, был в дорогом пальто, с элегантным кашне на шее, на голове его красовалась фетровая шляпа; рядом с ним шла молодая женщина в ржаво-красном плаще — судя по виду, гейша. Кто же это был такой? Розовое, пухлое лицо, немолодое, но какое-то по-младенчески свежее и чистое, мясистый нос... Да это же Учитель! — вдруг понял я. Просто тень от шляпы помешала мне узнать его сразу. Пугаться вроде бы было нечего, но я похолодел при мысли о том, что настоятель меня увидит. Тогда я поневоле стану очевидцем его предосудительных забав, нежелательным свидетелем, и между нами неминуемо возникнет тесная связь, основанная на взаимном доверии — или недоверии. Нет, мне это было совсем ни к чему.

Тут я увидел черного лохматого пса, бредущего сквозь новогоднюю толпу. Видимо, он привык к таким скоплениям людей и ловко лавировал меж полами роскошных дамских манто и потрепанных военных шинелей, пробираясь поближе к витринам магазинов. У сувенирной лавки, которая, верно, торговала на этом месте еще с незапамятных времен, пес замер и стал принюхиваться. Оказалось, что у пса выбит глаз, — кровавая корка запеклась в глазнице ярко-красным кораллом. Уцелевшим глазом собака рассматривала что-то на асфальте. Грязная шерсть на спине свалялась и торчала заскорузлыми клочками.

Не знаю, чем так заинтересовал меня этот пес. Возможно, абсолютным своим несоответствием праздничной и светлой атмосфере улицы: он упрямо тащил за собой какой-то иной, совершенно отличный от всего окружающего мир. Пес брел по своей собственной мрачной вселенной, где из всех чувств царило только обоняние. Это был город, ничем не похожий на город людей, в нем сиянию уличных фонарей, грому музыки и взрывам смеха угрожали зловещие и вездесущие запахи. Мир запахов куда более упорядочен и конкретен; от мокрых лап пса несло мочой, и этот смрад имел самую непосредственную связь с едва уловимым зловонием, которое исходило от внутренних органов прохожих.

Было очень холодно. Мимо меня прошла компания молодых парней, скорее всего спекулянтов с черного рынка; они обрывали на ходу сосновые ветки, украшавшие по случаю Нового года двери домов, и потом сравнивали, кто нарвал больше. Парни показывали друг другу ладони, затянутые в новенькие перчатки, и громко хохотали. Одним удалось выдернуть по целой ветке, у других в руке оказалось всего несколько зеленых иголок.

Я шел следом за бездомным псом. Иногда я терял его из виду, но каждый раз он появлялся вновь. Мы свернули в переулок, который вел к улице Каварамати. Здесь было не так светло, как на Синкёгоку; по мостовой пролегали трамвайные рельсы. Пес исчез куда-то и больше не появлялся. Я остановился и стал высматривать его по сторонам. Потом дошел до угла и все вертел головой, надеясь увидеть пса.

В это время прямо передо мной притормозил шикарный лимузин. Шофер распахнул дверцу, и в машину села какая-то женщина. Я обернулся и посмотрел на нее. Садившийся следом за ней в автомобиль мужчина, увидев меня, замер на месте.

Это был Учитель. Для меня осталось загадкой, как вышло, что он, сделав круг, снова наткнулся на меня. Как бы там ни было, но я оказался лицом к лицу с настоятелем, а на севшей в машину женщине краснел уже знакомый мне плащ цвета ржавчины.

Теперь прятаться было уже бессмысленно. Потрясенный неожиданной встречей, я не мог вымолвить ни слова. Я еще ничего не успел сказать, а заикание уже трепетало у меня во рту. И тут произошло нечто необъяснимое, никак не связанное с ситуацией и владевшими мною чувствами: глядя прямо в лицо настоятелю, я рассмеялся. Я не смог бы объяснить природу этого смеха, он словно обрушился на меня откуда-то извне и залепил весь рот вязкой массой. Настоятель переменился в лице.

— Да ты, никак, шпионить за мной вздумал! Идиот! — гневно бросил он и, не удостоив меня больше ни единым взглядом, сел в машину и громко захлопнул дверцу.

Взревев мотором, наемный лимузин умчался прочь. Мне стало ясно, что настоятель заметил меня и прежде, на улице Синкёгоку.

Я ждал, что на следующий день Учитель вызовет меня к себе и сурово отчитает, тогда я смогу все ему объяснить и оправдаться. Однако, как и в том памятном случае с проституткой, настоятель предпочел молчать, и для меня началась новая пытка.

Изредка я получал письма от матери. В каждом из них она писала, что ждет не дождется, когда я стану настоятелем Рокуондзи, только этим и живет.

Чем чаще вспоминал я гневный окрик Учителя («Да ты, никак, шпионить за мной вздумал! Идиот!»), тем недостойнее звания священника он мне казался. Настоящий монах секты Дзэн должен обладать чувством юмора и смотреть на вещи шире, никогда бы не обратился он к своему ученику с таким вульгарным упреком. Он произнес бы что-нибудь остроумное и куда более действенное. А теперь сказанного, конечно, не воротишь. Настоятель, несомненно, решил, что я специально выслеживаю своего Учителя, да еще открыто издеваюсь над его грешками. Мое поведение сбило его с толку, вот он и сорвался на недостойный своего положения крик.

Так или иначе, зловещее молчание настоятеля день ото дня все больше тревожило меня. Тень Учителя вновь разрослась до громадных размеров и постоянно маячила у меня перед глазами, словно рой назойливых мошек.

Прежде, отправляясь куда-нибудь проводить службу, настоятель всегда брал с собой отца эконома, теперь же, в результате так называемой «демократизации монастырской жизни», сопровождать Учителя, кроме отца эконома, должны были по очереди отец ключарь и мы, трое послушников. Ведавший ранее внутренним распорядком монах, о строгости которого я был немало наслышан, во время войны угодил в солдаты и погиб, так что его обязанности пришлось взять на себя сорокапятилетнему отцу эконому. Третий послушник появился в обители недавно, заняв место умершего Цурукавы.

Однажды Учителя пригласили на торжественную церемонию. Вступал в должность новый настоятель храма, принадлежащего к той же дзэнской школе Сококудзи, что и наш Рокуондзи. Был как раз мой черед сопровождать преподобного Досэна. Святой отец ничего не сделал, чтобы освободить меня от этого поручения, и я надеялся, что по дороге представится возможность оправдаться перед ним. Однако накануне вечером я узнал, что с нами пойдет еще и новенький, и моя надежда угасла.

Те, кто знаком с литературой Годзан[1], несомненно, помнят монаха Дзэнкю Исимуро, ставшего настоятелем киотоского храма Мандзю в первый год эры Коан[2]. Летопись сохранила прекрасные слова, произнесенные новым пастырем, когда он обходил свои владения. Указав рукой на Мандзю, Дзэнкю возрадовался, что отныне становится настоятелем этого знаменитого храма, и горделиво воскликнул: «Ныне, пред стенами императорского дворца, у ворот священных Мандзю скажу: „Нищий, открываю дверь сию; разутый, восхожу на гору Конрон!"»[3]

Началась церемония воскурения фимиама в честь Наставника. В древние времена, когда секта Дзэн еще не обросла традициями и условностями, главное значение придавалось духовному прозрению верующего. В ту пору не Учитель подбирал себе учеников, а, наоборот, послушник выбирал наставника, причем мудрости он должен был учиться не у одного своего духовного отца, а у всех монахов обители. Во время же службы в честь Наставника ученик объявлял имя Учителя, чьим последователем он себя считал.

---

[1] Исторические хроники, поэзия, сборники изречений и дневниковая литература, созданные в Средние века монахами дзэн-буддистской секты Годзан.

[2] 1361 г.

[3] Мифическая гора древнекитайских легенд, на которой обитали божества.

Наблюдая эту торжественную церемонию, я думал, назову ли имя преподобного Досэна, доведись мне принимать после него храм Рокуондзи. Или, нарушив семивековую традицию, объявлю во всеуслышание какое-нибудь другое имя? Стояла ранняя весна, в зале было прохладно; вился, смешиваясь, аромат пяти разных благовоний, холодно посверкивал драгоценный венец на статуе Будды, разливался сиянием нимб, окружающий лик Всевышнего; яркими пятнами выделялись облачения монахов... Я мечтал о том, как буду сам воскурять фимиам в честь Наставника, представлял себя на месте новоиспеченного настоятеля.

Будет такой же, как сегодня, холодный весенний день, когда я изменю древней традиции! Выстроившиеся в ряд монахи разинут рты от изумления, позеленеют от такого кощунства! Решено: я и не подумаю назвать имя Досэна, назову имя... А кого мне назвать своим наставником? Кто направил меня на путь просветления? Я растерялся. Да и как вообще произнести что-то при моем заикании? А ведь я непременно начну заикаться. Представляю, как я стану лепетать, что истинным моим учителем было Прекрасное. Или, может, Пустота? Все, конечно, покатятся со смеху, а я буду стоять перед ними дурак дураком...

Я очнулся от грез. Настал черед Учителя, и я должен был ему помогать. Вообще-то, мне следовало бы гордиться тем, что я сопровождаю Досэна, — настоятель Рокуондзи считался самым почетным из гостей. Закончив курить благовония, Учитель торжественно поднял Белый Молот, этот символический ритуал означал, что новый настоятель храма — подлинный священник, а не самозванец. Сначала Досэн произнес ритуальные слова, а потом громко ударил молотом в гонг, и я вновь почувствовал, какой великой властью обладает Учитель.

Мне становилось невмоготу выносить молчание настоятеля, тем более что я не знал, как долго оно может продлиться. Если ты испытываешь к человеку какие-то чувства, думал я, ты вправе рассчитывать на ответную реакцию — не важно, любовь это будет или ненависть.

У меня выработалась жалкая привычка при каждом удобном и неудобном случае искательно заглядывать в лицо Учителю, стараясь угадать, о чем он думает, но ни разу не увидел я на этом лице и тени живого чувства. То была даже не холодность. Бесстрастность этого лица могла означать презрение, но презрение не ко мне одному, а ко всему человеческому роду или вообще к чему-то абстрактному.

Я заставлял себя думать о грубой, животной силе массивного черепа настоятеля, о низменности физической его природы. Я представлял, как Учитель испражняется или как он совокупляется с девкой — той, в ржаво-красном плаще. Тогда бесстрастность исчезала с его лица и сменялась блаженно-страдальческой гримасой наслаждения.

Я воображал, как пухлая, мягкая плоть настоятеля сливается со столь же пухлой и мягкой плотью женщины, так что невозможно определить, где кончается одно тело и начинается другое, как круглый живот Учителя трется о круглый живот его подруги. Но, странное дело, сколько ни напрягал я фантазию, животное выражение появлялось на лице настоятеля сразу, без всякого перехода от обычной застывшей маски. Никакой радуги нюансов и переходов одного чувства в другое — просто скачок из крайности в крайность. Пожалуй, единственная связь, которую можно было наметить между двумя этими полюсами, заключалась в грубом окрике: «Ты, никак, шпионить за мной вздумал! Идиот!»

Измученный домыслами и ожиданием, я в конце концов с непреодолимой силой возжаждал только одного: хоть раз увидеть, как лицо настоятеля исказится от ненависти. И я разработал некий план — безумный, инфантильный и, вне всякого сомнения, чреватый для меня большими неприятностями; я все это понимал, но остановиться уже не мог. Я даже не подумал о том, что моя выходка еще более укрепит настоятеля в его несправедливом подозрении.

В университете я спросил у Касиваги, где находится нужный мне магазин. Мой приятель тут же объяснил, даже не спросив, зачем мне это понадобилось. В тот же день я отправился по указанному адресу и просмотрел целую кипу открыток с фотографиями гейш квартала Гион.

Поначалу из-за толстого слоя грима все женщины казались мне одинаковыми, но постепенно я стал различать под схожими масками из пудры и помады живые черты: здесь были лица умные и глупые, веселые и печальные, счастливые и несчастные. Наконец я нашел то, что искал. Глянцевый снимок так блестел в чересчур ярком электрическом освещении, что я чуть его не просмотрел; но стоило мне взять открытку в руки, как она сразу же перестала отсвечивать, и я узнал лицо гейши в ржаво-красном плаще.

— Вот эту, пожалуйста, — сказал я продавщице.

———

Сам не пойму, откуда взялась моя смелость; впрочем, не менее странной была и необъяснимая веселость, неудержимая радость, охватившая меня, как только я начал осуществлять свой план. Поначалу я собирался выбрать момент, когда Учителя не будет в храме, чтобы меня нельзя было уличить. Но вновь обретенная веселая храбрость заставила меня избрать наиболее опасный из способов, не оставляющий сомнений в том, кто истинный виновник.

В мои обязанности по-прежнему входило относить в кабинет настоятеля утреннюю почту. В тот холодный мартовский день я, как обычно, отправился в прихожую за газетами. Фотографию гейши из квартала Гион я засунул между газетными страницами. Сердце мое бешено колотилось.

Посередине храмового двора росла саговая пальма, окруженная живой изгородью. Была отчетливо видна грубая кора дерева, ярко высвеченная утренним солнцем. Слева от пальмы раскинула ветви небольшая смоковница. Оттуда доносилось щебетание запоздалых чижей, похожее на пощелкивание четок. Я мимоходом удивился, что они еще не улетели, но сомнений не было — желтогрудые пичужки, скакавшие по залитым солнцем веткам, могли быть только чижами. Двор, посыпанный белым гравием, дышал миром и покоем.

Я осторожно ступал по мокрому после недавнего мытья полу, стараясь не угодить в стоявшие там и сям лужи. Сёдзи Большой библиотеки, где находился кабинет Учителя, были плотно задвинуты. Раннее утро сияло такой свежестью, что бумага перегородок казалась белоснежной.

Я привычно опустился на колени и произнес:

— Можно войти?

Настоятель отозвался, и я, раздвинув сёдзи, положил согнутые пополам газеты на край стола. Учитель сидел, уткнувшись носом в какую-то книгу, на меня он даже не взглянул... Я попятился, закрыл за собой перегородку и, стараясь не терять хладнокровия, медленно зашагал по коридору к себе.

До самого ухода на занятия я сидел неподвижно, чувствуя, как все большее волнение охватывает мою душу. Казалось, никогда еще не испытывал я такого жгучего нетерпения. Моя выходка преследовала единственную цель — вывести настоятеля из себя, но теперь я с замиранием сердца предвкушал страстную и драматическую сцену, в которой сольются, поняв друг друга, две страдающие души.

Может быть, сейчас дверь моей кельи распахнется, на пороге возникнет Учитель и объявит, что прощает мне все прегрешения. И тогда впервые в жизни я, прощенный, достигну чистоты и просветления — обычного состояния моего погибшего друга Цурукавы. Мы с Учителем, наверное, обнимемся и скажем: жаль, что мы не поняли друг друга раньше.

Я, конечно, недолго тешил себя подобными фантазиями, но удивительно, как вообще могла прийти мне в голову такая несусветная чушь! Впоследствии, трезво анализируя свое поведение, я понял, что идиотским этим поступком окончательно восстановил против себя настоятеля, уничтожил все шансы стать кандидатом в его преемники и, следовательно, навек утратил возможность властвовать над Золотым Храмом. Я был настолько возбужден, что на время вообще забыл об извечной своей страсти!

Я напрягал слух, пытаясь уловить какие-нибудь звуки из Большой библиотеки, но там было тихо.

Теперь я не сомневался, что на меня обрушится яростный гнев настоятеля. Я ждал этого гнева, меня не испугали бы ни бешеная ругань, ни удары, ни пинки, ни вид собственной крови.

Но из Большой библиотеки не доносилось ни звука, и ничьи шаги не приближались по коридору к моей двери...

Когда настало время отправляться в университет, я чувствовал себя разбитым и усталым, моя душа была опустошена. Я не слышал лекции. Когда же преподаватель меня о чем-то спросил, я ответил невпопад. Все студенты обрадованно засмеялись, один только Касиваги с безразличным видом глядел в окно. Он, несомненно, видел, какая буря бушует в моем сердце.

Когда я вернулся с занятий, в храме все было по-прежнему. Жизнь обители, вся пропитанная заплесневелым запахом вечности, специально строилась так, чтобы ничто в ней не менялось, и сегодняшний день как две капли воды был схож со вчерашним. Два раза в месяц все монахи собирались в кабинете настоятеля, и он толковал нам священные тексты. Сегодня был как раз день такого занятия, и я ждал, что Учитель в качестве иллюстрации к какому-нибудь коану разберет перед всей братией мой проступок и осудит меня.

У меня были кое-какие основания так думать. Сегодня, сидя прямо напротив настоятеля, я чувствовал небывалый приток мужества — состояние, совершенно мне несвойственное. Я надеялся, что Учитель ответит на мое мужество столь же мужественным великодушием: сначала покается перед всеми в собственном лицемерии и ханжестве, а потом уже разберет мерзость моего поступка...

Тускло светила лампочка, все обитатели храма сидели, склонившись над текстами из книги «Мумонкан». Вечер выдался холодный, но только возле настоятеля лежала маленькая грелка. Монахи зябко хлюпали носами. На расчерченных тенями лицах, и старых и молодых, застыло одинаковое выражение бессилия. Новый послушник в дневное время работал учителем в начальной школе; он был очень близорук и то и дело поправлял очки, сползавшие с его маленького носика.

Я был здесь единственным, в ком жила сила, — так мне, по крайней мере, казалось. Поднимая глаза от текста, Учитель по очереди оглядывал всех присутствующих, и я все пытался встретиться с ним взглядом. Мне хотелось, чтобы он увидел: я от него не прячусь. Но окруженные припухшими складками глазки настоятеля безразлично скользили по моему лицу, и взгляд их переходил на соседа.

С самого начала занятия я с нетерпением ждал, когда же Учитель заговорит обо мне. С напряженным вниманием слушал я каждое его слово. Тонкий голос настоятеля не смолкал ни на минуту, но голоса его души я так и не услышал.

Ночью я не сомкнул глаз. Меня переполняло презрение к Учителю, я мысленно издевался над его жалким лицемерием. Но постепенно меня стали одолевать запоздалые сожаления, полностью вытеснив гордое негодование. Возмущение недостойным малодушием настоятеля странным образом подкосило мое мужество; поняв, насколько ничтожен противник, я уже начал подумывать: а не попросить ли мне у него прощения, все равно такое покаяние не будет знаком поражения. Моя душа, прежде взлетевшая в недостижимые высоты, теперь стремительно падала вниз.

Утром же пойду каяться, решил я. Но когда наступило утро, я перенес объяснение с Учителем на попозже. Его лицо оставалось все таким же непроницаемым.

День выдался ветреный. Вернувшись с лекций, я зачем-то открыл ящик стола и вдруг увидел белый сверток. Развернув бумагу, я обнаружил свою открытку. На бумаге не было написано ни единого слова.

Очевидно, Учитель таким образом давал мне понять, что ставит на всем деле точку. Скорее всего, возвращение открытки должно было означать примерно следующее: я не закрыл глаза на твою выходку, но считаю ее бессмысленной. Однако странный поступок настоятеля всколыхнул целый рой чувств в моей душе.

«Значит, Учитель тоже страдал, — с волнением думал я. — Представляю, какие муки он вынес, прежде чем решился. Должно быть, он теперь ненавидит меня лютой ненавистью. Причем не столько даже за эту открытку, сколько за то, что ему пришлось красться, как вору, по собственному храму, тайком пробираться в келью ученика, где он прежде никогда не бывал, и подсовывать в стол злосчастную улику».

От этой мысли в груди у меня волной поднялась странная радость. И я занялся весьма приятным делом.

Я изрезал открытку ножницами на мелкие кусочки, завернул их в вырванный из тетрадки листок и отправился к Золотому Храму.

Дул сильный ветер, Кинкакудзи стоял под звездным небом, сохраняя извечное свое угрюмое равновесие. В серебристом лунном свете тонкие, вытянутые вверх колонны напоминали мне струны, и весь Храм становился похож на какой-то огромный и таинственный музыкальный инструмент. Зависел этот эффект от того, насколько высоко поднималась в небе луна. Сегодня сходство Храма с гигантским бива было поистине разительным. Но ветер напрасно старался, пытаясь извлечь звук из этих безмолвных струн.

Я подобрал с земли камешек, засунул его в скомканный листок с клочками открытки и, размахнувшись, бросил в пруд. По зеркальной глади неторопливо разошлись круги, мелкая рябь докатилась почти до самых моих ног.

* * *

Мое внезапное бегство в ноябре было прямым следствием всех этих событий. Впрочем, оно только казалось внезапным, на самом же деле побегу предшествовал длительный период раздумий и колебаний, хотя мне нравилось убеждать себя, что поступок мой был неподготовленным и чисто импульсивным. Поскольку импульсивность изначально чужда моей природе, мне доставляло удовольствие воображать, будто я способен действовать под влиянием минутного порыва. Представим такую ситуацию: человек собирается завтра съездить на могилу отца; вот завтра настает, он отправляется в путь, но у самой станции вдруг поворачивается и идет в гости к собутыльнику. Можно ли сказать, что этот человек поступил импульсивно? А что, если это был не импульс, а месть собственной воле, гораздо более продуманная, чем первоначальное намерение съездить на кладбище?

Непосредственным поводом к моему побегу послужил разговор, состоявшийся у меня накануне с Учителем. Он впервые прямо сказал:

— Было время, когда я собирался назначить тебя своим преемником. Время это прошло, так и знай.

Хотя настоятель никогда раньше не говорил со мной на эту тему, я давно уже ждал подобного приговора и был к нему готов. Решение Учителя вовсе не стало для меня громом средь ясного неба, я не остолбенел от ужаса и не содрогнулся от горя. Тем не менее впоследствии я предпочитал думать, что именно слова настоятеля явились толчком к моему бегству.

Убедившись после эксперимента с открыткой, что настоятель затаил на меня зло, я намеренно стал хуже учиться. После первого курса я был лучшим в группе по китайскому и истории, набрав по этим предметам восемьдесят четыре балла[1]; по результатам года я оказался двадцать четвертым из восьмидесяти четырех студентов. Прогулял я всего четырнадцать занятий из четырехсот шестидесяти. По итогам второго года я оказался уже тридцать пятым из семидесяти семи, но окончательно распустился на третьем курсе: теперь я стал прогуливать лекции просто так, безо всякой особенной причины, хотя денег на то, чтобы с приятностью проводить свободное время, у меня не водилось. Первый семестр начался как раз вскоре после истории с открыткой.

---

[1] В японских учебных заведениях принята стобалльная система.

192

После окончания полугодия в храм пришла жалоба из деканата, и Учитель сурово меня отчитал. Досталось мне и за плохие отметки, и за прогулы, но больше всего разъярило настоятеля то, что я пропустил занятия по дзэн-буддистскому воспитанию, на которые по программе и так отводилось всего три дня. Курс по дзэн-буддизму преподавался в университете точно так же, как в других духовных академиях и семинариях, лекции по нему читались последние три дня в конце каждого семестра, перед самыми каникулами.

Чтобы сделать внушение, Учитель вызвал меня в свой кабинет, что случалось не так уж часто. Осыпаемый упреками, я стоял и молчал. Настоятель ни словом не коснулся истории с открыткой и давнего скандала с проституткой, хотя я в глубине души ждал этого разговора.

С той поры Учитель стал относиться ко мне с подчеркнутой холодностью. Выходит, я своего добился, ведь именно к этому я стремился. Можно сказать, я одержал своего рода победу, а понадобилось для нее всего лишь немного лености. За один только первый семестр третьего курса я пропустил шестьдесят занятий — в пять раз больше, чем за весь первый курс. Прогуливая лекцию, я не читал книг, не предавался развлечениям (у меня просто не было на это денег), а разговаривал с Касиваги или чаще всего слонялся в одиночестве без всякого дела. Мной владела апатия, я почти все время был один и почти все время молчал — этот период учебы в университете так и запомнился мне как эпоха бездействия. Можно сказать, что я сам устраивал себе занятия по дзэн-буддистскому воспитанию — только на свой собственный манер, и скуки во время этих «занятий» я не ведал.

Иногда я садился на траву и часами наблюдал, как муравьи деловито тащат куда-то крошечные кусочки красной глины. Причем муравьи не вызывали у меня ни малейшего интереса. Или я мог бесконечно долго смотреть, как вьется дым из трубы заводика, находившегося по соседству с университетом. И дым, и завод тоже были мне абсолютно безразличны... Я сидел, всецело погруженный в самого себя. Частицы, из которых состоял окружавший меня мир, то остывали, то нагревались вновь. Я не могу подобрать нужных слов: мир словно покрывался пятнами, а потом вдруг делался полосатым. Внутреннее и внешнее неторопливо и бессистемно менялись местами: мое зрение фиксировало бессмысленный окрестный пейзаж, и он проникал внутрь меня; те же его детали, что не желали становиться частицей моего существа, назойливо сверкали где-то вне моего «я». Это мог быть флаг на заводском корпусе, грязное пятно на заборе или старая деревянная сандалия, валявшаяся на траве. Самые различные образы рождались во мне и тут же умирали. Или то были неясные, бесплотные воспоминания? Самое важное и самое ничтожное имели здесь равные права: какое-нибудь крупное событие в европейской политике, о котором я накануне читал в газете, неразрывно было связано с той же выброшенной сандалией.

Однажды я надолго задумался, глядя на острый стебелек травы. Нет, «задумался», пожалуй, не то слово. Странные, мимолетные эти мысли то обрывались, то снова, наподобие песенного припева, возникали в моем сознании, которое в эти минуты пребывало где-то на грани жизни и небытия. Почему травинке необходимо быть такой острой? — думал я. Что, если б ее кончик вдруг затупился, она изменила бы отведенному ей виду и природа в этой своей ипостаси погибла бы? Возможно ли погубить природу, уничтожив микроскопический элемент одной из гигантских ее шестерней?.. И долго еще я лениво забавлялся, размышляя на эту тему.

Прослышав о том, что настоятель сурово отчитал меня, обитатели храма стали в моем присутствии вести себя вызывающе. Мой давний недоброжелатель, завидовавший тому, что я попал в университет, теперь победоносно ухмылялся мне прямо в лицо. За все лето и зиму я не перемолвился ни с кем из монахов ни единым словом. А в день, предшествовавший побегу, рано утром, ко мне заглянул отец эконом и сказал, что я должен идти к Учителю.

Это было девятого ноября. Я готовился идти на занятия и уже переоделся в студенческую форму.

Беседа со мной была настоятелю тягостна, и его лицо, вечно светящееся довольством, странным образом сжалось. Учитель смотрел на меня с отвращением, словно на прокаженного, и видеть это было приятно. Все-таки я добился от него хоть какого-то живого, человеческого чувства.

Впрочем, настоятель тут же отвел взгляд и заговорил, потирая руки над небольшой жаровней. Мягкие ладони, соприкасаясь, издавали едва различимое шуршание, и тихий этот звук разрушал свежесть осеннего утра. Слишком уж любовно льнули друг к другу два куска плоти.

— Представляю, как страдает твой бедный отец. Взгляни-ка на это письмо — снова на тебя из деканата жалуются. Смотри, ты можешь плохо кончить. Подумай о своем поведении как следует. — И затем

Учитель произнес те самые слова: — Было время, когда я собирался назначить тебя своим преемником. Это время прошло, так и знай.

Я долго молчал, а потом спросил:

— Значит, вы лишаете меня своего покровительства?

Настоятель ответил не сразу и ответил вопросом:

— А как же иначе могу я поступить, когда ты так себя ведешь?

Я снова промолчал, а когда, заикаясь, заговорил, то уже совсем о другом. Слова вырвались у меня как бы помимо воли:

— Учитель, вам известно обо мне все. И мне про вас тоже все известно.

— Мало ли что тебе известно! — Настоятель насупился. — Что толку-то? Это тебе не поможет.

Никогда еще не доводилось мне видеть лица, на котором было бы написано такое пренебрежение к бренному миру. Настоятель по уши погряз в блуде, стяжательстве и прочих грехах и при этом всей душой презирал жизнь! Я почувствовал тошнотворное отвращение, словно коснулся теплого и розовощекого трупа.

Мной овладело непреодолимое, острое желание бежать как можно дальше от всего, что окружало меня в обители, — хотя бы на время. Это чувство не оставило меня и после того, как я покинул кабинет настоятеля. Ни о чем другом я думать уже не мог.

Я завернул в платок буддийский словарь и флейту, что подарил мне Касиваги. Этот узелок я прихватил с собой, отправляясь в университет. Всю дорогу я думал только о побеге.

На мою удачу, свернув к главному корпусу, я увидел ковыляющего впереди Касиваги. Догнав, я отвел его в сторону и попросил одолжить мне три тысячи иен, а взамен предложил словарь и им же самим подаренную свирель.

С лица Касиваги исчезло обычное философски-жизнерадостное выражение, с которым он изрекал свои ошеломляющие парадоксы. Сузившиеся, затуманенные глаза пристально взглянули на меня.

— А ты помнишь, что говорил Лаэрту отец? «В долг не бери и взаймы не давай; легко и ссуду потерять, и друга»[1].

— У меня, в отличие от Лаэрта, отца нет, — ответил я. — Не хочешь, не давай.

— Разве я сказал, что не дам? Ну-ка, пойдем потолкуем. Да и потом, я не уверен, что наскребу три тысячи.

Я чуть было не заявил Касиваги, что учительница рассказала мне, как он вытягивает у женщин деньги, но сдержался.

— Прежде всего надо решить, как поступить со словарем и флейтой, — сказал Касиваги и вдруг направился назад, к воротам. Я пошел за ним, укорачивая шаги, чтобы его не обгонять. Разговор зашел об одном нашем сокурснике, президенте студенческого клуба «Слава», арестованном полицией по подозрению в подпольном ростовщичестве. В сентябре его выпустили из-под стражи, но с подмоченной репутацией ему приходилось теперь нелегко. Последние полгода Касиваги очень интересовался этим субъектом, и он часто фигурировал в наших беседах. Мы оба считали его сильной личностью и, конечно, не могли и предположить, что через каких-нибудь две недели «сильная личность» покончит с собой.

---

[1] Перевод М. Лозинского.

— А зачем тебе деньги? — внезапно спросил Касиваги. Это было настолько на него не похоже, что я удивился.

— Хочу съездить куда-нибудь.

— А ты вернешься?

— Наверно...

— И от чего же ты хочешь сбежать?

— От всего, что меня окружает. От запаха бессилия, которым несет тут со всех сторон... Учитель тоже бессилен. Абсолютно. Я теперь понял это.

— И от Золотого Храма сбежишь?

— И от него.

— Он что, тоже бессилен?

— Нет, Храм не бессилен. Какое там. Но в нем корень всеобщего бессилия.

— Понятно. Именно так ты и должен рассуждать, — весело прищелкнул языком Касиваги, дергаясь всем телом в обычном своем нелепом танце.

Он отвел меня в промерзшую насквозь антикварную лавчонку, где мне дали за свирель всего четыреста иен. Потом мы зашли к букинисту и за сто иен продали мой словарь. За остальными деньгами надо было идти к Касиваги домой.

У себя в комнате Касиваги неожиданно заявил: флейта и так не моя, я ее просто возвращаю, а словарь он вполне мог бы получить от меня в подарок, — значит, вырученные пятьсот иен по праву принадлежат ему. Он добавит еще две с половиной тысячи, и получится, что он мне дал ровнехонько три тысячи иен. За ссуду с меня будет причитаться по десять процентов в месяц — это же сущий пустяк, прямо благодеяние по сравнению с тридцатью четырьмя процентами, которые брал президент «Славы».

Касиваги достал листок бумаги, тушечницу и с важным видом записал условия сделки, а потом потребовал, чтобы я приложил к расписке большой палец. Думать о будущем мне было противно, я безропотно окунул палец в тушечницу и шлепнул им по бумаге.

Сердце мое билось учащенно. Засунув за пазуху три тысячи иен, я вышел из дома Касиваги, сел на трамвай, доехал до парка Фунаока и взбежал по каменной лестнице храма Татэисао. Мне хотелось купить омикудзи[1], чтобы определить маршрут своего путешествия. Справа от лестницы высился еще один синтоистский храм — ярко-красный Ёситэру-Инари, перед дверьми которого стояли друг напротив друга два каменных лиса-оборотня, окруженные золотого цвета решеткой. Каждый лис держал в зубах по бумажному свитку, острые уши сказочных зверей были изнутри выкрашены в тот же кровавый цвет.

Было холодно, то и дело начинал дуть ветер; солнце светило тускло, слабые его лучи просеивались сквозь ветви деревьев — казалось, что каменные ступени лестницы слегка припорошило пеплом.

Когда я оказался наверху и вышел на широкий двор храма Татэисао, мое лицо после быстрого подъема было мокрым от пота. Прямо передо мной начиналась новая лестница, ведущая к святилищу. Двор храма был вымощен каменными плитами. Над лестницей шумели кронами невысокие сосны. Справа я увидел небольшой домик с почерневшими от времени деревянными стенами, над дверью висела табличка: «Научный центр по исследованию судьбы». Между домиком и святилищем притулился призе-

---

[1] Табличка с предсказанием (в синтоистском храме).

мистый сарай с белыми оштукатуренными стенами, за ним торчали верхушки криптомерий, а еще дальше, под холодным небом, испещренным ослепительно-белыми облачками, высились горы, подступившие к городу с запада.

Главным божеством Татэисао считался дух Нобунага[1], а вторым — дух его старшего сына Нобутада. Храм был строг и незамысловат, монотонность цветовой гаммы нарушали только красные перила балюстрады, окружавшей святилище.

Я поднялся по ступенькам, сотворил поклон и взял в руки деревянный шестиугольный ящичек, стоявший по соседству с ларцом для пожертвований. В дне ящичка была прорезь, и, когда я потряс его, оттуда выскочила маленькая бамбуковая палочка, на которой чернело выведенное тушью число 14.

«Четырнадцать, четырнадцать...» — бормотал я, спускаясь по лестнице назад, к домику. Слово застревало на языке, и постепенно в его звучании мне стал чудиться какой-то смысл.

Я подошел к двери «научного центра» и постучал. Ко мне вышла немолодая женщина. Видимо, я оторвал ее от стирки или мытья посуды — она тщательно вытирала руки полотенцем. Взяв у меня десятииеновую монетку, она равнодушно спросила:

— Какой номер?

— Четырнадцать.

— Посидите пока.

Я присел на краешек веранды и стал ждать. Я прекрасно сознавал бессмысленность веры в то, что мою судьбу могут определить эти мокрые мозолистые ру-

---

[1] *Нобунага Ода* (1534–1582) — первый из объединителей Японии.

ки, но ведь я и пришел сюда, чтобы отдаться на волю бессмысленного случая, это вполне меня устраивало. Из-за двери донеслось лязганье ключа, который никак не хотел поворачиваться в каком-то замке, потом раздалось шуршание бумаги. Наконец дверь приоткрылась, в щель просунулось свернутое трубочкой предсказание.

— Вот, пожалуйста. — И дверь снова захлопнулась.

На бумаге еще остались мокрые следы от пальцев. Я развернул и прочитал. *«Номер 14. Несчастье»*, — значилось там. А ниже: *«Если ты останешься здесь, тебя поразит гнев восьмидесяти божеств.*

Пройдя испытание пылающими камнями и жалящими стрелами, принц Окуни покинул край сей, как указывали ему духи предков. Сокрыться, бежать втайне от всех».

В комментарии объяснялось, что смысл пророчества таков: берегись всевозможных напастей и тревог. Предсказание нисколько меня не испугало. Внизу, где были перечислены различные жизненные ситуации, я нашел пункт *«Путешествие»*: *«В дороге жди несчастья. Опасней всего северо-запад».*

Ну что ж, решил я, значит, путь мой лежит на северо-запад.

* * *

Поезд на Цуругу отправлялся в 6:55 утра. Подъем в храме был в половине шестого. Десятого ноября я прямо с утра оделся в студенческую форму, но это никому не показалось подозрительным. К тому же за последнее время все обитатели храма привыкли делать вид, что не замечают моего существования.

Разбредясь по окутанному предрассветными сумерками храму, монахи и послушники занялись обычной утренней уборкой, на которую отводился один час.

Я подметал храмовый двор. Замысел мой был прост: сбежать прямо отсюда, не обременяя себя поклажей: р-раз — и меня нет, меня унесли духи. Помахивая метлой, я не спеша продвигался по усыпанной гравием дорожке, которая смутно белела в полумраке. Еще чуть-чуть — и метла упадет наземь, я испарюсь, и в серых сумерках останется одна лишь эта дорожка. Да, именно так и произойдет мое исчезновение.

Вот почему не стал я прощаться с Золотым Храмом. Необходимо было, чтобы я сгинул в мгновение ока, перестал существовать для всего, что меня здесь окружало, в том числе и для Кинкакудзи. Ритмично работая метлой, я стал постепенно двигаться по направлению к воротам. Сквозь переплетения сосновых веток было видно, как мерцают в небе утренние звезды.

Сердце билось все сильнее. Пора! Слово это звенело в воздухе, трепетало крылышками у самого моего уха. Пора бежать, бежать от постылых будней, от тяжких оков Прекрасного, от прозябания и одиночества, от заикания, от ненавистной этой жизни!

Метла выпала из моих рук — естественно и закономерно, словно срывающийся с ветки плод; метла канула в темную траву. Я осторожно прокрался к воротам, вышел на улицу и пустился бежать со всех ног. К остановке подошел первый трамвай. В вагоне было всего несколько пассажиров — судя по виду, рабочих. Яркий электрический свет омывал мое лицо, и мне казалось, что никогда еще не бывал я в таком светлом и радостном месте.

———

Я помню свое путешествие до мельчайших деталей. Куда держать путь, я уже решил. В том городке я однажды побывал — еще гимназистом, на экскурсии. Однако теперь, когда цель была близка, мной все сильнее овладевало возбуждение, вызванное побегом и обретенной свободой; казалось, что поезд сейчас умчит меня в какие-то неведомые дали.

Дорога была мне знакома, она вела в те края, где я появился на свет, но даже ржавый, дряхлый вагон и тот представлялся мне сегодня необыкновенным и свежим. Вокзальная суета, свистки паровоза, даже хриплое рычание вокзального громкоговорителя, разрывавшее утреннюю тишину, — все вызывало единое, постоянно крепнущее чувство; мир представал передо мной в ослепительно поэтическом сиянии. Взошло солнце и разделило длинную, широкую платформу на секторы света и тени. В самых незначительных мелочах видел я тайные знаки и предвестия судьбы, на милость которой отдавался: в стуке грохочущих по платформе каблуков, в треске разорвавшегося ремешка на сандалии, в монотонном дребезжании звонков, в корзинке с оранжевыми мандаринами, которую тащил мимо вокзальный торговец.

Все сливались воедино, усиливая одно чувство: уезжаю, трогаюсь в путь. Вот платформа церемонно и торжественно поплыла назад. Я смотрел на нее и видел, как бесчувственный, плоский бетон озаряется отблеском движения, отъезда, расставания...

Я доверял поезду. Конечно, это звучит нелепо, но как иначе мог я ощутить, что невероятное свершилось и я наконец удаляюсь прочь от Киото. Сколько раз по ночам прислушивался я к паровозным гудкам — за стеной храмового сада проходила железная дорога. И вот я сам сижу в одном из тех поездов, что днем и ночью, в одни и те же часы, пробегали где-то невообразимо далеко от меня. Как же это было странно!

За окном вагона показалась река Ходзугава, когда-то давным-давно вдоль этих берегов я проезжал с больным отцом. Здесь, к западу от гор Атаго и Араси, видимо изменявших направление воздушных потоков, был совсем другой климат, чем в Киото. С октября по декабрь от реки каждый вечер в одиннадцать поднимался густой туман и до десяти часов утра обволакивал всю местность плотной пеленой. Туман плыл над землей, в нем почти не бывало просветов.

Над полями клубилась зыбкая дымка, жнивье отливало бледно-зеленой плесенью. По межам были разбросаны редкие деревья с высоко обрезанными ветвями. Тонкие стволы надежно защищал толстый слой соломы (у здешних крестьян это называется «паровая клетка»), и одинокие силуэты, один за другим вырастающие в тумане, были похожи на призраки живых деревьев. А иногда на почти неразличимом, размытом фоне полей возле самого окна вдруг на миг отчетливо возникала какая-нибудь огромная ива, слегка покачивая висячими влажными листьями.

В момент отправления поезда моя душа трепетала от радости, теперь же в памяти вставали лица тех, кого я прежде знал и кого не было уже в живых. Невыразимая нежность охватила меня, когда я стал думать об отце, Уико и Цурукаве. Неужели я способен испытывать любовь только к мертвым? — подумалось мне. О, насколько проще любить мертвых, чем живых!

В полупустом вагоне третьего класса сидели те самые живые, любить которых так непросто; они болтали, дымили сигаретами, швыряли на пол кожуру от мандаринов. На соседней скамейке громко беседовала о своих делах компания пожилых людей — кажется, служащих какой-то общественной организации. Они были одеты в поношенные, висевшие мешком пиджаки, а у одного из рукава торчал клок оторвавшейся полосатой подкладки. В который раз поразился я тому, что заурядность с возрастом ничуть не ослабевает. Эти загорелые, морщинистые, широкие лица, эти охрипшие от пьянства голоса являли собой чистейший образец, квинтэссенцию человеческой заурядности.

Они обсуждали, с кого можно получить пожертвования в фонд их организации. Один из стариков, совершенно лысый, не принимал участия в общей беседе, а без конца с флегматичным видом тер руки желтым от частых стирок платком.

— Безобразие какое, — пробормотал он. — Вечно от этой паровозной копоти все руки черные. Ну что ты будешь делать!

— Как же, как же, — обратился к нему сосед. — Вы ведь по этому поводу в газету жаловались, правильно?

— Ничего я не жаловался, — покачал головой лысый. — Но вообще-то, это безобразие.

Против воли я прислушивался к их разговору — дело в том, что они без конца поминали Золотой Храм и Серебряный Храм. Вот уж с кого непременно следует потребовать взносов, так это с храмов, — таково было единодушное мнение. Даже Серебряный Храм — и тот гребет деньги лопатой, а что уж говорить о Золотом. Доход Кинкакудзи никак не меньше пяти миллионов иен в год, а много ли денег надо дзэн-буддистской обители — ну, там, плата за воду и электричество, туда-сюда, двухсот тысяч на все расходы с лихвой хватит. А остальные денежки известно на что идут: послушники на холодном рисе сидят, а преподобный что ни день по веселым кварталам шикует. Да еще и налогом их не облагают! Прямо государство в государстве. Нет, с таких надо три шкуры драть!

Лысый старик, все вытиравший платком ладони, дождался, пока в разговоре наступит пауза, и изрек:

— Эх, какое безобразие.

Его слова прозвучали окончательным приговором. На руках лысого не было и пятнышка копоти, наоборот, они прямо сияли белизной, словно только что разрезанная редька. Казалось, что не живая кожа, а лайковые перчатки.

Как это ни странно, но я впервые услышал, что говорят миряне о нашей обители. До сих пор я общался только с монахами, ведь и в университете учились такие же послушники и будущие священники, как я; мы никогда не обсуждали между собой храмовые дела. То, что я услышал от соседей по вагону, нисколько меня не удивило. Все было сущей правдой. Нас действительно кормили одним холодным рисом. Настоятель действительно частенько наведывался в веселый квартал. Но мысль о том, что эти старики могут точно так же обсудить и разобрать мои поступки, заставила меня содрогнуться от отвращения. Сама мысль, что обо мне можно толковать *их словами*, была невыносимой. Для этого подходили только *мои слова*. Не следует забывать, что, даже увидев Учителя с гейшей, я не испытал и тени праведного негодования.

Поэтому разговор пожилых служащих недолго занимал мои мысли, их слова растаяли, оставив после себя едва заметный душок заурядности и легкий привкус ненависти. Мои идеи не нуждались в «общественной поддержке». Я не собирался втискивать свои мысли и чувства в тесные рамки, доступные пониманию общества. Я уже говорил и повторяю снова: основой самого моего существования была убежденность, что я недоступен ничьему пониманию.

Вдруг дверь вагона распахнулась и в проходе появился разносчик, расхваливая сиплым голосом товары, что лежали у него в корзине. Я вспомнил, что с утра ничего не ел, и купил коробочку с завтраком: какую-то зеленоватую лапшу, явно приготовленную не из риса, а из водорослей.

Туман рассеялся, но небо оставалось хмурым. К подножию горы Таба лепились дома; местные жители выращивали на здешних скудных почвах бумажные деревья и занимались производством бумаги.

Майдзурская бухта. Это название волновало меня точно так же, как прежде, сам не знаю отчего. Все мое детство, проведенное в деревне Сираку, слова «Майдзурская бухта» обозначали для меня близкое, но невидимое море, в них звучало *предчувствие* моря.

Впрочем, невидимую эту бухту отлично можно было рассмотреть с вершины горы Аоба, чьи склоны начинались сразу за деревней. Дважды взбирался я на самый верх. Помню, во второй раз на рейде военного порта стояла вся Объединенная эскадра. Наверное, корабли собрались вместе и теперь покачивались на якоре посреди сверкающих просторов бухты, готовясь к выполнению какого-то секретного задания. Существование эскадры вообще было окружено такой таинственностью, что иногда я даже сомневался, а есть ли она на самом деле. Вот почему флот напомнил мне стаю редких птиц, знакомых по названию и фотографиям, но никогда не виденных в жизни; не зная, что за ней наблюдают человеческие глаза, стая села на воду и наслаждалась купанием в бухте, охраняемая бдительным и грозным вожаком...

Голос проводника заставил меня очнуться от воспоминаний: поезд приближался к станции Западный Майдзуру. Прежде здесь бросались к выходу многочисленные матросы, поспешно вскидывая на плечи поклажу. Теперь же с места, кроме меня, поднялись всего несколько мужчин, сильно смахивавших на дельцов черного рынка.

Все тут переменилось. Майдзуру превратился в иностранный порт: на каждом углу угрожающе пестрели указатели на английском языке. По улицам толпами ходили американские военные.

Низко нависло небо, уже дышавшее зимой, по широкой улице, ведущей к военному порту, гулял холодный соленый ветер. Но пахло не морем, а чем-то неживым — ржавым железом, что ли. Море вонзалось узким, похожим на канал языком в самую сердцевину города; от безжизненной воды, от вытащенного на скалы военного катерка веяло миром и покоем, но слишком уж все стало чистеньким, вылизанным и гигиеничным; некогда исполненный мужественной силы и энергии порт теперь напоминал огромный госпиталь.

Здесь я не собирался знакомиться с морем поближе, если, конечно, меня ради забавы не столкнет с пирса в воду какой-нибудь американский джип. Пожалуй, как думается мне сейчас, в побуждении бежать из обители таился и зов моря, но не этой укрощенной, искусственной бухты, а тех буйных свободных волн, что бились о скалы мыса Нариу в далеком-далеком детстве. Да, меня звало ярое, грубое, вечно злое море западного побережья.

Именно поэтому конечной целью моего путешествия я выбрал городок Юра. Песчаные пляжи, на которых летом теснятся купальщики, давно опустели; теперь там никого — только берег и море, столкнувшиеся в мрачном единоборстве. От Западного Майдзуру до Юра было три ри, и мои ноги еще смутно помнили эту дорогу.

Надо было идти на запад, вдоль отлогого берега бухты, потом пересечь железнодорожные пути, преодолеть перевал Такидзири и спуститься к реке Юрагава. Перейдя на другой берег по мосту Огава, следовало повернуть на север, а затем держаться реки, пока она не выведет к устью.

Я вышел за городскую окраину и зашагал по дороге...

Когда ноги отяжелели от усталости, я спросил себя: «А что там есть, в этом Юра? Зачем бреду я туда, каких ищу доказательств? И чему? Ведь там ничего нет — только берег и волны Японского моря». Но ноги упрямо несли меня вперед. Мне надо было дойти — все равно куда. Название городка, в который я держал путь, ничего для меня не значило, но странное, почти аморальное по своей силе мужество родилось в моей душе — я был готов встретить любую судьбу лицом к лицу.

Временами сквозь облака ненадолго проглядывало неяркое солнце, и тогда росшие вдоль дороги могучие дзельквы манили меня отдохнуть под сенью их раскидистых ветвей, но что-то подсказывало мне: нельзя терять время, нужно спешить.

К широкой пойме реки не было пологого спуска, Юрагава вырывалась на равнину внезапно, из горной расщелины. Но здесь бег ее обильных голубых вод замедлялся, и она не спеша, словно нехотя, текла под хмурым небом к морю.

Я перешел по мосту на другой берег, дорога здесь была безлюдной. Иногда мне попадались мандариновые плантации, но ни одной живой души я так и не увидел. Даже когда я проходил мимо деревушки Кадзуэ, мне встретился лишь одинокий пес, высунувший из высокой травы черную лохматую морду.

Мне было известно, что неподалеку находится главная местная достопримечательность — развалины усадьбы знаменитого злодея древности Даю Сансё, но я, не задерживаясь, прошел мимо, достопримечательности меня не интересовали, да и смотрел я все время в другую сторону, на реку. Там был большой остров, заросший бамбуком. Ветви низко клонились под ветром, хотя на берегу было тихо и безветренно. На острове уместилось довольно большое заливное поле, но сейчас никто на нем не работал, только у самой воды спиной ко мне застыла фигура с удочкой в руке.

Я так давно уже не встречал людей, что испытывал к рыболову теплое, почти родственное чувство.

«Похоже, лобанов ловит, — подумал я. — А если так, значит и до устья недалеко».

В это время бамбук зашелестел еще пуще, заглушив журчание воды, и над ним повисла какая-то прозрачная пелена — наверное, дождь. Песок на острове потемнел от влаги, а тем временем полило и на моем берегу. Я мок под холодными струями, на островке же дождь успел кончиться. Рыболов не двинулся с места, так и сидел, скрючившись над водой. Наконец тучу унесло.

Заросли мисканта и высокие осенние травы на каждом повороте дороги заслоняли обзор, но я знал, что до устья уже рукой подать. Холодный морской ветер задул мне в лицо.

У самого устья по речной шири было разбросано несколько пустынных островков. До моря оставалось совсем недалеко, соленая вода, наверное, уже пыталась растворить в себе поток, но река пребывала в безмятежном спокойствии, ничем не намекая на свой близкий конец. Я подумал, что так же незаметно умирает лежащий без сознания человек.

Горло реки было неожиданно узким. Море, вбиравшее и поглощавшее пресноводный поток, лежало, сливаясь с мрачным нагромождением облаков в единую темную массу.

Для того чтобы ощутить прикосновение моря, я должен был еще немного побродить по берегу, насквозь продуваемому порывистым ветром с полей. Ветер рисовал свои узоры по всему огромному северному морю. Поля были пустынны, и вся нерастраченная мощь воздушных потоков предназначалась только этим волнам. Таково зимнее море здешних краев — слитое с небом, подавляющее и почти невидимое.

Вдали слоились пепельно-серые волны, а прямо напротив устья плавала диковинная шляпа-котелок — остров Каммури, заповедное обиталище редчайших птиц; до него было восемь ри.

Я шел через поле. Огляделся по сторонам. Какие унылые, заброшенные места!

В этот миг что-то очень важное открылось моему сердцу. Вспыхнуло — и погасло, прежде чем рассудок успел уловить смысл. Я остановился и немного постоял, но ледяной ветер выдувал прочь все мысли. Я снова зашагал ему навстречу.

Тощие поля перемежались каменистыми пустошами, травы наполовину высохли, там же, где зелень еще уцелела, она жалась к земле, измятая и похожая на мох. Земля здесь была перемешана с песком.

Раздался низкий дрожащий звук. Потом я услышал голоса — в тот самый миг, когда, повернувшись на минуту спиной к ветру, взглянул на пик Юрагатакэ.

Я осмотрелся, пытаясь понять, где люди. Узкая тропинка петляла меж невысоких скал, спускаясь к морю. Я увидел, что там ведутся работы по укреплению берега. У кромки прибоя валялись бетонные опоры, похожие на кости, их свежая белизна ярко выделялась на тусклом фоне песка. Услышанный мной странный вибрирующий звук оказался шумом работающей бетономешалки. Несколько красноносых рабочих с любопытством оглядели мою фигуру в студенческой тужурке, когда я проходил мимо. Я тоже посмотрел на них, этим контакт между членами семьи человечества и ограничился.

Берег врезался в море острым конусом. Приближаясь по песку к линии прибоя, я ощущал озарение жгучей радости; мелькнувшее молнией, а затем погасшее озарение с каждым моим шагом делалось все ближе. Ветер обжигал меня холодом, руки совсем закоченели без перчаток, но какое это имело значение!

Вот оно, настоящее Японское море! Здесь источник всех моих несчастий и черных мыслей, моего уродства и моей силы. Дикое, неистовое море. Волны катились к берегу одна за другой, между ними пролегали глубокие пепельные впадины. Над мрачным простором громоздились тяжелые, замысловатые тучи. Массивные и бесформенные, они были обрамлены холодной и легкой как перышко каймой, а в самой их гуще призрачно серел кусочек серо-голубого неба. Вдали над свинцовыми волнами вставали черно-красные скалы мыса. В этой картине были слиты воедино движение и неподвижность, беспрестанное шевеление темных сил и застывшая монолитность металла.

Мне вдруг вспомнились слова Касиваги, сказанные в день нашего знакомства. Он говорил, что самые кошмарные зверства и жестокости зарождаются в ясный весенний день, когда вокруг зеленеет подстриженная травка и ласково светит солнце.

Сейчас я стоял над яростным морем, в лицо мне дул злой ветер. Не было здесь ни зеленого газона, ни весеннего солнца. Но дикая эта природа была куда ближе моему сердцу, чем сияние тихого и ясного дня. Здесь я ни от кого и ни от чего не зависел. Ничто мне не угрожало.

Можно ли назвать жестокими овладевшие мной в этот миг думы? Не знаю, но всколыхнувшееся в моей душе чувство озарило меня изнутри, высветило значение явившегося мне на поле откровения. Я не пытался охватить его рассудком, а просто замер, ослепленный сиянием идеи. Мысль, никогда прежде не возникавшая у меня, набирала силу и разрасталась до неохватных размеров. Уже не она принадлежала мне, а я ей. Мысль была такова: *«Я должен сжечь Золотой Храм».*

ГЛАВА ВОСЬМАЯ

Я шел не останавливаясь до железнодорожной станции Танго-Юра. Когда-то, еще в гимназии, наш класс совершил экскурсию по тому же маршруту и вернулся отсюда в Майдзуру на поезде. Дорожка, ведущая к станции, была почти безлюдна — городок существовал за счет недолгого курортного сезона, а на остальную часть года вымирал.

Я решил остановиться в маленькой пристанционной гостинице, носившей длинное название «Гостиница „Юра" для любителей морского купания». Приоткрыв стеклянную дверь, я крикнул: «Есть тут кто-нибудь?» — но ответа не дождался. Слой пыли на ступеньках, закрытые ставни, темнота внутри — все говорило о том, что гостиница давно стоит пустая.

Я обошел дом вокруг и позади него обнаружил маленький садик с увядшими хризантемами. Наверху был установлен бак для воды, от него тянулся шланг душа, — видимо, летом, возвращаясь с пляжа, постояльцы смывали здесь песок, приставший к телу.

Чуть поодаль стоял домик, в котором, очевидно, жила семья владельца гостиницы. Сквозь закрытую дверь гремело радио, включенное на полную мощность. Громкие звуки гулко отдавались в доме, и казалось, что он тоже пуст. Я поднялся в переднюю, где валялось несколько пар обуви, подал голос и подождал. Опять никого.

Тут я почувствовал, что сзади кто-то стоит. Я заметил это по тени на ящике для обуви, которая вдруг едва заметно шевельнулась, — солнце еле-еле просвечивало сквозь облака.

На меня смотрела расплывшаяся от жира женщина с узенькими, терявшимися в складках глазками. Я спросил, можно ли снять комнату. Она отвернулась и, ни слова не говоря, зашагала к гостинице.

Я поселился в маленькой угловой комнатке второго этажа, обращенной окном в сторону моря. Женщина принесла небольшую жаровню, и дым очень скоро сделал застоявшийся запах плесени невыносимым — комната слишком долго была заперта. Я распахнул окно и подставил лицо северному ветру. Над морем облака все водили свой неторопливый грузный хоровод, не предназначенный для зрителей. Облака двигались, словно следуя каким-то бесцельным импульсам самой породы. Но кое-где сквозь белую пелену непременно проглядывали кусочки неба, маленькие голубые кристаллы чистого разума. Моря не было видно.

Стоя у окна, я обдумывал свою идею. Почему мне пришло в голову сжечь Золотой Храм, а, скажем, не убить Учителя, спрашивал я себя.

Мысль уничтожить настоятеля иногда возникала у меня и прежде, но я прекрасно понимал тщетность подобного акта. Ну убей я его, а что толку — обритая голова и проклятое бессилие будут являться мне вновь и вновь, выползая откуда-то из-за ночного горизонта.

Нет, живые существа не обладают раз и навсегда определенной *однократностью жизни,* присущей

Золотому Храму. Человеку дана лишь малая часть бесчисленных атрибутов природы; пользуясь ею, он живет и размножается. Вечное заблуждение — пытаться уничтожить кого-нибудь бесследно при помощи убийства, думал я. Контраст между существованием Храма и человеческой жизнью несомненен: может показаться, что человека убить очень легко, но это ошибка, над ним ореол вечной жизни; в то же время красоту Золотого Храма, представляющуюся несокрушимой, вполне можно стереть с лица земли. Нельзя вывести с корнем то, что смертно, но не так уж трудно истребить нетленное. Как люди до сих пор не поняли этого? Честь открытия, несомненно, принадлежала мне. Если я предам огню Золотой Храм, объявленный национальным сокровищем еще в конце прошлого века, это будет акт чистого разрушения, акт безвозвратного уничтожения, который нанесет несомненный и очевидный урон общему объему Прекрасного, созданного и накопленного человечеством.

От этих мыслей я даже пришел в игривое расположение духа. «Сожжение Храма даст невероятный педагогический эффект, — весело думал я. — Я продемонстрирую человечеству, что простая аналогия еще не дает права на бессмертие. Если Храм благополучно простоял на берегу Зеркального пруда пять с половиной столетий, это вовсе не гарантирует, что он будет пребывать там и дальше. Глядишь, люди наконец забеспокоятся, уяснив, что все так называемые самоочевидные аксиомы, которые они себе напридумывали, в любой миг могут оказаться несостоятельными».

Вот-вот, именно так. Наше существование поддерживается за счет определенных сгустков времени. Представьте себе, что столяр сделал выдвижной ящик для стола. Через десятилетия и века время кристаллизуется, приняв форму этого ящика, подменяет его собой. Небольшой кусочек пространства поначалу был занят вещью, но постепенно предмет как бы вытесняется сгустившимся временем. На смену материальному объекту приходит его дух. В начале средневековой книги волшебных преданий «Цукумогами» есть такое место: «В сказаниях об Инь и Ян[1] говорится, что по истечении каждых ста лет старые вещи превращаются в духов и вводят в соблазн людские души. Зовутся они Цукумогами — Духами скорби. Ежегодно по весне люди выбрасывают из домов ненужное старье, это называется „очищение дома". И лишь раз в сто лет сам человек становится жертвой Духов скорби...»

Мой поступок откроет человечеству глаза на бедствия, приносимые «Духами скорби», и спасет от них людей. Я превращу мир, где существует Золотой Храм, в мир, где Золотого Храма нет. И суть Вселенной тогда коренным образом переменится...

Все бо́льшая радость охватывала меня. Падение и крах окружавшего меня, маячившего перед моими глазами мира были близки как никогда. Косые лучи заходящего солнца легли на землю, и мир, несущий в себе Золотой Храм, вспыхнул в их сиянии, а затем медленно, но неумолимо, словно шуршащий меж пальцев песок, стал рассыпаться...

* * *

Моя жизнь в гостинице «Юра» продолжалась три дня. Конец ей положила хозяйка — встревоженная моим упорным нежеланием выходить куда-либо из

---

[1] По древнекитайской натурфилософии, два полярных первоначала: темное и светлое, женское и мужское.

номера, она привела полицейского. Увидев человека в мундире, входящего в комнату, я поначалу испугался, что мой план раскрыт, но тут же понял всю нелепость своего страха. Отвечая на вопросы, я сказал правду: что решил немного отдохнуть от храмовой жизни. Показал студенческое удостоверение и немедленно сполна расплатился за гостиницу. Позвонив в Рокуондзи и убедившись, что я не солгал, полицейский решил отнестись ко мне по-отечески и объявил, что лично доставит беглеца в обитель. Он даже переоделся в штатское, чтобы «не повредить моему будущему».

Пока мы ждали поезда на станции, полил дождь, укрыться от которого на перроне было негде. Полицейский отвел меня в станционную контору, с гордостью пояснив, что начальник и прочие служащие — его друзья. Меня неугомонный страж порядка представил им как своего племянника, приезжавшего из Киото навестить дядю.

Я подумал, что понимаю психологию революционера. Этот провинциальный полицейский и начальник станции сидели у раскаленной докрасна железной печки и весело болтали, ничуть не подозревая о надвигающемся перевороте всей их жизни, о неминуемой и близкой гибели существующих порядков. «Храм сгорит, — рассуждал я, — да-да, Храм сгорит, и мир этих людей переменится, все их извечные устои перевернутся вверх дном, нарушится расписание поездов, утратят силу законы!»

Они и понятия не имели, что рядом с самым невинным видом греет руки будущий преступник, — эта мысль изрядно меня веселила. Один из железнодорожных служащих, молодой жизнерадостный парень, громко рассказывал, какой фильм пойдет смотреть в ближайший выходной. Картина — закачаешься, говорил он, жалостная до жути, но действия тоже хватает. Надо же, в следующий выходной он пойдет в кино! Этот юноша, крепкий и пышущий здоровьем — не то что я, — посмотрит свою картину, потом, наверное, переспит с женщиной и вечером, довольный, спокойно уснет.

Он без конца сыпал шутками, поддразнивая начальника станции, тот беззлобно отругивался. Парень ни минуты не сидел на месте — то ворошил угли в печке, то писал мелом на доске какие-то цифры. Снова соблазн жизни, зависть к живущим пытались взять меня в плен. Ведь я тоже мог бы жить, как он, — не поджигать Храм, а уйти из обители, навек распрощаться с монашеством...

Но темные силы с новой мощью всколыхнулись в моей душе и увлекли меня за собой. Я должен сжечь Кинкакудзи. Когда я сверну это, начнется невероятная, удивительная жизнь, скроенная специально по моему заказу.

Зазвонил телефон. Поговорив, начальник станции подошел к зеркалу и аккуратно надел фуражку с золотым кантом. Потом откашлялся, расправил плечи и, словно выходя на сцену, шагнул на мокрую после дождя платформу. Вскоре послышался шум поезда, скользившего по рельсам прорубленного в скалах пути. Стук колес далеко разносился во влажном воздухе.

* * *

Мы прибыли в Киото без десяти восемь, и полицейский в штатском довел меня до ворот Рокуондзи. К вечеру сильно похолодало. Когда черные стволы сосновой рощи остались позади и угловатая громада ворот нависла над самыми нашими головами, я увидел, что у входа стоит мать. Она ждала возле знакомой грозной таблички, гласившей, что «несоблюдение вышеуказанного карается законом». В свете фонаря казалось, будто каждый волос на растрепанной голове матери стоит дыбом и что голова эта совсем седая. Маленькое личико под сбившейся прической было неподвижным.

Щуплая фигурка матери вдруг стала раздуваться прямо у меня на глазах и достигла исполинских размеров. За ее спиной в открытых створках ворот чернела тьма храмового двора; на этом зловещем фоне мать, одетая в видавшее виды кимоно, которое поверху было подпоясано ветхим златотканым поясом, показалась мне похожей на труп.

Я остановился, не решаясь подойти к ней ближе. Непонятно было, откуда она здесь взялась. Это потом я узнал, что, обеспокоенный моим исчезновением, настоятель известил о случившемся мать, которая, страшно перепугавшись, немедленно приехала в Рокуондзи и оставалась тут до самого моего возвращения.

Полицейский подтолкнул меня в спину. По мере приближения к воротам силуэт матери сжимался, приобретая свои обычные очертания. Уродливо искаженное лицо смотрело на меня снизу вверх.

Интуиция никогда меня не обманывала. Глядя в маленькие, хитрые, глубоко запавшие глазки, я подумал, что моя ненависть к матери вполне оправданна. Уже одно то, что эта женщина повинна в моем появлении на свет, вызывало ненависть; мучительное же воспоминание, о котором я уже говорил, отдаляло меня от матери и делало месть ей невозможной. Но невозможно было и оборвать связующие нас нити.

Теперь же, видя это лицо, искаженное материнским горем, я вдруг почувствовал, что отныне свободен. Сам не знаю почему, но внезапно я ощутил, что матери никогда уже не удастся запугать меня.

Она всхлипнула, сдавленно простонала, а потом слабо ударила меня по щеке.

— Неблагодарный! Бесстыжий!

Полицейский молча наблюдал, как мать осыпает меня пощечинами. В разбросанных пальцах не было силы, ногти ударялись о мою щеку мелким градом. Даже сейчас лицо матери сохраняло приниженное, молящее выражение. Я отвел глаза. Наконец она угомонилась и уже совсем другим тоном спросила:

— А деньги? Где ты деньги достал на такую поездку?

— Деньги? У товарища занял.

— Не врешь? Ты их не украл?

— Ничего я не крал.

Мать облегченно вздохнула, словно это было единственное, что ее беспокоило.

— Точно? Значит, ты ничего уж такого ужасного не натворил?

— Нет.

— Ох, ну тогда еще ладно... Попросишь прощения у святого отца. Я уже умоляла простить тебя, но ты должен убедить его, что раскаялся. Святой отец милосерден, он не станет тебя наказывать. Но учти, если ты не возьмешься за ум, твоей бедной матери останется только умереть. Так и знай! Ты меня в гроб загонишь, если не образумишься. Помни, ты должен стать большим человеком... А теперь иди и умоляй отца настоятеля простить тебя.

Она пошла вперед, мы с полицейским последовали за ней. Мать забыла даже поздороваться с моим спутником.

Я смотрел ей в спину, на слегка отвисший пояс кимоно. Почему мать мне так отвратительна? — думал я. Надежда — вот в чем дело. Ее уродует постоянно живущая в ней надежда, непобедимая, словно угнездившаяся в грязной коже чесотка, что без конца выходит наружу мокнущей красной сыпью.

* * *

Наступила зима. Моя решимость крепла день ото дня. Я без конца откладывал осуществление своего замысла, и бесконечные эти проволочки ничуть мне не надоедали.

В течение последующего полугодия меня мучило совсем другое. В конце каждого месяца ко мне приставал Касиваги, сообщал мне, сколько набежало процентов на мой долг, и, грязно ругаясь, требовал уплаты. Деньги ему возвращать я не собирался. А чтобы не встречаться с кредитором, достаточно было просто не ходить в университет.

Пусть никого не удивляет, что, приняв столь роковое решение, я не терзался сомнениями, не колебался и не пытался отказаться от своей идеи. Нерешительность и переменчивость исчезли без следа. Все полгода мой взгляд оставался неподвижным, прикованный к некой точке в будущем. Наверное, в этот период я впервые узнал, что такое счастье.

Прежде всего, моя жизнь в обители стала легкой и приятной. Раз решив, что Золотому Храму суждено погибнуть в огне, я перестал обращать внимание на неприятности, ранее казавшиеся мне невыносимыми. Словно больной, готовящийся к скорой смерти,

222

я был приветлив и любезен со всеми, ничто не могло лишить меня душевного равновесия. Я примирился даже с природой. Всю зиму по утрам я с глубокой симпатией наблюдал за пушистыми птичками, прилетавшими клевать ягоды падуба.

Ненависть к Учителю — и та оставила меня! Я разом освободился и от него, и от матери, и от многого другого. Однако я был не настолько глуп, чтобы поверить, будто обретенное мной благополучие означает, что мир вдруг переменился — сам по себе, безо всякого вмешательства с моей стороны. Любое событие и явление можно извинить, если смотреть на него с точки зрения конечного результата. Именно такими глазами смотрел я на жизнь — на этом да еще на сознании того, что конечный результат зависит только от меня, и зиждилась моя свобода.

Идея сжечь Кинкакудзи возникла у меня неожиданно, но она пришлась моей душе впору, словно сшитый на заказ костюм. Казалось, что именно к этому и стремился я всю свою жизнь. Во всяком случае, с того дня, когда отец впервые привел меня к Золотому Храму, — еще тогда семя упало в мое сердце, чтобы со временем взойти и расцвести. Подросток увидел творение, с красотой которого не могло сравниться ничто на земле. Вот она, причина, по которой я стал поджигателем!

17 марта 1950 года я закончил подготовительное отделение Университета Отани. Два дня спустя мне исполнился двадцать один год. Итоги трех лет обучения были поистине впечатляющими: из семидесяти девяти студентов я вышел семьдесят девятым, мне же принадлежал и рекордно низкий балл — сорок два по-японскому. Я прогулял двести восемнадцать часов из шестисот шестнадцати, то есть более трети всех

занятий. Несмотря на это, меня благополучно перевели на основное отделение — университетское начальство руководствовалось буддийской доктриной милосердия, и неуспевающих из Отани не отчисляли. Настоятель молча наблюдал за моими достижениями.

Я продолжал пропускать лекции. Прекрасную пору поздней весны и начала лета я провел, бродя по буддийским и синтоистским храмам, — благо платы за вход там не требовали. Я ходил и ходил — сколько выдерживали ноги.

Помню один из тех дней. Я шел по улице мимо храма Мёсиндзи и вдруг увидел впереди себя студента, бредущего той же рассеянной походкой, что и я. Он свернул в старую табачную лавку, и я увидел в профиль его лицо под козырьком форменной фуражки.

В глаза мне бросились насупленные брови, резкие, угловатые черты и очень белая кожа. На фуражке красовалась эмблема Киотоского университета. Студент краешком глаза взглянул в мою сторону, и меня словно накрыло густой тенью. Я интуитивно почувствовал: передо мной еще один поджигатель.

Было три часа дня. Время, мало подходящее для поджога. Над асфальтом мостовой порхала бабочка. Вот она подлетела к табачной лавке и села на увядшую камелию, сиротливо торчавшую в вазе. Лепестки белого цветка по краям потемнели, будто опаленные огнем. Улица была пуста, время на ней словно остановилось.

Не знаю, с чего я решил, что студент готовит поджог. Почему-то я был уверен, что это поджигатель. Он специально выбрал самое трудное время, разгар дня, и теперь твердо идет к намеченной цели. Там, куда он направляется, — огонь и уничтожение, а позади остаются поверженные в прах устои. Так думал я, глядя на маячившую впереди напряженную спину в студенческой тужурке. Именно так в моем представлении должна была выглядеть спина поджигателя. Обтянутая черным сержем, она казалась мне преисполненной гнева и несчастья.

Я замедлил шаг, решив следовать за студентом. Я смотрел на эту фигуру — левое ее плечо было заметно ниже правого — и не мог отделаться от ощущения, будто вижу самого себя со спины. Студент был красивее меня, но я не сомневался, что та же смесь одиночества, злосчастия и опьянения Прекрасным направила его по моему пути. Чувство, что передо мной разворачивается картина моего будущего свершения, все крепло.

Подобные фантазии легко возникают в мае, когда так светел день и так тягуч прозрачный воздух. Я раздвоился, и вторая моя половина, имитируя предстоящее деяние, показывала, как все будет, когда я решусь привести свой замысел в исполнение.

На улице по-прежнему не было машин, да и прохожие словно под землю провалились. Впереди показались величественные Южные ворота храма Мёсиндзи. Широко распахнутые створки обрамляли богатый и многообразный мир — моему взору открылся вид на Зал Гостей, на густой лес колонн храма, на черепицу крыши, на сосны и еще на аккуратный квадрат ярко-синего неба, усыпанный мелкими облачками. По мере приближения к воротам мир, заключенный в них, расширялся, вбирая в себя каменные дорожки, пагоды и многое-многое другое. Я знал, что если пройти под широким сводом этих таинственных ворот, то окажется, что они поглотили весь бескрайний небосвод и все бесчисленные облака. Вот он, истинный храм, подумал я.

Студент вошел в ворота. Обойдя стороной Зал Гостей, он остановился перед главным зданием, возле пруда, в котором цвели лотосы. Постоял немного, поднялся на каменный китайский мостик, соединявший берега пруда, и, задрав голову, стал смотреть на храм. Его-то он и хочет поджечь, решил я.

Храм действительно был великолепен и вполне заслуживал чести погибнуть в огне. В такой ясный день пожар заметят не сразу. Лишь когда клубы дыма потянутся вверх, тая в себе невидимые языки пламени, лишь когда задрожит и исказится голубой небосклон, все поймут, что произошло.

Студент подошел к самому храму, а я, чтобы не спугнуть его, прижался к стене. Был час, когда в обитель возвращаются нищенствующие монахи, на мощенной камнем дорожке как раз появились три мужские фигуры с широкими соломенными шляпами в руках. Согласно уставу, нищенствующие монахи до самого возвращения в свои кельи должны смотреть только под ноги и не могут разговаривать друг с другом. Молчаливая троица прошла мимо меня и, свернув направо, исчезла за углом.

Студент нерешительно топтался у стены храма. Наконец он прислонился к одной из деревянных колонн и достал из кармана купленные недавно сигареты, все время беспокойно озираясь. Я догадался, что он хочет зажечь огонь, притворяясь, будто прикуривает. Вот студент сунул в рот сигарету, нагнул голову и чиркнул спичкой.

Я увидел маленький прозрачный огонек. Думаю, что и сам студент не смог бы определить, какого цвета это пламя, — солнце заливало храм с трех сторон, оставляя в тени лишь мою, восточную. Огонь жил всего какое-то мгновение. Потом курильщик отчаянно затряс рукой, и спичка погасла. Этого ему показалось мало, он бросил спичку на каменную ступеньку и еще притоптал ботинком. Со вкусом затянувшись, студент повернул назад: прошел по китайскому мостику, миновал Зал Гостей и неторопливым шагом направился к Южным воротам, за которыми смутно виднелась улица. Я остался наедине со своим разочарованием...

Оказывается, никакой это был не поджигатель, а самый обыкновенный студентик. Наверное, не знал, чем себя занять, вот и вышел прогуляться.

Я наблюдал за его поведением с самого начала и до самого конца, все в нем теперь было мне неприятно: и то, как боязливо озирался он по сторонам — не потому, что собирался устроить поджог, а просто зная, что на территории храма курить запрещено; и то, как мелко, чисто по-школярски, радовался он своей проделке; а больше всего то, с какой тщательностью топтал он уже погасшую спичку, — тоже мне, «защитник цивилизации». Из-за этой самой цивилизации крошечный огонек спички находился под строжайшим контролем. Студентик явно считал себя лицом, ответственным за спичку, гордился тем, как надежно и старательно защищает от огня общество.

То, что со времени революции Мэйдзи[1] старинные храмы в Киото и его окрестностях больше не гибнут от пожаров, тоже следует отнести за счет «благ» этой пресловутой цивилизации. Если и загорится где-нибудь, сразу тут как тут пожарные: локализуют, рассекают, контролируют. Раньше было иначе. Напри-

---

[1] 1868 г.

мер, храм Тионъин в 3 году эры Эйкеё[1] выгорел дотла, да и в последующие века не раз становился жертвой огня. В 4 году эры Мэйтоку[2] произошел большой пожар в храме Нандзэндзи, уничтоживший главное здание, Зал Закона, Алмазный Зал и Дом Большого Облака. Во втором году Гэнки[3] в пепел обратился храм Энрякудзи. В 21 году Тэмбун[4] сгорел в огне междоусобной войны храм Кэндзиндзи. В 1 году Кэнтё[5] выгорел храм Сандзюсангэндо. В 10 году Тэнсё[6] погиб в пламени храм Хоннодзи...

В минувшие века от одного пожара до следующего было рукой подать. Тогда огонь не рассекали на части, не подавляли с такой легкостью; один очаг пожара протягивал руку другому, и иногда они сливались в единое море пламени. Такими же, наверное, были и люди. Начавшийся пожар всегда мог воззвать к своим собратьям, и его голос непременно бывал услышан и подхвачен. Храмы горели по чьей-то неосторожности, загорались от соседних строений, пылали в военных вихрях. В летописях ничего не говорится о преднамеренных поджогах, но это и понятно: если бы в древние времена и родился мой единомышленник, ему было бы достаточно просто затаиться и ждать своего часа. Рано или поздно любой храм непременно сгорал. Пожары были обильны и неукротимы. Только выжди — и огонь обязательно вспыхнет, сольется с соседним, и вместе они сделают за тебя всю работу. Поистине чудо, что Кинкакудзи

---

[1] 1431 г.
[2] 1393 г.
[3] 1571 г.
[4] 1552 г.
[5] 1249 г.
[6] 1582 г.

избежал всеобщей участи. Пожары были в порядке вещей, разрушение и отрицание являлись непременными составляющими бытия, все возведенные храмы неминуемо сгорали — одним словом, принципы и законы буддизма безраздельно господствовали на земле. Если и случались поджоги, то акт этот настолько напоминал призыв к стихийным силам природы, что летописцам и в голову не приходило отнести свершившееся на счет чьей-то злой воли.

Тогда миром управлял хаос. Но и ныне, в 1950 году, сумятицы и содома хватает. Так почему же, если в прежние смутные времена храмы сгорали один за другим, в теперешнюю, не менее лихую годину Кинкакудзи должен уцелеть?

* * *

Хоть я и перестал посещать занятия, в библиотеку ходил по-прежнему часто. И вот как-то в мае столкнулся на улице с Касиваги, от которого давно уже прятался. Я поторопился пройти мимо, но мой бывший приятель, весело улыбаясь, заковылял вдогонку. Мне ничего не стоило убежать от хромого калеки, и именно поэтому я остановился.

Касиваги, тяжело дыша, поравнялся со мной и схватил за плечо. Помнится, шел шестой час, занятия в университете уже закончились. Выйдя из библиотеки, я специально, чтобы не наткнуться на Касиваги, прошел задами, выбрав окольную дорогу между западной стеной и крайним из бараков. Здесь был пустырь, росли дикие хризантемы, валялись пустые бутылки и бумажки. Стайка мальчишек, тайком пробравшихся на территорию университета, играла в мяч. От их звонких голосов безлюдные аудитории казались еще более унылыми — через разбитые окна барака виднелись ряды пустых пыльных столов. Я как раз миновал пустырь и уже вышел к главному корпусу, когда наткнулся на Касиваги. Остановились мы возле сарайчика, гордо именуемого «студией», — там проходили занятия кружка икебаны. За университетской оградой начиналась аллея камфарных лавров, тень от их крон накрывала крышу «студии» и ложилась на стену главного корпуса. Красные кирпичи весело пунцовели в предвечернем свете.

Запыхавшийся от спешки Касиваги прислонился к этой стене, на хищном его лице трепетала тень от листвы. А может быть, иллюзию подвижности создавал красный фон, столь мало подходивший к этим резким чертам.

— Пять тысяч сто иен, — объявил Касиваги. — Общий итог на конец мая. Смотри, с каждым месяцем расплатиться будет все труднее.

Он вытащил из нагрудного кармана тщательно сложенную расписку, которую всегда носил с собой, развернул и сунул мне под нос. А потом, видимо испугавшись, что я вырву вексель у него из рук, снова сложил его и поспешно спрятал назад в карман. Я успел разглядеть лишь отпечаток моего большого пальца, ядовито-красный и безжалостно отчетливый.

— Гони денежки, и поживее. Тебе же, дураку, лучше будет. Расплачивайся как хочешь, хоть из своей платы за обучение.

Я молчал. Мир находился на краю гибели, а я должен отдавать долги? Я заколебался, не намекнуть ли Касиваги на грядущее деяние, но вовремя удержался.

— Ну, что молчишь? Заикаться стесняешься? Чего уж там, я и так знаю, что ты заика. Стена, — он постучал кулаком по освещенному солнцем кирпичу, ребро ладони окрасилось красной пылью, — стена и та знает. Весь университет об этом знает. Что ж ты молчишь?

Я молча смотрел ему в лицо. В этот момент мяч, которым перебрасывались мальчишки, отлетел в нашу сторону и упал как раз между нами. Касиваги наклонился, чтобы подобрать его. До мяча было с полшага, и я со злорадным интересом стал наблюдать, как придвинется к нему Касиваги на своих искалеченных ногах. Непроизвольно мой взгляд скользнул вниз. Касиваги с невероятной быстротой уловил это едва заметное движение. Он стремительно разогнулся и взглянул на меня в упор. Всегда холодные глаза его сверкнули жгучей ненавистью.

Подбежавший мальчишка подобрал мяч и умчался прочь.

— Ладно, — процедил Касиваги. — Раз ты со мной так, то предупреждаю: через месяц я еду домой, и перед этим я вытрясу из тебя свои деньги. Так и знай.

* * *

В июне занятия по основным предметам закончились, и студенты стали потихоньку собираться домой на каникулы. Десятое июня — этот день я не забуду никогда.

С самого утра накрапывал дождь, а вечером начался настоящий ливень. Поужинав, я сидел у себя в келье и читал. Часов в восемь кто-то прошел по коридору от Зала Гостей к Большой библиотеке. Это был один из тех редких вечеров, которые настоятель проводил в обители. Похоже, гость направлялся к нему. Но звук шагов показался мне каким-то странным — словно дождевые капли барабанили по дощатой двери. Ровно и чинно семенил впереди послушник, а за ним медленно и тяжело шествовал гость — пол громко скрипел под его шагами.

Темные анфилады комнат Рокуондзи были заполнены шумом дождя. Ливень словно ворвался в окутанные мраком бесчисленные залы и коридоры. И на кухне, и в кельях, и в Зале Гостей все звуки утонули в рокоте дождя. Я представил, как небесный поток заливает Золотой Храм. Немного приоткрыв сёдзи, я выглянул наружу. Внутренний дворик был покрыт водой, в огромной луже блестели черные спины камней.

В дверь моей кельи просунулась голова послушника — того, что поселился в храме не так давно.

— К Учителю пришел какой-то студент по имени Касиваги, — сообщил он. — Говорит, что твой друг.

Меня охватила тревога. Молодой очкастый послушник, в дневное время работавший учителем в начальной школе, повернулся, чтобы идти, но я удержал его. Мысль, что придется сидеть одному, мучаясь догадками о разговоре в Большой библиотеке, была мне невыносима.

Прошло минут пять. Потом послышался звон колокольчика из кабинета настоятеля. Резкий звук повелительно ворвался в шум дождя и тут же затих. Мы переглянулись.

— Это тебя, — сказал послушник.

Я медленно поднялся.

На столе настоятеля лежала моя расписка с красным оттиском пальца. Учитель показал на нее и спросил меня, стоявшего на коленях у порога кабинета:

— Это твой отпечаток?

— Да, — ответил я.

— Что же ты вытворяешь?! Если твои безобразия не прекратятся, я выгоню тебя из храма. Заруби себе на носу. Ты уже не первый раз... — Настоятель замолчал, видимо не желая продолжать этот разговор при Касиваги, и добавил: — Я заплачу твой долг. Можешь идти.

Тут я впервые взглянул на Касиваги. Он чинно сидел с самым невинным выражением лица. На меня он не смотрел. Каждый раз, когда Касиваги совершал очередную гнусность, его лицо светлело, словно приоткрывались самые сокровенные глубины его души. Один я знал за ним эту особенность.

Я вернулся к себе. Послушник уже ушел. Яростно грохотал ливень; я чувствовал себя совсем одиноким и — свободным.

«Я выгоню тебя из храма», — сказал настоятель. Впервые слышал я от него такие слова, такую недвусмысленную угрозу. И вдруг понял: решение о моем изгнании Учителем уже принято. *Я должен спешить.*

Если б не донос Касиваги, настоятель нипочем бы не проговорился и я снова отложил бы исполнение своего замысла. Я испытал нечто вроде благодарности к бывшему приятелю — ведь это его поступок дал мне силы приступить к задуманному.

Ливень и не думал стихать. Несмотря на июнь, было зябко, и моя крошечная келья в тусклом свете лампочки имела вид заброшенный и бесприютный. Вот оно, мое жилище, из которого вскоре, вполне вероятно, я буду изгнан. Ни одного украшения, края выцветших соломенных матов пола почернели и растрепались. Заходя в темную комнату, я вечно задевал их ногами, но так и не удосужился заменить настил. Огонь пылавшей во мне жизни был бесконечно далек от каких-то там соломенных матов.

Тесная комнатка с наступлением лета пропитывалась кисловатым запахом моего пота. Мое тело, тело монаха, пахло точно так же, как тело обыкновенного юноши, — смешно, не правда ли? Его испарения впитывались в дощатые стены, черную древесину толстых столбов, стоявших по углам кельи. Звериный смрад молодого тела сочился из всех щелей старинного дерева, покрытого патиной веков. Все эти доски и колонны казались мне каким-то животным, неподвижным и пахучим.

По коридору загрохотали уже знакомые шаги. Я встал и вышел из кельи. Касиваги замер на месте, словно механическая игрушка, у которой кончился завод. Во дворе, за его спиной, высоко вздымала свой потемневший от влаги «нос» сосна «Парусник», на которую падал свет из окна настоятельского кабинета. Я улыбнулся Касиваги и с удовлетворением отметил, что на его лице впервые промелькнуло нечто, напоминающее страх.

— Ты ко мне не зайдешь? — спросил я его.

— Ты чего это? Никак, пугать меня вздумал? Странный ты тип.

В конце концов он согласился войти и боком, весь скрючившись, уселся на предложенный ему тощий дзабутон[1]. Не спеша обвел взглядом комнату. Гул дождя закрыл от нас весь внешний мир плотной завесой. Струи хлестали по настилу открытой веранды, временами капли звонко ударяли по бумажным сёдзи.

---

[1] Плоская подушка для сидения.

234

— Ты на меня зла не держи, — сказал Касиваги. — В конце концов, сам виноват... Ну и будет об этом.

Он достал из кармана конверт со штемпелем храма Рокуондзи и вынул оттуда купюры, три новехонькие бумажки по тысяче иен каждая.

— Свеженькие совсем, — заметил я. — Наш настоятель чистюля, каждые три дня гоняет отца эконома в банк менять мелочь на банкноты.

— Гляди, всего три тысячи. Ну и скупердяй ваш преподобный. Говорит, товарищу под проценты в долг не дают. А сам прямо лопается от барышей.

Разочарование приятеля доставило мне немало радости. Я от души рассмеялся, и Касиваги присоединился к моему смеху. Однако мир между нами воцарился ненадолго. Касиваги оборвал свой смех и, глядя куда-то поверх меня, спросил, словно отрезал:

— Думаешь, я не вижу? По-моему, приятель, ты вынашиваешь кое-какие разрушительные планы, а?

Я с трудом выдержал его тяжелый взгляд, но почти сразу понял, что под «разрушительными планами» он имеет в виду нечто совсем иное, и успокоился. Ответил я не заикаясь:

— Нет. Какие там еще планы.

— Да? Нет, ей-богу, чудной ты парень. Более странного экземпляра в жизни не встречал.

Эта реплика, несомненно, была вызвана дружелюбной улыбкой, не исчезавшей с моих губ. Я подумал, что Касиваги нипочем не догадаться о той благодарности, которую я к нему испытываю, и мои губы расползлись еще шире. Самым дружеским тоном я спросил:

— Что, домой едешь?

— Ага. Завтра. Проведу лето в Санномия. Ну и скучища там...

— Теперь не скоро в университете увидимся.

— Какая разница, все равно ты на занятия носа не кажешь. — Касиваги расстегнул пуговицы студенческого кителя и зашарил рукой во внутреннем кармане. — Вот, смотри, какой я тебе на прощанье подарочек принес. Ты ведь обожал своего дружка, верно?

Он бросил на стол несколько писем. Увидев на конвертах имя отправителя, я вздрогнул, а Касиваги небрежно обронил:

— Почитай, почитай. Память о Цурукаве.

— Вы что, с ним были друзья?

— Вроде того. Я-то был ему другом. На свой манер. А вот он себя моим другом не считал. Тем не менее душу выворачивал наизнанку именно передо мной. Я думаю, он не обидится, что я даю тебе его письма, как-никак три года уже прошло. Да и потом, ты был с ним ближе всех, я давно собирался показать тебе его признания.

Все письма были написаны незадолго до гибели Цурукавы, в мае сорок седьмого. Оказывается, в последние дни своей жизни мой друг писал из Токио Касиваги чуть ли не ежедневно. Надо же, а я не получал от него ни строчки. Это несомненно была рука Цурукавы — я узнал его детский квадратный почерк. Я испытал легкий укол ревности. Подумать только, Цурукава, такой ясный и прозрачный, оказывается, втайне от меня поддерживал тесную связь с тем самым Касиваги, о котором столь дурно отзывался, осуждая мою с ним дружбу.

Я стал читать тонкие, убористо исписанные листки почтовой бумаги, разложив письма по датам. Стиль был ужасен, мысль писавшего без конца перескакивала с одного на другое, и уследить за ней было непросто. Но от неуклюжих строк веяло таким страданием, что, читая последние письма, я физически ощущал всю глубину испытываемых Цурукавой мук. Я не мог удержаться от слез, в то же время не переставая поражаться тривиальности этих терзаний. Всему причиной была самая обычная любовная история: неискушенный в житейских делах юноша влюбился в девушку, жениться на которой ему запрещали родители. Быть может, Цурукава преувеличивал свою трагедию, но одно место из последнего письма потрясло меня: «Теперь я думаю, что причина несчастья моей любви во мне самом. С самого рождения моей душой владели темные силы, я никогда не ведал радости и света».

Письмо обрывалось на ноте отчаяния, и мне в душу впервые закралось страшное подозрение.

— Неужели... — выдохнул я.

Касиваги кивнул:

— Да. Он покончил с собой. Я просто уверен в этом. Историю про грузовик придумали родители, чтобы соблюсти приличия.

Страшно заикаясь — на сей раз от гнева, — я спросил:

— Ты ему ответил на последнее письмо?

— А как же. Но мой ответ опоздал.

— И что ты ему написал?

— «Не умирай». И больше ничего.

Я замолчал. Моя уверенность в том, что чувства не способны меня обмануть, оказывается, была ошибочной.

Касиваги нанес последний удар:

— Ну как? Твой взгляд на жизнь переменился? Все разрушительные планы долой?

Я понял, почему Касиваги именно сегодня, три года спустя, дал прочитать мне эти письма. Но, хоть потрясение и было велико, воспоминание о пятнах солнца и тени, рассеянных по белоснежной рубашке юноши, который лежал в густой летней траве, не стерлось из моей памяти. Образ друга через три года после его гибели коренным образом переменился, но, как это ни парадоксально, все те чувства, которые, как мне казалось, навек умерли вместе с Цурукавой, теперь возродились и приобрели особую реальность. Я верю в воспоминания, но не в их смысл, а в глубинную их суть. Вера эта так велика, что, не будь ее, весь мир, кажется, раскололся бы на куски... Касиваги, снисходительно поглядывая на меня, любовался результатами хирургической операции, проведенной им в моей душе.

— Ну? Чувствуешь, как у тебя в сердце что-то дало трещину и рассыпалось? Мне невмоготу смотреть, как мой друг живет, неся в душе такой хрупкий и опасный груз. Я сделал доброе дело, избавил тебя от этой ноши.

— А что, если не избавил?

— Брось! Ты как ребенок, который проиграл, но не желает это признавать, — насмешливо улыбнулся Касиваги. — Я забыл объяснить тебе одну очень важную вещь. Мир может быть изменен только в нашем сознании, ничему другому эта задача не под силу. Лишь сознание преобразует мир, сохраняя его неизменным. Вселенная навсегда застыла в неподвижности, и одновременно в ней происходит вечная трансформация. Ну и что толку, спросишь ты. А я тебе отвечу: человеку для того и дано сознание, чтобы вынести все тяготы жизни. Зверю подобное оружие ни к чему, он не считает жизнь источником тягот. Это прерогатива человека, она и вооружила его сознанием. Только бремя от этого не стало легче. Вот и вся премудрость.

— И нет способов облегчить бремя жизни?

— Нет. Если не считать смерть и безумие.

— Ерунда, — воскликнул я, рискуя себя выдать, — вовсе не сознание преобразует мир! Мир преобразуют деяния! Деяния — и больше ничего!

Касиваги встретил мою взволнованную реплику своей обычной холодной, словно наклеенной, улыбкой.

— Так-так. Вот мы уже и до деяния дошли. Но тебе не кажется, что красота, которой ты придаешь столько значения, только и жаждет сна и забвения под надежной защитой сознания? Красота — это тот самый котенок из коана. Помнишь котенка, прекраснее которого не было на свете? Монахи двух келий потому и перессорились, что каждому хотелось взять кошечку под опеку своего сознания, покормить ее и уложить бай-бай. А святой Нансэн был человек действия. Он рассек котенка пополам и швырнул наземь. Помнишь Дзёсю, который положил себе на голову сандалию? Итак, что же он хотел этим сказать? Он-то знал, что красоте надлежит мирно почивать, убаюканной сознанием. Но штука в том, что не существует личного, *индивидуального* сознания. Это — море, поле, одним словом, общее условие существования человечества. Думаю, что именно это хотел сказать Дзёсю. А ты у нас теперь выступаешь в роли Нансэна, так, что ли?.. Красота, с которой ты так носишься, — это химера, мираж, создаваемый той избыточной частью нашей души, которая отведена сознанию. Тем самым призрачным «способом облегчить бремя жизни», о котором ты говорил. Можно, пожалуй, сказать, что никакой красоты не существует. Сказать-то можно, но наше собственное сознание придает этой химере силу и реальность. Красота не дает сознанию утешения. Она служит ему любовницей, женой, но только не утешительницей. Однако этот брачный союз приносит свое дитя. Плод брака эфемерен, словно мыльный пузырь, и так же бессмыслен. Его принято называть искусством.

— Красота... — начал я и зашелся в жестоком приступе заикания. Помню, в этот миг у меня в голове промелькнуло подозрение, вне всякого сомнения нелепое, что в моем заикании повинно преклонение перед Прекрасным. — Красота — теперь злейший мой враг!

— Враг?! — изумленно поднял брови Касиваги. Но удивление, промелькнувшее на его лице, тут же сменилось обычным выражением философского довольства. — Скажите, какие метаморфозы. Если ты так запел, придется мне подкрутить окуляры своего сознания.

Наш дружеский, как в старые времена, спор продолжался еще долго. Дождь лил и лил. Касиваги рассказывал мне о Санномия и морском порте в Кобэ, где я никогда не бывал. Он говорил об огромных судах, уходящих летом в океанское плавание, и еще о многом другом. Слушая его, я вспоминал Майдзуру. И впервые мы, двое нищих студентов, в чем-то сошлись: никакое сознание и никакое деяние, решили мы, не сравнится с наслаждением уплыть по волнам в неведомые дали.

ГЛАВА ДЕВЯТАЯ

Вероятно, не случайно всякий раз, когда я заслуживал суровой кары, настоятель вместо наказания меня чем-то поощрял. Через пять дней после того, как Касиваги приходил за своим долгом, Учитель вызвал меня и вручил деньги: плату за первый семестр — 3400 иен, 350 иен на трамвай и 550 иен на книги и канцелярские принадлежности. Деньги за первый семестр действительно полагалось вносить перед летними каникулами, но после истории с Касиваги я не думал, что настоятель сочтет нужным идти на этот расход, а если и уплатит, то не через меня, а почтовым переводом.

То, что доверие это показное, я понимал, наверное, даже лучше, чем сам настоятель. Было в этих безмолвных благодеяниях Учителя что-то схожее с его мягкой розовой плотью. Обильное, насквозь фальшивое мясо, доверяющее тому, что непременно предаст, и предающее то, что взывает о доверии; это мясо недоступно разложению, оно беззвучно разрастается все шире и шире, тепленькое и розоватое...

Точно так же, как при появлении в гостинице «Юра» полицейского я испугался, что мой замысел раскрыт, теперь я затрепетал от ужаса, вообразив, будто настоятель обо всем догадался и специально дает мне денег, чтобы лишить меня только-только обретенной решимости. Я чувствовал, что, пока у меня есть такая сумма, я не наберусь мужества сделать последний шаг. Деньги надо было как можно скорее растратить. А это не такая уж простая задача для человека, никогда не имевшего за душой ни гроша. Мне нужно было спустить деньги очень быстро и притом еще каким-нибудь особо предосудительным способом, чтобы Учитель зашелся от ярости и немедленно прогнал меня из обители.

В тот день я дежурил на кухне. Мóя миски после «спасительного камня», я рассеянно посматривал на пустую столовую. Возле выхода высилась лоснящаяся от черной копоти колонна, на которой висел свиток с заклинанием: «Оборони нас, Господи, от пожара».

Мне показалось, что в выцветшем листке бумаги томится бледный призрак плененного огня. Я увидел, как некогда веселое и могучее пламя побелело и сжалось, запертое древним заклинанием. Поверят ли мне, если я скажу, что в последнее время образ огня вызывал у меня самое настоящее плотское желание? Впрочем, что ж тут удивительного — все мои жизненные силы были обращены к пламени. Мое желание придавало огню сил, и, чувствуя, что я вижу его сквозь черную твердь колонны, он нежно поднимался мне навстречу. Как хрупки и беззащитны были его руки, ноги, грудь!

Вечером 18 июня я, спрятав деньги за пазуху, потихоньку выбрался из храма и направился в квартал Китасинти, более известный под названием Пятой улицы. Я слышал, что там берут недорого и охотно привечают послушников из окрестных храмов.

От Рокуондзи до Пятой улицы было пешком минут тридцать-сорок.

Вечер выдался душный, луна неярко светила сквозь тонкую завесу облаков. На мне были штаны цвета хаки и свитер, на ногах — деревянные сандалии.

Пройдет всего несколько часов, и, одетый точно так же, я вернусь в обитель, но откуда эта уверенность, что под прежним обличьем будет скрываться новый человек?

Мне было необходимо сжечь Золотой Храм для того, чтобы я мог нормально жить, но мои действия напоминали приготовления к смерти. Я направился в бордель, словно обычный юнец, собирающийся покончить с собой, но прежде решивший непременно расстаться с невинностью. Ничего, мне можно было не беспокоиться, визит к проститутке — не более чем своего рода подпись на заранее заготовленном бланке; даже утратив невинность, я «новым человеком» не стану.

Все, теперь в решающий момент между мной и женщиной не возникнет Кинкакудзи, как это неоднократно случалось прежде. Мечты — в сторону, я больше не надеюсь за счет женщины вступить в контакт с жизнью. Цель моего существования твердо определена, и все предшествующие действия — лишь мрачная и жестокая формальность.

Так говорил я себе, и мне вспомнились слова Касиваги: «Шлюхи отдаются клиентам, не испытывая к ним любви. Им наплевать: будь ты старик, бродяга, раскрасавец или кривой, — да хоть прокаженный, если это у тебя на роже не написано. Большинство мужчин такое равноправие устраивает в самый раз, и первую свою женщину они покупают за деньги.

Только мне эта демократия не подходила. Чтобы меня принимали так же, как здорового и нормального, — да ни за что на свете, думал я, нипочем не унижусь до такого...»

Воспоминание неприятно кольнуло меня. Но все же я не калека, как Касиваги. Пусть я заикаюсь, но, в конце концов, мое уродство не выходит за рамки обычной непривлекательности. Тут же мной овладело новое идиотское опасение: а вдруг, глядя в мое некрасивое лицо, женщина инстинктивно различит на нем печать прирожденного преступника? Я даже остановился. Голова шла кругом от беспорядочных мыслей, и мне уже самому было непонятно: то ли я собираюсь лишиться невинности, чтобы недрогнувшей рукой спалить Золотой Храм, то ли я решился на поджог, желая расстаться с проклятой невинностью. Вдруг, безо всякой связи, в ушах у меня прозвучал красивый буддийский оборот «тэмпо-каннан» — «напасти, грозящие миру», и я продолжил свой путь, бессмысленно бормоча в такт шагам: «Тэмпо-каннан, тэмпо-каннан»...

Вскоре яркие вывески баров и салонов патинко[1] остались позади, и я оказался на тихой темной улочке. Через равные промежутки на домах горели белые бумажные фонари.

С той самой минуты, когда я выбрался за ворота храма, мне грезилось, что где-то на этой улице, прячась от всех, живет чудом спасшаяся Уико. Эта фантазия придавала мне мужества.

Решившись поджечь Золотой Храм, я словно вернулся в светлую и чистую пору детства. Так отчего

---

[1] Игральные автоматы.

бы, думал я, мне не повстречать вновь тех людей, которых я знал на заре жизни.

Казалось бы, только теперь начинал я жить, но, странное дело, с каждым днем меня все сильнее одолевало предчувствие несчастья, временами мерещилось, что завтра я умру, и я начинал молиться, умоляя смерть пощадить меня до той поры, пока я не сделаю свое дело. Я вовсе не был болен. Просто день ото дня ноша ответственности и разом смешавшихся параметров моего существования давили мне на плечи все сильнее.

Накануне, подметая двор, я занозил указательный палец — даже такая малость испугала меня не на шутку. Мне вспомнилось, как умер поэт, уколов палец о шип розы. Обычному человеку подобная смерть не грозит. Но я теперь стал личностью выдающейся и драгоценной, поэтому любая мелочь могла оказаться для меня роковой. К счастью, ранка не загноилась, и сегодня, даже нажимая на нее, я уже почти не чувствовал боли.

Разумеется, перед походом на Пятую улицу я принял все необходимые гигиенические предосторожности. Накануне я специально сходил в дальнюю аптеку, где никто меня не знал, и приобрел пачку неких резиновых изделий. Присыпанная каким-то порошком тонкая пленка имела цвет мрачный и болезненный. Вечером я решил опробовать свое приобретение. В моей келье, где на стене висел календарь Киотоского туристического агентства и нарисованная красным карандашом карикатура на Будду, где лежала раскрытая книга с дзэнскими сутрами, а на измочаленных татами валялись грязные носки, мне явился новый символ — гладкий и серый, он напоминал зловещее изваяние Будды, лишенное носа и глаз. Зрелище было отвратительным, я почему-то вспомнил древний изуверский обычай, дошедший до наших времен только в преданиях, который назывался «отсекновение беса»...

Итак, я свернул на тихую улочку, освещенную вереницей бумажных фонарей.

Здесь было больше сотни домов, построенных по единому образцу. Я слышал, что хозяин этого квартала иногда прячет беглецов, скрывающихся от правосудия. Говорили, у него есть специальный звонок, нажав на который он извещает все заведения Пятой улицы о появлении полиции.

Дома были двухэтажные, возле каждой двери чернело зарешеченное оконце. Вытянулись ровной полосой старые черепичные крыши, влажно блестя в лунном свете. Вход в заведение прикрывала неизменная темно-синяя штора, на которой белой краской было написано название здешнего района «Нисидзин». В дверях сидели хозяйки в белых передниках и, высовываясь из-за шторы, вглядывались в прохожих.

Я не испытывал ни малейшего предвкушения удовольствия. Казалось, что я отринут законом, отбился от людей и бреду по пустыне, устало передвигая ноги. Желание сдавливало мне колени, я чувствовал его уродливый горб.

«Я должен, просто обязан истратить здесь все деньги, — твердил я себе. — Хотя бы плату за университет. Тогда у настоятеля появится отличный повод выгнать меня вон».

Я не отдавал себе отчета в том, что в моей логике есть странное противоречие: если я действительно так думал, это означало, что Учитель дорог моему сердцу.

Видимо, основной наплыв посетителей начинался позже — на улице было совсем пусто. Стук моих сандалий разносился на весь квартал. Монотонные, зазывные голоса хозяек словно повисали в душном и влажном воздухе июньской ночи. Я вспомнил, как вскоре после войны смотрел с вершины горы Фудосан на город, и подумал, что в том море огней таился и этот квартал.

Ноги вели меня к месту, где скрывалась Уико. Возле перекрестка я увидел вывеску с надписью «Водопад» и, не задумываясь, откинул синюю штору. Я оказался в небольшой комнате, пол которой был выложен плиткой. Сбоку со скучающим видом, словно дожидаясь поезда, сидели три женщины. У одной, одетой в кимоно, шея была обмотана бинтом. Остальные две были в европейском платье. Та, что с краю, спустив чулок, лениво почесывала лодыжку. *Уико здесь не было.* Это меня успокоило. Женщина, чесавшая ногу, услышав мои шаги, подняла голову, будто собака, которую окликнул хозяин. У нее было круглое, немного припухшее лицо, наивно, как на детском рисунке, раскрашенное белым и красным. Она смотрела на меня как-то очень доброжелательно — другого слова я не подберу. Как будто мы на секунду встретились взглядами где-нибудь на людном перекрестке и сейчас навсегда разойдемся. Эти глаза отказывались видеть желание, приведшее меня сюда.

Раз Уико здесь не было, меня устраивала любая из женщин. Суеверное чувство говорило мне, что, если я стану выбирать или ждать чего-то необыкновенного, меня вновь ждет неудача. Проститутка лишена права выбирать себе клиента, так пусть и я буду в том же положении. Нельзя ни в коем случае допустить, чтобы в происходящем присутствовала хоть малая доля красоты — страшной силы, лишающей человека воли.

— Кто из девочек вам больше нравится? — спросила хозяйка.

Я ткнул пальцем в ту, что чесала ногу. Наверное, ее укусил комар, их тут было полно. Благодаря этому укусу между мной и женщиной возникла невидимая связь. Маленькая боль дала проститутке право стать в будущем важным свидетелем...

Она встала, подошла ко мне, растянула рот в улыбке и дотронулась до рукава моего свитера.

Поднимаясь по темной лестнице на второй этаж, я думал об Уико. Как же она может отсутствовать в такую минуту моей жизни? Раз Уико здесь нет сейчас, значит я уже никогда и нигде не смогу ее найти. Она покинула этот мир — просто и обыденно, словно отправилась помыться в баню за углом.

Даже когда Уико была еще жива, мне казалось, что она свободно переходит из одного мира в другой и обратно. В ту трагическую ночь она то отвергала все окружающее, то вновь сливалась с ним воедино. Возможно, и смерть явилась для нее лишь временным превращением. Лужица крови на полу галереи храма Конго была, наверное, столь же эфемерна, как пятнышко пыльцы, остающееся после бабочки, которая заночевала на вашем подоконнике. Утром вы отворили окно — и бабочка упорхнула.

Посередине второго этажа находилась открытая терраса, окруженная старинной резной балюстрадой. Между перилами были протянуты веревки, на которых сушились красные нижние юбки, трусики, ночные рубашки. В темноте развешанное нижнее белье было похоже на человеческие силуэты.

Из какой-то комнаты доносился поющий женский голос. Он был ровен и мелодичен. Иногда, отчаянно фальшивя, песню подхватывал мужчина. Внезапно пение оборвалось, недолгое молчание — и взрыв пронзительного женского хохота.

— Ох уж эта Акико, — сказала хозяйке моя избранница.

— Вечно одна и та же история. — Хозяйка недовольно повернулась к заливистому смеху квадратной спиной.

Меня провели в крошечную убогую комнатку. В углу стояла тумбочка, на которой красовались две статуэтки: пузатый бог изобилия Хотэй и кошка, призывно манящая лапой. На стене висел календарь и длинный перечень правил. Свет давала тусклая лампочка. Через открытое окно с улицы были слышны шаги искателей ночных удовольствий. Хозяйка спросила, на ночь я или на время. Если на время, то это стоит четыреста иен. Я попросил принести сакэ и закуски.

Хозяйка ушла, но проститутка не сделала ни шага в мою сторону. Она подошла ко мне лишь после того, как принесли сакэ. Я увидел у нее на верхней губе красное пятнышко. Наверное, расчесала еще один укус, предположил я. А может быть, просто смазалась помада.

Не стоит удивляться, что в столь ответственный момент своей жизни я так дотошно разглядывал любую мелочь. Во всем, что меня окружало, я пытался усмотреть доказательство грядущих наслаждений. Я словно изучал гравюру — малейшие детали на ней были аккуратно пропечатаны, но все они находились на одинаковом от меня расстоянии, изображение оставалось плоским.

— По-моему, я тебя уже видела, — сказала женщина, сообщив, что ее зовут Марико.

— Нет, я раньше тут не был.

— Тебе видней. Вишь, как руки-то трясутся.

Я заметил, что мои пальцы, держащие чашку с сакэ, действительно дрожат.

Хозяйка, разливавшая сакэ, усмехнулась:

— Если он не врет, считай, Марико, тебе сегодня повезло.

— Это мы скоро увидим, — небрежно обронила Марико, но в ее тоне не было и тени чувственности.

Ее душа, как мне казалось, держалась в стороне от тела, словно ребенок, тихо играющий сам по себе вдали от шумной детворы. Марико была одета в бледно-зеленую блузку и желтую юбку. Ногти сияли красным лаком, но только на больших пальцах, — наверное, она взяла лак на пробу у кого-нибудь из подруг.

Наконец мы перешли из комнатки в спальню. Марико наступила одной ногой на постель, расстеленную поверх татами, и дернула за шнур торшера. Яркими красками вспыхнуло пестрое покрывало из набивного шелка. Спальня была обставлена куда лучше, чем «гостиная», в стене имелась даже токонома, где стояли дорогие французские куклы.

Я неуклюже разделся. Марико привычным жестом накинула на плечи розовый халатик и сняла под ним платье. У изголовья стоял кувшин с водой, и я жадно припал к нему. Услышав бульканье, Марико, не оборачиваясь, засмеялась:

— Ишь водохлеб какой!

Когда мы уже лежали в постели лицом к лицу, она легонько тронула меня кончиком пальца за нос и, улыбаясь, спросила:

— Ты что, правда в первый раз?

Торшер едва освещал темную спальню, но это не мешало мне смотреть во все глаза. Для меня наблюдение — лучшее доказательство того, что я живу. Но сегодня я в первый раз видел так близко от себя глаза другого человека. Законы перспективы, управлявшие моим видением, нарушились. Посторонний человек безо всякой робости вторгался в мой мир, я чувствовал тепло чужого тела, вдыхал аромат дешевых духов; вскоре это нашествие поглотило меня всего, без остатка. Впервые прямо у меня на глазах мир другого человека сливался с моим.

Для этой женщины я был просто безымянным представителем породы мужчин. Я и помыслить не мог, что меня можно воспринимать таким образом. Сначала я снял одежду, но следом меня лишили и всех последующих покровов — заикания, непривлекательности, бедности. Это, безусловно, было приятно, но я никак не мог поверить, что такие чудесные вещи происходят со мной. Физическое наслаждение существовало где-то вне меня. Потом оно оборвалось. Я тут же отодвинулся от женщины и лег подбородком на подушку. Обритая голова мерзла, и я слегка похлопал по ней ладонью. Вдруг нахлынуло чувство заброшенности, но плакать не хотелось.

Потом, когда мы отдыхали, лежа в постели, Марико рассказывала мне о себе. Кажется, она была родом из Нагоя. Я слушал вполуха, а сам думал о Золотом Храме. Но мои мысли о нем были сегодня рассеянными и абстрактными, они утратили страстность и глубину.

— Приходи еще, — сказала Марико.

Я подумал, что она, наверное, на несколько лет меня старше. Ее потная грудь была перед самыми моими глазами. Настоящая плоть, и не собирающаяся оборачиваться Золотым Храмом. Я робко дотронулся до нее пальцами.

— Что, никогда раньше не видал?

Марико приподнялась и, опустив голову, слегка тронула одну из грудей, словно приласкала маленького зверька. Плоть нежно заколыхалась, и я вдруг почему-то вспомнил закат в Майдзурской бухте. Переменчивость уходящего за горизонт солнца и переменчивость колеблющейся плоти странным образом слились в моем восприятии. На душе у меня стало спокойно, когда я подумал, что, подобно заходящему солнцу, которое непременно скроется в пене вечерних облаков, эта грудь вскоре исчезнет с моих глаз, погребенная в темной могиле ночи.

* * *

На следующий день я снова пришел в «Водопад» к Марико. И дело было не только в том, что денег оставалось еще предостаточно. Первый опыт физической любви оказался настолько убогим по сравнению с рисовавшимися мне райскими картинами, что я просто обязан был попробовать еще раз, чтобы хоть немного приблизиться к образу, который существовал в моем воображении. Такова уж моя натура: все действия, совершаемые мной в реальной жизни, становятся лишь верным, но жалким подобием фантазий. Впрочем, фантазии — не то слово, я имею в виду внутреннюю память, питаемую источниками моей души. Меня всегда преследовало чувство, что любые события, происходящие со мной, уже случались прежде, причем были куда ярче и значительней. То же самое я ощущал и сейчас: мне казалось, что где-то когда-то — только теперь уже не вспомнить, где и когда (может быть, с Уико?), — я испытал несравненно более жгучее чувственное наслаждение. Оно стало первоисточником всех моих удовольствий, и с тех пор реальные радости плоти — лишь жалкие брызги былого блаженства.

Ощущение было такое, будто некогда мне выпало счастье увидеть божественный, ни с чем не сравнимый заход солнца. Разве я виноват, что с тех пор любой закат кажется мне блеклым?

Вчерашняя женщина обращалась со мной, словно я был обычным человеком из толпы. Поэтому сегодня я прихватил с собой одну книжку, купленную за несколько дней до того у букиниста. Называлась она «Преступление и наказание», ее написал итальянский криминалист восемнадцатого века Беккариа. Я прочитал несколько страниц и бросил — обычная для восемнадцатого века смесь просветительских идей и рационализма. Но на проститутку интригующий заголовок мог произвести впечатление.

Марико встретила меня той же улыбкой, что и вчера. Казалось, событий минувшей ночи и не было. Опять она смотрела на меня приветливо, но безразлично, словно на случайное лицо в толпе на перекрестке. Впрочем, ее тело и было чем-то вроде перекрестка.

Мы сидели втроем — я, Марико и хозяйка — и пили сакэ. Сегодня я чувствовал себя уже не так скованно.

— Правильно чашку держите, — одобрительно сказала мне хозяйка, — задней стороной к себе. Молодой, а обхождение знаете.

— А настоятель не заругается, что ты каждый день повадился сюда ходить? — спросила вдруг Марико и, поглядев на мое изумленное лицо, рассмеялась. — Тоже мне, загадка. Сейчас все парни с чубами ходят, а раз стриженный под ноль — ясно, что монах. У нас тут много вашего брата перебывало, кое-кто теперь в большие бонзы вышел... Послушай, хочешь, я тебе спою?

И Марико вдруг затянула популярную песенку про девушку из порта.

Во второй раз, в обстановке, ставшей уже привычной, все произошло легко и просто. Я даже испытал определенное удовольствие, но оно было далеко от воображавшегося мне райского наслаждения. Скорее, я чувствовал самоуничижительное удовлетворение при мысли о том, что предаюсь низменным страстям.

Затем Марико с видом старшей сестры прочла мне целую лекцию, чем окончательно погубила все жалкие зачатки удовольствия.

— Ты не больно-то шляйся по таким местам, — поучала меня Марико. — Не доведет тебя эта жизнь до добра. Я же вижу, ты парень хороший, серьезный. Вот и занимайся своим делом. Конечно, я рада, что ты ко мне ходишь, но... Ну, в общем, ты понимаешь, что я хочу сказать. Ты мне вроде как младший братишка.

Наверное, Марико почерпнула эту речь из какого-нибудь бульварного романа. Произносилась она, конечно, не всерьез, а с намерением произвести на меня впечатление. Марико, несомненно, надеялась, что я расчувствуюсь, оценив ее благородство. А уж если бы я разрыдался, она вообще была бы на седьмом небе от счастья.

Но я не доставил ей этого удовольствия, а просто взял и, ни слова не говоря, сунул ей под нос «Преступление и наказание».

Марико старательно полистала книжонку, но, быстро утратив интерес, швырнула ее на подушку и тут же о ней забыла.

Мне хотелось, чтобы Марико каким-то образом ощутила предчувствие грядущих роковых событий, услышала голос судьбы, сведшей ее со мной. Она должна была хоть как-то почувствовать свою причастность к надвигающемуся крушению Вселенной. В конце концов, это не может быть ей безразлично, подумал я. И, не в силах справиться с собой, сказал то, о чем должен был молчать:

— Через месяц... Да, не позже... Через месяц мое имя будет во всех газетах. Тогда ты вспомнишь обо мне.

Когда я замолчал, меня всего трясло от возбуждения. Но она встретила мое признание взрывом хохота. Грудь ее заколыхалась; пытаясь сдержать смех, Марико закусила рукав халата, но, взглянув на меня, снова прыснула и уже не могла остановиться. Думаю, она сама не смогла бы объяснить, что ее до такой степени развеселило. Наконец Марико успокоилась.

— Что смешного я сказал? — задал я дурацкий вопрос.

— Ой, ну ты трепач. Ну, врать здоров!

— Я не вру!

— Ладно, брось. Ох, насмешил! Чуть не лопнула. Ой, трепач! А с виду серьезный, нипочем не догадаешься! — снова залилась Марико.

Может быть, причина ее смеха была совсем проста — ее рассмешило то, как я заикаюсь от волнения? Так или иначе, она не поверила ни единому моему слову.

Не поверила. Наверное, если бы у нее перед самым носом разверзлась земля, она бы тоже не поверила. Кто знает, может быть, эта женщина уцелеет, даже когда рухнет весь мир. Марико верила лишь в те вещи, которые укладывались в ее сознании. А мир, по ее разумению, рухнуть никак не мог, ей подобное и в голову не приходило. Этим Марико напоминала

Касиваги. Она и была женской разновидностью Касиваги, только без склонности к умничанью.

Говорить нам больше было не о чем. Марико сидела, выставив голые груди, и тихонько напевала. Ее мурлыканье сливалось с жужжанием мух. Одна назойливая муха все кружила у нее над головой, а потом села ей на грудь — Марико только пробормотала: «Фу, как щекотно», но сгонять муху не стала. Та словно прилипла к коже. К моему удивлению, это прикосновение не внушало Марико ни малейшего отвращения.

По крыше застучал дождь. Казалось, что туча повисла только над нашими головами. Шум капель был лишен объемности, дождь словно специально забрел на эту улицу и решил на ней задержаться. Так же как и я, звук дождя был отрезан от беспредельности ночи, он вжался в тесный кусочек пространства, вырезанный из темноты серым светом торшера.

Муха — спутница гниения, думал я. Значит ли это, что в Марико происходит процесс гниения? Может быть, и ее недоверчивость — признак этого недуга? Категоричный, абсолютный мир, в котором живет Марико, и визит мухи — я не мог понять, в чем связь между двумя этими явлениями.

Вдруг до меня дошло, что Марико уснула. Спящая женщина была похожа на труп, а на ее круглой груди, освещенной торшером, неподвижно застыла муха, будто тоже внезапно погрузилась в спячку.

* * *

Больше в «Водопад» я не ходил. Моя цель была достигнута. Теперь оставалось только дать настоятелю понять, что я истратил плату за обучение, и понести долгожданную кару.

Однако я ни единым словом не намекал Учителю, что деньги растрачены. Я считал, что признаваться ни к чему — настоятель и так должен был обо всем догадаться.

Сам не пойму, почему я все продолжал верить в могущество Учителя и надеялся почерпнуть в нем силы. Отчего необходимо было увязывать последний шаг с изгнанием из обители? Я ведь уже говорил, что давным-давно понял, насколько беспомощен наш преподобный.

Через несколько дней после второго похода в публичный дом я вновь убедился, что правильно оценивал святого отца.

В то утро, еще до открытия храмовых ворот, настоятель отправился на прогулку в сторону Кинкакудзи, что само по себе уже было редкостью. Мы, послушники, подметали двор. Учитель похвалил нас за усердие и, шелестя своей свежей белой рясой, стал подниматься по каменным ступенькам лестницы, ведшей к храму Юкатэй. Я поначалу подумал, что он направляется в чайный павильон отдохнуть и очистить душу.

Раннее солнце еще было окрашено в резкие цвета рассвета. Плывшие в голубом небе облака отливали пурпуром, словно покраснев от стыда.

Закончив подметать двор, монахи ушли в главное здание, один я отправился в обход Большой библиотеки — надо было привести в порядок дорожку к храму Юкатэй.

С метлой в руке я поднялся по каменной лестнице наверх. Деревья не успели обсохнуть после прошедшего накануне дождя. На кусты выпала обильная роса, ее капли вспыхивали на солнце алым, и казалось, что ветки, несмотря на раннее лето, уже усыпаны ягодами. Розовой сеткой пламенела потяжелевшая от влаги паутина.

С волнением смотрел я вокруг — все земное приобрело цвета неба. И капли, лежавшие на листьях, тоже упали с небес. Листва вся сочилась влагой, словно насквозь пропитанная сошедшей сверху благодатью. Пахло свежестью и гнилью — земля принимала и расцвет и гниение.

Как известно, к храму Юкатэй примыкает Башня Северной Звезды. Но это не то знаменитое сооружение, что некогда было построено здесь по приказу сёгуна Ёсимицу. В прошлом веке башню перестроили, придав ей округлые очертания чайного павильона. В храме Учителя не оказалось. Значит, он в башне.

Мне не хотелось встречаться с настоятелем один на один, поэтому я крался по дорожке пригнувшись — живая изгородь должна была заслонить меня от глаз преподобного.

Дверь в Башню Северной Звезды была открыта. В токонома висел на своем обычном месте свиток работы художника школы Маруяма. Под картиной стоял резной ковчежец сандалового дерева, почерневший за века, что миновали с тех пор, как его вывезли из Индии. Разглядел я и полки тутового дерева в стиле Рикю, и расписные ширмы. Однако Учителя что-то не было видно. Я непроизвольно приподнялся, пытаясь получше рассмотреть помещение.

В самом темном углу, возле колонны, я увидел что-то белое, похожее на большой сверток. Приглядевшись, я вдруг понял, что это настоятель. Коленопреклоненный, он скрючился на полу, опустив голову и прикрывая лицо рукавами белой рясы.

Тело Учителя застыло в неподвижности. Я смотрел на эту окаменевшую фигуру, целый вихрь чувств поднялся в моей душе. Сначала я решил, что настоятелю вдруг стало плохо, что его скрутил приступ какой-то болезни. Первым побуждением было поспешить ему на помощь. Однако я не тронулся с места. Ни малейшей любви к Учителю я не испытывал; может быть, уже завтра запылает подожженный мной Храм, так зачем же я буду проявлять лицемерное участие, рискуя к тому же заслужить благодарность преподобного, которая может ослабить мою решимость?

Но вскоре я понял, что Учитель не болен. Он напоминал спящее животное, настолько низменна, настолько лишена достоинства и гордости была его поза. Присмотревшись получше, я заметил, что белые рукава слегка подрагивают, казалось, невидимая тяжесть придавила Учителя к полу.

Что же на него давит? — подумал я. Страдание? Или ощущение собственного бессилия?

Мой слух различил приглушенное бормотание, будто настоятель еле слышно читал сутры, но слов разобрать я не мог. Оказывается, душа Учителя жила своей собственной темной жизнью, о которой я не имел ни малейшего представления. По сравнению с этой мрачной бездной все мои мелкие злодейства и пороки были настолько ничтожны, что я почувствовал себя уязвленным.

И вдруг я понял. Настоятель лежал на полу в позе, получившей название «ожидание во дворе». Так, преклонив голову на свой дорожный мешок, должен ожидать ночи бродячий монах, которому запретили войти в храм. Велико же, значит, смирение Учителя, если он, обладатель столь высокого сана, подвергал себя унизительному обряду, предназначенному для монахов низшего ранга. Я не мог понять, чем вызвано такое невероятное самоуничижение. Неужели смирение Учителя, покорно и приниженно мирящегося

259

с чуждыми его естеству пороками и сквернами мира, сродни смирению травы, листьев и паутины, послушно погружающихся в цвета рассветного неба?

«Это же делается для меня!» — внезапно догадался я. Да-да, именно! Он знал, что я должен подметать здесь дорожку, и специально разыграл этот спектакль! Сознавая собственное бессилие, Учитель изобрел невиданный, смехотворный способ, не произнеся ни единого слова, разбить мне сердце, вызвать во мне сострадание, заставить меня смиренно склонить колени!

Глядя на униженно ожидающего Досэна, я едва не поддался чувству. Не стану скрывать, я был близок к тому, чтобы полюбить Учителя, хоть и отрицал изо всех сил саму возможность подобной любви. Но мысль о том, что я присутствую на спектакле, специально разыгранном в мою честь, поставила все на свои места. Сердце мое стало еще тверже, чем прежде.

Именно в этот миг я решил, что мне нет нужды ждать изгнания из храма. Отныне я и Учитель были обитателями двух обособленных миров и никак повлиять друг на друга не могли. Ничто теперь не стояло у меня на пути. Не к чему было дожидаться сигнала извне, я имел право определить час свершения сам.

Яркие краски восхода поблекли, небо заволокло тучами, и свежий солнечный свет больше не озарял влажную зелень листвы. Учитель не менял своей нелепой позы. Я отвернулся и быстро зашагал прочь.

* * *

25 июня началась война в Корее. Мое предчувствие надвигающегося конца света оказалось верным. Надо было спешить.

ГЛАВА ДЕСЯТАЯ

Вообще-то, первый шаг на пути к достижению цели я уже сделал. На следующий же день после визита на Пятую улицу я выдернул из заколоченной северной двери Золотого Храма два гвоздя.

В первом ярусе Кинкакудзи, Гроте Прибоя, имелось два входа — восточный и западный. Обе эти двери были двустворчатыми. По вечерам старик-экскурсовод запирал западную изнутри на задвижку, а восточную — снаружи на замок. Однако мне было известно, что в Храм можно проникнуть и без ключа. С северной стороны, сразу за макетом Храма, находилась еще одна дверь, которой уже много лет никто не пользовался. Она вся рассохлась, и вытащить те шесть или семь гвоздей, которыми она была приколочена к косяку, ничего не стоило. Гвозди так расшатались, что легко вынимались голыми пальцами, — вот я и вытащил два на пробу. Свою добычу я завернул в бумажку и спрятал поглубже в ящик стола. Прошло несколько дней. Никто не обратил внимания на исчезновение из заколоченной двери пары гвоздей. Вечером двадцать восьмого я незаметно вставил их на место.

В тот день, когда я увидел коленопреклоненного Учителя и решил всецело положиться только на свои собственные силы, я отправился в аптеку, что находилась неподалеку от полицейского участка Нисидзин, и купил мышьяку. Сначала аптекарь подал мне маленький пузырек таблеток на тридцать, но я попросил побольше и за сто иен купил бутылочку со ста таблетками. В соседней скобяной лавке я приобрел за девяносто иен складной нож в футляре.

Я немного походил перед ярко освещенными окнами полицейского участка. В дверь торопливо вошел инспектор, на нем была рубашка с открытым воротом, в руке — портфель. Никто не обращал на меня внимания. Никто не обращал на меня внимания все двадцать лет моей жизни, так что ничего странного в этом не было. Моя персона еще не представляла никакой важности. Я был одним из миллионов и десятков миллионов людей, которые тихо существуют себе в нашей Японии, ни у кого не вызывая ни малейшего интереса. Обществу нет дела до того, жив такой человек или умер, но в самом факте его существования есть что-то успокаивающее. Вот и инспектор был настолько спокоен на мой счет, что прошел мимо, даже не взглянув в мою сторону. Красный свет фонаря освещал надпись «Полицейский участок Нисидзин». Один из иероглифов выпал, и вместо него зияло пустое место.

На обратном пути в храм я думал о своих покупках, они будоражили мне душу.

Хотя нож и яд я купил на случай, если надо будет себя убить, настроение было приподнятое, словно я только что женился и теперь обзаводился домашним скарбом для новой, семейной жизни. Вернувшись в келью, я все не мог насмотреться на свои сокровища. Я вынул нож из футляра и лизнул лезвие. Оно затуманилось, а язык ощутил холод металла и странный, слегка сладковатый привкус. Сладость шла откуда-то из сердцевины тонкой полоски стали, из самой ее сути. Отчетливость формы, синий блеск металла, похожий на гладь моря... Еще долго ощущал я на кончике языка чистую сладость стали. Постепенно ощущение ослабло. Я с вожделением стал думать о том дне, когда все мое тело допьяна изопьет этой манящей сладости. Небо смерти представлялось мне таким же ясным, как и небо жизни. Мрачные мысли унеслись куда-то прочь. В мире не было места страданию.

Вскоре после войны в Золотом Храме установили новейшую пожарную сигнализацию. Стоило воздуху нагреться до определенной температуры, и в канцелярии храма Рокуондзи тут же срабатывал аварийный сигнал. Вечером 29 июня экскурсовод сообщил, что сигнализация не работает. Я случайно зашел на кухню и услышал, как старик рассказывает о поломке отцу эконому. Я решил, что это знак, ниспосланный мне небом.

На следующее утро отец эконом позвонил на завод-изготовитель и попросил отремонтировать систему. Простодушный экскурсовод сам мне об этом рассказал. Я прикусил губу. Оказывается, минувшей ночью мне был дан редчайший шанс, а я его упустил!

Вечером пришел рабочий. Все обитатели храма окружили его и с любопытством наблюдали, как он возится с сигнализацией. Однако ремонт затянулся. Рабочий не столько чинил, сколько качал головой и цокал языком, и постепенно зрители стали расходиться. Ушел и я. Теперь мне оставалось только ждать пробного аварийного звонка, который разнесется по всей территории храма, извещая о завершении ремонта и крушении всех моих надежд...

Я ждал. Храм окутали мягкие сумерки, рабочий зажег фонарь. Сигнала все не было. Наконец ремонтник прекратил работу и ушел, сказав, что закончит завтра.

Однако назавтра, первого июля, он так и не появился. Особого беспокойства в храме это не вызвало — куда, в конце концов, было торопиться?

Вечером тридцатого я снова отправился в магазин и купил сладких булочек и вафель с мармеладной начинкой. Я и прежде частенько сюда наведывался, чтобы купить на свои скудные карманные деньги немного хлеба, — слишком велики были интервалы между монастырскими трапезами. Но сегодня меня пригнал сюда не голод. Не собирался я и начинять сладости мышьяком. Просто снедавшее меня беспокойство требовало какого-то действия.

Я возвращался с бумажным пакетом в руке и думал о том, как странно все устроено, — что может быть общего между этими жалкими булками и тем поступком, на который толкает меня мое бесконечное одиночество... Временами сквозь низкие облака проглядывало солнце, и старую улицу словно обволакивало жарким туманом. По спине потаенной холодной струйкой стекал пот. Страшная вялость охватила меня.

Булка и я. Какая между нами связь? Каких бы высот ни достигал мой дух, готовясь к Деянию, вечно заброшенный и одинокий желудок все равно потребует своего. Собственные внутренности казались мне облезлым, прожорливым псом, не желающим слушаться хозяина. О, как отчетливо я сознавал: душа может сколько угодно стремиться к возвышенному, но эти тупые и скучные органы, которыми наби-

264

то мое тело, будут стоять на своем и мечтать о пошлом и обыденном.

О чем мечтает мой желудок, я знал. О сладкой булочке и вафле. Душа могла грезить о неземной красоте алмазов, но брюхо упрямо требовало теста... Представляю, как обрадуются этим треклятым булкам люди, которые будут ломать головы, тщетно пытаясь уразуметь мои мотивы. «Смотрите-ка, он хотел есть! — воскликнут они облегченно. — Хоть что-то в нем было человеческое!»

* * *

И вот день настал. Первое июля 1950 года. Как я уже сказал, рабочий не явился, и было ясно, что сегодня сигнализацию не отремонтируют. К шести часам вечера последние сомнения исчезли: экскурсовод позвонил на завод еще раз, и ему ответили, что сегодня, к сожалению, у них слишком много вызовов, но завтра ремонт непременно будет закончен.

В этот день Кинкакудзи посетило около ста человек, но к шести часам территория храма опустела — до закрытия оставалось всего полчаса. Поговорив по телефону, старый экскурсовод стоял возле кухни и рассеянно смотрел на огород; его работа была закончена.

Моросил мелкий дождь. Он с самого утра то начинал накрапывать, то переставал. Дул легкий ветерок, и было не так душно, как обычно по вечерам. На огороде мокли грядки с тыквами, влажно чернела земля на участке, где в прошлом месяце посадили бобы.

У старика-экскурсовода была привычка, когда он о чем-нибудь задумывался, двигать подбородком. При этом его плохо подогнанные вставные челюсти

265

пощелкивали. Каждый день он повторял посетителям одно и то же, но из-за этих разболтанных челюстей понимать его шамканье становилось все труднее. Сколько раз ему говорили, чтобы он сходил к протезисту, но старик ни в какую. Он стоял, смотрел пустым взглядом на грядки и бормотал что-то себе под нос. Пошевелит губами, щелкнет челюстью, потом опять невнятно зашамкает. Наверное, ворчит из-за ремонта, подумал я.

Я прислушивался к этому бормотанию, и мне казалось, будто экскурсовод сетует на то, что теперь ничего уже не починить и не исправить — ни его вставных зубов, ни поврежденной сигнализации.

Вечером настоятеля посетил гость, что случалось не часто. Это был преподобный Дзэнкай Куваи, настоятель храма Рюходзи в префектуре Фукуи, когда-то они с Досэном вместе учились в духовной академии. С ними учился и мой отец.

Как только преподобный Дзэнкай прибыл в Рокуондзи, тут же позвонили Учителю, которого, конечно же, в храме не было. Он ответил, что вернется через час. Гость намеревался провести у нас денек-другой.

Я помнил, с каким удовольствием отец всегда рассказывал о Дзэнкае, к которому относился с уважением и любовью. И по облику, и по характеру отец Куваи являл собой классический образец дзэн-буддистского монаха, мужественного и сурового. Ростом он был почти шесть сяку, лицо загорелое, брови густые. Его зычный голос рокотал, словно раскаты грома.

Один из послушников зашел в мою келью и передал, что отец Дзэнкай желает со мной побеседовать, пока не вернулся Учитель. Я заколебался, опасаясь, не разгадают ли мой замысел ясные и проницательные глаза святого отца.

Преподобный Дзэнкай сидел в Зале Гостей и попивал принесенное экономом сакэ, закусывая чем-то постным. Прислуживал ему один из монахов, но теперь он удалился, и подливать сакэ гостю стал я. За моей спиной была тьма и бесшумно моросящий дождь, так что картина перед отцом Дзэнкаем открывалась не из веселых: мое угрюмое лицо, а за ним — унылый, мокрый двор.

Но святой отец был не из тех, кого смущают подобные пустяки. Он видел меня впервые, но говорил просто и спокойно. Как ты похож на отца. Гляди-ка, ты совсем уже взрослый. Какое несчастье, что твой отец умер так рано.

В Дзэнкае была естественность, которой не хватало Учителю, и сила, которой не обладал мой отец. Почерневшая от солнца кожа, широкий нос, мохнатые сдвинутые брови делали Дзэнкая похожим на грозную маску Обэсими из театра Но. Это лицо никак нельзя было назвать красивым — слишком уж чувствовалась в нем внутренняя сила, она так и вылезала наружу, нарушая гармонию черт. Острые скулы напоминали скалистые вершины, из тех, что изображают художники Южной школы.

Но, несмотря на грозный облик и грохочущий бас, в Дзэнкае угадывалась подлинная, неподдельная доброта. Доброта его не имела ничего общего с тем, что люди обычно вкладывают в это понятие, а была сродни гостеприимной щедрости ветвей какого-нибудь раскидистого лесного дерева, готового принять под свою сень усталого путника. Грубая, бесхитростная доброта. Беседуя с преподобным Дзэнкаем, я все время был настороже — боялся, что моя решимость не выдержит соприкосновения с этой всеобъемлющей силой. У меня на минуту даже закралось подозрение, не нарочно ли Учитель вызвал в храм преподобного Дзэнкая, но я тут же отмел эту нелепую мысль — станет святой отец тащиться аж из Фукуи в Киото из-за какого-то монашка. Нет, настоятель храма Рюходзи был здесь случайным гостем, он станет всего лишь свидетелем невиданной доселе катастрофы.

Белый фарфоровый кувшинчик, вмещавший почти два го[1] сакэ, опустел, и я, поклонившись настоятелю, отправился на кухню принести еще. Когда я нес обратно кувшин, наполненный горячим сакэ, странное побуждение овладело мной. Я никогда и ни с кем не стремился достичь взаимопонимания, но тут вдруг страстно захотелось, чтобы отец Дзэнкай — да, да, именно он! — меня понял. Наливая гостю сакэ, я взглянул на него, и по лихорадочному блеску моих глаз он сразу заметил произошедшую во мне перемену.

— Что вы обо мне думаете, святой отец? — спросил я.

— Что думаю? По-моему, парень ты серьезный и прилежный. Погулять, наверное, тоже не дурак. Денег, правда, у всех сейчас маловато, не то что раньше. Эх, помню, и куролесили же мы в твои годы с Досэном и твоим покойным отцом!

— Значит, по-вашему, я самый обыкновенный?

— Нет ничего плохого в том, чтобы выглядеть обыкновенным. Ты и будь обыкновенным, глядишь, и люди станут к тебе лучше относиться.

Отец Дзэнкай был лишен тщеславия. Священников высокого ранга вечно просят высказать суждение

---

[1] *Го* — 0,18 л.

о чем-нибудь — от произведений искусства до человеческих характеров. Обычно они отвечают уклончиво и иносказательно, боясь ошибиться и выставить себя на посмешище. За словом в карман они, конечно, не лезут, у них всегда наготове какой-нибудь дзэнский афоризм, но понять его можно и так и этак. Преподобный Дзэнкай был из другого теста. Он говорил то, что видел и чувствовал, — это я сразу понял. Он не пытался обнаружить в предметах какой-либо тайный смысл, помимо того, который сразу открывался его сильному и ясному взгляду. Был смысл — хорошо, нет — и ладно. И вот что больше всего покорило меня в преподобном Дзэнкае: глядя на что-нибудь или на кого-нибудь (в данном случае на меня), он не стремился увидеть нечто, доступное одному ему, а смотрел как бы глазами всех людей сразу. В примитивном мире объективно существующих предметов святой отец и не пытался обнаружить глубокий смысл. Я понял то, к чему призывал меня настоятель Рюходзи, и на душе вдруг стало очень спокойно. До тех пор, пока я остаюсь обыкновенным в глазах других, я и на самом деле обыкновенен, и какой бы странный поступок я ни совершил, моя заурядность останется при мне, словно просеянный сквозь веялку рис.

Мне казалось, что я небольшое скромное деревце, растущее возле преподобного Дзэнкая.

— Скажите, святой отец, значит, нужно совершать только те поступки, которых ожидают от тебя окружающие?

— Вряд ли это у тебя получится. Но если ты и выкинешь что-нибудь неожиданное, люди лишь слегка изменят свое мнение о тебе, и вскоре ты снова станешь для них привычным. Человек забывчив.

— Но кто долговечнее — я, каким меня видят люди, или тот я, каким я сам представляюсь себе?

— Недолговечен и тот и другой, сколько ни пытайся продлить их век, рано или поздно всему наступает конец. Когда мчится поезд, пассажиры неподвижны. Когда поезд останавливается, пассажиры приходят в движение. Все имеет конец — и движение, и неподвижность. Последняя из всех неподвижностей — смерть, но кто знает, нет ли и у нее своего конца?

— Загляните в мою душу, — попросил я. — Я не таков, каким вам кажусь. Прочтите истинную мою суть.

Святой отец отхлебнул из чарки и внимательно посмотрел на меня. Огромное и темное молчание, похожее на мокрую от дождя черную крышу храма Рокуондзи, навалилось на меня. Я затрепетал. Отец Дзэнкай вдруг рассмеялся — неожиданно весело и звонко:

— К чему мне заглядывать в твою душу? Все написано у тебя на лице.

Я почувствовал, что понят, понят до самых глубин моего существа. Впервые я ощутил себя чистым и опустошенным. И в эту вновь образовавшуюся пустоту неудержимым потоком хлынуло мужество, необходимое для совершения Деяния.

В девять часов вернулся наш настоятель. Как обычно, в сопровождении трех монахов он обошел территорию храма. Все было в порядке. Учитель присоединился к своему другу; в половине первого ночи монахи проводили гостя в опочивальню. Затем Учитель принял ванну, называемую в обители «погружение в воды». Наконец к часу ночи, когда отстучал своей колотушкой ночной сторож, в храме воцарилась тишина. За окном по-прежнему беззвучно накрапывал дождь.

Я сидел на разобранной постели и ждал, когда жизнь в храме утихнет. Ночь становилась все плотнее и тяжелее, казалось, это древняя тьма давит на стены моей кельи.

Я попробовал сказать что-нибудь вслух. Как обычно, слово никак не хотело срываться с моих губ — словно в темноте роешься в мешке, набитом вещами, и все не можешь достать единственно нужную. Тяжесть и густой мрак моего внутреннего мира были под стать окружавшей меня ночи, и слово шло откуда-то из черных глубин со скрежетом и натугой, как полная бадья из колодца.

«Уже скоро, — подумал я. — Еще немного терпения. Ржавый ключ превосходно откроет дверь, отделяющую мой внутренний мир от внешнего. И тогда откроется простор, вольный ветер загуляет туда и обратно. Тяжелая бадья, слегка покачиваясь, поднимется из черной дыры колодца, и моему взору откроется бескрайняя ширь, рухнут стены потаенной кельи... Еще чуть-чуть, и весь этот мир будет в моих руках...»

Целый час просидел я в полной темноте, чувствуя себя счастливым. Мне казалось, что с самого рождения не испытывал я такого блаженства.

Внезапно я поднялся на ноги. Прокрался к задней двери Большой библиотеки, надел, стараясь не шуметь, соломенные сандалии и пошел через дождь по направлению к мастерской. Там не было ни бревен, ни досок, только пахло мокрыми опилками. Здесь хранились связки соломы. Обычно отец эконом закупал сразу по сорок штук, но сейчас я обнаружил в сарае всего три.

Забрав их с собой, я вернулся к главному зданию. На кухне было тихо. Но когда я проходил под окнами покоев отца эконома, в уборной вдруг зажегся свет. Я пригнулся.

Из-за дощатой стены раздалось покашливание. Да, это был эконом. Потом донесся шум льющейся струйки, он очень долго не кончался.

Боясь, что солома отсыреет под дождем, я прикрывал ее телом. Заросли папоротника, в которых я прятался, колыхались под дуновением ветра. В сыром воздухе запах уборной чувствовался отчетливей. Наконец эконом кончил мочиться. Послышался глухой удар о деревянную перегородку — старика, наверное, шатало спросонья. Свет в окошке погас. Я подхватил связки соломы и двинулся дальше.

Все мое имущество состояло из корзины, в которой лежали предметы нехитрого обихода, и ветхого чемоданчика. Я собирался предать все свои вещи огню. Одежду, записи и разные принадлежавшие мне мелочи я упаковал заранее. Я предусмотрел все до тонкостей: те предметы, которые могли загреметь при переноске, и те, что не сгорели бы в огне, — чашки, пепельницу, чернильницу и прочее — я засунул в подушку. Еще надо было сжечь тюфяк и два одеяла. Весь этот багаж я потихоньку вытащил на улицу. Затем отправился к Золотому Храму — открыть заколоченную дверь.

Гвозди вышли из гнилой древесины легко, словно из земли. Дверь накренилась, я подпер ее плечом. Мокрое трухлявое дерево нежно коснулось моей щеки. Дверь была гораздо легче, чем я думал. Я приподнял ее и отставил в сторону. Внутри Храма чернела густая тьма. Дверной проем оказался совсем узким, и войти можно было только боком. Я зажег спичку и шагнул в черноту. Впереди возникло чье-то лицо, и я содрогнулся от ужаса, но тут же понял, что это мое отражение в стеклянной призме, прикрывавшей макет Кинкакудзи.

Я остановился и долго рассматривал его, хотя медлить было нельзя. По миниатюрному храму, словно луной освещенному моей спичкой, метались тени, затейливая деревянная конструкция трепетала в тревоге. И снова мир погрузился во мрак — спичка погасла.

Красная точка тлела на полу, и — странное дело — я непроизвольно затоптал ее, как тот студент, которого я принял за поджигателя в храме Мёсиндзи. Я снова чиркнул спичкой. Прошел мимо Зала Сутр, мимо трех статуй Будды и остановился перед ящиком для пожертвований. Сверху он был забран деревянной решеткой, на ней дрожали тени, и казалось, что это рябь на воде. За ящиком возвышалась деревянная статуя сёгуна Ёсимицу Асикага, считающаяся национальным сокровищем. Сёгун был изображен в монашеском облачении с длинными и широкими рукавами, в руках он сжимал скипетр. В просторном вороте рясы тонула маленькая, наголо обритая голова с широко раскрытыми глазами. Глаза вспыхнули в темноте огнем, но я не испугался. Изваяние действительно было жутковатым, но я чувствовал, что власть этого сёгуна, который засиделся в здании, некогда построенном специально для него, осталась где-то там, в глухой древности.

Я открыл дверь в Рыбачий павильон. Как я уже говорил, она отпиралась изнутри. Меня встретили дождь и темнота, но все же под открытым небом было светлее, чем в Храме. Дверь заговорщицы заскрипела ржавыми петлями, и с легким порывом ветра в Кинкакудзи ворвался синий ночной воздух. «Ох, Ёсимицу, Ёсимицу, — думал я, бегом возвращаясь к Большой библиотеке. — Все свершится прямо у тебя на глазах. Прямо перед носом у слепого, давно умершего свидетеля».

В кармане штанов что-то побрякивало на бегу. Спички. Я остановился, вынул коробок и засунул в него салфетку. Бутылочка с мышьяком и нож, завернутые в платок, лежали в другом кармане. Их я упаковал как следует.

В карманах свитера у меня лежали булка, вафли и сигареты. С этим все тоже было в порядке.

Теперь предстояло выполнить чисто механическую работу. В несколько заходов я перенес весь свой багаж от задней двери Большой библиотеки в Храм и свалил его в кучу перед статуей Ёсимицу. Сначала я притащил москитную сетку и матрас. Потом два одеяла. В третий заход — чемоданчик и корзину, в четвертый — солому. Все три вязанки я уложил поверх сетки и тюфяка. Сетка, по моему разумению, должна была загореться легче всего, и я растянул ее пошире, накрыв остальные вещи.

Напоследок я сходил за узлом с негорючими предметами. Их я отнес на берег Зеркального пруда. Совсем рядом белел островок Ехаку, над головой, укрывая меня от дождя, склонились ветви сосен.

Поверхность пруда, в которой отражалось затянутое облаками небо, смутно мерцала во мраке. Пруд так густо зарос водорослями, что казался продолжением суши, и лишь редкие блики выдавали присутствие воды. Дождь был слишком мелким, чтобы тревожить сонную гладь. Над ней повисла пелена из мелких капель, и создавалось ощущение, что пруд уходит куда-то в бесконечность.

Я подобрал с земли камешек и бросил его в воду. Оглушительный всплеск словно разорвал ночное безмолвие. Я весь сжался, будто пытаясь погасить гулкое эхо.

Стоило мне окунуть в воду руку, как к ней тут же прильнули скользкие водоросли. Сначала я опустил на дно металлическую палку от москитной сетки. Затем сунул в воду пепельницу, словно хотел ее сполоснуть, и разжал пальцы. Чашки и чернильница последовали за пепельницей. Все, вода свое дело сделала. У моих ног лежала только подушка, в которой я нес вещи. Теперь оставалось бросить и ее в груду, сваленную перед изваянием Ёсимицу. И поджечь.

Внезапно я почувствовал, что страшно голоден. Этого и следовало ожидать — тело предало меня. В кармане лежали булочка и вафли, оставшиеся со вчерашнего дня. Я вытер мокрые руки о свитер и начал жадно есть, не различая вкуса. Желудку не было дела до вкуса, он кричал, требуя насыщения, и я поспешно запихивал сласти себе в рот. Сердце чуть не выскакивало из груди. Утолив приступ голода, я зачерпнул из пруда воды и запил свою трапезу.

...До Деяния оставался всего один шаг. Длительная и кропотливая подготовка была закончена, я стоял на самой кромке, и оставалось только кинуться в бездну. Еще одно маленькое усилие — и цель будет достигнута.

Пропасть, отделявшая меня от Деяния, была столь велика, что без труда поглотила бы мою жизнь, но я об этом не задумывался.

В этот момент я был всецело поглощен созерцанием Кинкакудзи, я навсегда прощался с ним.

Храм едва различимо темнел во мраке, его контуры угадывались с трудом. Казалось, что в том месте просто немного сгустилась чернота ночи. Лишь напрягая зрение, мог я разглядеть силуэт Храма Очищения Водой, Грота Прибоя, сужение третьего яруса, вереницу стройных колонн... Но изящество линий, некогда так волновавшее мне душу, растворилось в темноте.

Однако, по мере того как в душе оживала память о Прекрасном, знакомый образ все отчетливей вырисовывался на фоне ночи. В этой сумрачной форме для меня таилась вся красота мироздания. Память воскрешала одну за другой волшебные черты, они начинали источать сияние, и постепенно Золотой Храм предстал передо мной целиком, залитый странным свечением, не похожим ни на свет дня, ни на свет ночи. Никогда еще Храм не являлся мне в столь ослепительном великолепии всех своих линий. Я будто обрел особый дар видения, присущий только слепым. Подсвеченный собственным сиянием, Кинкакудзи стал прозрачным, и я без труда различал и фрески на потолке Грота Прибоя, и потускневшую позолоту стен Вершины Прекрасного. Причудливые детали внешней отделки смешались с внутренним убранством покоев. Одним взглядом мог я охватить во всей полноте нюансов симметрии и контраста простой рисунок общей композиции и сложное переплетение ее составных частей, раскрывающих основную тему. Два нижних яруса, Храм Очищения Водой и Грот Прибоя, хоть и не были похожи, но имели одинаковую ширину и находились под одним и тем же навесом крыши; они напоминали пару схожих сновидений или два близких воспоминания о чем-то необычайно приятном. Существуй они по отдельности, им бы не удержаться в памяти, но так один дополнял и поддерживал другого, и сновидение становилось явью, а воспоминание о приятном обретало прочность архитектурной конструкции. Однако выше Храм внезапно сжимался, и сон, казалось превратившийся в несомненную реальность, вновь обращался химерой, подчиняясь возвышенной философии мрачной и величественной эпохи. А высоко над крытой дранкой крышей застыл золотистый феникс, впе́рившись взглядом в вечную беспросветную ночь.

Но и этого было мало зодчему. С западной стороны он пристроил к Храму Очищения Водой маленький и невзрачный Рыбачий павильон. Древний строитель вложил всю силу своего эстетического видения в этот акт вопиющего нарушения симметрии. Пристройка являла собой метафизическое противопоставление основной конструкции. Нависший над прудом павильон был совсем мал, но он создавал ощущение бегства, отрыва от сердцевины Кинкакудзи. Мне он представлялся птицей, вырвавшейся на волю из клетки Храма, — птица взмахнула крылами и взметнулась над прудом, устремившись к бренному, суетному и земному. Рыбачий павильон — это мост из мира упорядоченности в мир хаоса и чувств. Именно! Душа Золотого Храма начинается отсюда, с этого оборванного посередине моста; образовав трехъярусную структуру, композиция возвращается к исходной точке, и здесь душа Храма вырывается на волю. Мощная чувственная сила, таящаяся в водах пруда, — это тот источник, из которого родился Кинкакудзи; она создала гармоничное и безупречное в своем совершенстве здание, но не смогла существовать в нем и через мост Рыбачьего павильона снова вернулась в пруд, на родину, в бескрайнее море чувств. Мне и прежде всякий раз, когда над Зеркальным прудом дрожал утренний или вечерний туман, казалось, что здесь обитает могучая чувственная сила, создавшая прекрасный Храм.

А красота вбирала в себя все мелкие столкновения, противопоставления и контрасты и властвовала над ними! Точно так же, как тщательно, иероглиф за иероглифом, выписывают золотой краской на темно-синей бумаге священные сутры, был воздвигнут в вечной кромешной тьме Золотой Храм; и теперь невозможно уже определить, что такое Прекрасное — то ли сам Храм, то ли пустота беспросветной ночи, в которую Храм погружен. Может быть, то и другое вместе? И часть, и целое; и Кинкакудзи, и окружающая его тьма. Я почувствовал, что тайна красоты Золотого Храма, мучившая меня так долго, наполовину раскрыта. Если очень внимательно рассматривать каждую из составных частей чуда — колонны, резные перильца, двери, фигурные оконца, загнутые углы крыши... Храм Очищения Водой, Грот Прибоя, Вершину Прекрасного, тот же Рыбачий павильон... отражение Храма в пруду, островки, сосны, даже лодочный причал — ни одна из деталей не будет законченной и прекрасной, но каждая окажется предвестницей красоты всех прочих компонентов. Здесь не найти спокойствия завершенности. Составные части не ведают совершенства, они — лишь переход к гармонии целого, лишь обещание очарования, что таится где-то рядом, по соседству. Одно обещание прекрасного наслаивается на другое, и все эти предвестья *не существующей на самом деле красоты* и образуют главную суть Кинкакудзи. Посулы не несут в себе ничего, кроме пустоты. Пустота, Ничто, и есть основа Прекрасного. Незавершенность каждого из компонентов сулит не красоту, а Пустоту, и в преддверии этой Пустоты затейливый деревянный каркас Храма трепещет, словно драгоценное ожерелье, колеблемое ветром.

И все же Кинкакудзи был вечно и неизменно прекрасен! Отзвук этой красоты слышался мне отовсюду. Эхо Храма звучало во мне всегда — непрекращающимся звоном в ушах, и я давно привык к этому гулу. С чем бы его сравнить, этот звук? С перезвоном золотого колокольчика, не умолкающего вот уже пять с половиной столетий? Или с пением струн бива?..

Что произойдет, если этот звук оборвется?..

Страшная усталость навалилась на меня. Фантастический Кинкакудзи все еще сиял, заслоняя реальный Храм, окутанный ночной тьмой. Перила первого яруса смиренно жались к кромке воды, а балюстрада Грота Прибоя, вознесенная вверх деревянными опорами в стиле Тэндзику, горделиво парила над прудом. Углы крыши, подсвеченные смутными бликами, тревожно подрагивали во мраке. Близость искрящейся под солнцем или луной воды всегда придавала Храму подвижность и трепетность. Игра живого света как бы освобождала Кинкакудзи от пут застывшей формы, и он обретал природу вечно подвижной субстанции — ветра, воды или пламени.

Нет, Храм все-таки был прекраснее всего на свете! Я знал, откуда взялась эта внезапная усталость. Прекрасное в последний раз давало мне бой, вновь, как прежде, пыталось обрушить на мои плечи бремя бессилия. Опустились руки, стали ватными ноги. Только что меня отделял от Деяния всего один шаг, и вот я снова оказался отброшенным назад.

«Я все подготовил, осталось совсем чуть-чуть, — забормотал я. — Ведь я уже представил себе Деяние, пережил его в своем воображении, так, может быть, этого достаточно? Все равно ничего изменить не удастся... Наверное, прав был Касиваги. Мир невозможно изменить действием, это под силу только сознанию. Иногда сознание способно очень точно копировать действие. Мой разум именно таков. Эта разновидность сознания и делает всякое действие невозможным... Не потому ли и готовился я так тщательно к Деянию, что в глубине души знал: *совершать его на самом деле вовсе не обязательно*?.. Нет, в самом деле. Действие было бы сейчас совершенно излишне. Оно существует вне всякой связи с моей жизнью и моей волей, оно стоит передо мной, словно холодный стальной станок, ожидающий пуска. Между мной и действием нет ничего общего: я — здесь, а там уже что-то другое, не имеющее ко мне отношения... Почему же я должен перестать быть собой и превратиться в это самое *другое*?»

Я прислонился к сосне. Холодное и влажное прикосновение коры подействовало на меня магически. Я почувствовал, что эта леденящая неподвижность и есть я сам. Мир застыл в вечной неизменности, в нем не было места желаниям, и всеобъемлющее удовлетворение сошло на меня.

«Какая мучительная усталость, — подумал я. — Жар, и вялость, и не слушаются руки. Несомненно, я болен».

Кинкакудзи сверкал в ночи. Я вспомнил, как в пьесе театра Но «Бродячий монах» слепой Сюнтокумару любуется пейзажем. В вечной тьме ему вдруг является картина захода солнца в заливе Нанива, и слепой ясно видит синее, безоблачное небо, островки и скалы, освещенные вечерней зарей...

Странное оцепенение сковало меня, неудержимым потоком хлынули слезы. Я готов был стоять здесь до самого утра, пока кто-нибудь меня не обнаружит. И я не скажу ни слова в свое оправдание...

Я много говорил о том, что воспоминания обладают способностью лишать человека силы, но это не совсем так. Иногда внезапно возникшее воспоминание может дать могучий живительный импульс. Прошлое не всегда тянет назад. В нем рассыпаны немногочисленные, но мощные пружины, которые, распрямляясь, толкают нас в будущее.

Тело мое застыло в оцепенении, но в душе бродили какие-то смутные воспоминания. Какие-то знакомые слова то всплывали в памяти, то уходили вновь. Вот-вот готовы были зазвучать, но, не успев, затихали. Эти слова звали меня, делались все слышнее, они должны были придать мне сил.

«Смотри по сторонам, и назад смотри, и убей всякого, кого встретишь», — вдруг отчетливо услышал я первую строчку. Знаменитое место из «Риндзайроку»! Слова полились без запинки: «Встретишь Будду — убей Будду, встретишь патриарха — убей патриарха, встретишь святого — убей святого, встретишь отца и мать — убей отца и мать, встретишь родича — убей и родича. Лишь так достигнешь ты просветления и избавления от бренности бытия».

Магические слова сняли с меня заклятие бессилия. Все мое тело налилось мощью. Голос рассудка еще твердил, что Деяние мое будет тщетным, но проснувшуюся во мне силу это не пугало. Пусть тщетным, именно поэтому я и должен его совершить!

Я поднял подушку, зажал ее под мышкой и поднялся на ноги. Взгляд мой обратился к Храму. Сияние Кинкакудзи меркло на глазах. Исчезли во мраке перильца балюстрад, растаяли колонны. Погас блеск воды в пруду, и тут же потухли блики на изгибах крыши. Ночь поглотила детали, и Золотой Храм превратился в неясный черный силуэт...

Я обежал Кинкакудзи с севера. Ноги уверенно несли меня, я ни разу не споткнулся в темноте. Ночь расступалась передо мной, указывая путь.

Я ворвался в Храм со стороны Рыбачьего павильона через дверь, оставленную открытой. Швырнул с размаху подушку в груду вещей, сваленных перед статуей.

Сердце радостно трепетало в груди, влажные пальцы мелко дрожали. Спички отсырели — первая не пожелала загораться, вторая сломалась. Лишь третья вспыхнула в сложенных ковшиком ладонях.

Я уже забыл, куда бросил связки соломы, и принялся высматривать их в темноте. Когда я их обнаружил, как раз догорела спичка. Я присел на корточки и чиркнул двумя спичками сразу. Пламя осветило сухие стебли соломы, по ним заметались причудливые тени, и крошечный огонек пополз по первой из связок. Повалил дым, и пламя скрылось в его клубах, но тут же взметнулось совсем в другой стороне, пробежав по москитной сетке. Все словно ожило вокруг.

В эти мгновения мой мозг работал трезво и спокойно. Надо было беречь спички. Я осторожно зажег еще одну, подпалил вторую связку соломы и отнес ее в другой угол. Вид поднявшегося пламени радовал мне душу. Во всей обители никто не умел так ловко разжигать костры, как я.

По стенам Храма Очищения Водой заплясали огромные тени. Три священных изваяния — Амида, Каннон и Сёйси — озарились багровым светом. Вспыхнули искрами глаза Ёсимицу, за его спиной тоже заколыхалась черная тень.

Я почти не ощущал жара. Увидав, как занялся ящик для пожертвований, я с облегчением подумал, что теперь, кажется, все в порядке!

Я совсем забыл о ноже и мышьяке! Вдруг возникла мысль покончить с собой в охваченной пожаром Вершине Прекрасного. Пятясь от пламени, я поднялся по узкой лестнице на второй этаж. Меня не удивило, что дверь в Грот Прибоя была не заперта, — старик вечно забывал закрыть ее.

Дым полз за мной по пятам. Сотрясаясь от кашля, я кинул прощальный взгляд на расписной потолок и на статую Каннон, приписываемую великому Кэйсину. Грот Прибоя затягивало дымом. Я поднялся еще выше и толкнул дверь, ведущую в третий ярус.

Она не подалась. Вход в Вершину Прекрасного оказался запертым на ключ.

Я заколотил по двери кулаками. Наверное, поднялся страшный грохот, но я ничего не слышал. Я бил и бил в закрытую дверь, мне казалось, что кто-то сейчас откроет ее изнутри. Первоначально я устремился в Вершину Прекрасного, чтобы там умереть, но теперь, когда огонь подобрался совсем близко, я уже сам не понимал, почему так яростно рвусь туда, чего ищу за этой дверью — гибели или спасения. Там, за преградой, находилась всего-навсего обычная тесная комнатка. Я прекрасно знал, что позолота ее стен давно облупилась, но в этот миг мне грезилось, будто золото уцелело и по-прежнему украшает Вершину Прекрасного. Не могу передать, до чего жаждал я проникнуть в эту залитую ослепительным сиянием комнату! Только бы попасть туда, только бы попасть в этот золотой чертог, думал я.

Я колотил в дверь изо всех сил, бился о нее с разбегу плечом, но она стояла незыблемо.

Грот Прибоя уже весь был в дыму. Снизу доносилось потрескивание огня. Я начинал задыхаться и чувствовал, что вот-вот потеряю сознание. Но, давясь кашлем, я продолжал штурмовать неприступную дверь.

Наконец я со всей ясностью понял, что Вершина Прекрасного отказывается меня принять. Я не колебался ни секунды — повернулся и, низко пригнувшись, бросился вниз по лестнице. В густых клубах дыма я скатился на первый этаж, пробежал сквозь самый огонь и через западный выход выскочил из Храма наружу, но не остановился, а понесся сломя голову дальше, вперед, куда глаза глядят...

Я бежал и бежал. Не знаю, сколько длился этот безумный бег, не помню, что было вокруг. Судя по всему, я миновал башню Кёхоку, промчался под северными воротами, потом мимо храма Мёодэн и взлетел вверх по тропинке, сквозь заросли бамбука и кусты азалий, на гору Хидаридаймодзи. Во всяком случае, именно там, под сосной, повалился я на траву, не в силах унять бешеного сердцебиения. Гора Хидаридаймодзи высилась прямо к северу от Храма.

Меня привели в чувство встревоженные крики птиц. Одна из них пронеслась прямо над моим лицом, отчаянно хлопая крыльями. Я лежал навзничь и смотрел в ночное небо. Огромная птичья стая с криком носилась над верхушками сосен, редкие искры алели во тьме, поднимаясь все выше и выше.

Я приподнялся и посмотрел вниз. Странные звуки доносились оттуда. Словно разом взрывались сотни шутих. Или захрустела суставами сразу целая толпа людей.

Самого Храма с вершины горы было не видно — лишь дым и длинные языки пламени. Над деревьями плыли бесчисленные искры, казалось, что вокруг Кинкакудзи поднялся вихрь из золотой пыли. Я сел, скрестив ноги, и долго смотрел на эту картину.

Окончательно придя в себя, я увидел, что все мое тело покрыто ожогами и ссадинами, кое-где сочилась кровь. На костяшках пальцев, которыми я колотил в запертую дверь, запеклась кровавая корка. Как дикий зверь, ушедший от погони, я стал зализывать раны. Сунув руку в карман, я наткнулся на замотанные в тряпку пузырек с мышьяком и нож. Размахнувшись, я швырнул их куда-то вниз.

В другом кармане мои пальцы нащупали пачку сигарет. Я закурил. На душе было спокойно, как после хорошо выполненной работы. Еще поживем, подумал я.

Мисима Ю.

M 65   Золотой Храм : роман / Юкио Мисима ; пер. с яп. Г. Чхартишвили. — СПб. : Азбука, Азбука-Аттикус, 2020. — 288 с. — (Азбука-классика).

ISBN 978-5-389-11981-9

Роман знаменитого японского писателя Юкио Мисимы «Золотой Храм» — шедевр, заслуженно признаваемый самым читаемым в мире произведением японской литературы. Он основан на реальном событии: в 1950 г. молодой монах сжег знаменитый Золотой Храм в Киото. Под пером писателя эта история превращается в захватывающую притчу о великой и губительной силе красоты. Перевод романа выполнен Григорием Чхартишвили (Борисом Акуниным).

УДК 821.521
ББК 84(5Япо)-44

Литературно-художественное издание

ЮКИО МИСИМА
ЗОЛОТОЙ ХРАМ

Ответственный редактор Кирилл Красник
Художественный редактор Валерий Гореликов
Технический редактор Татьяна Раткевич
Компьютерная верстка Светланы Шведовой
Корректор Валентина Гончар

Главный редактор Александр Жикаренцев

Подписано в печать 04.08.2020. Формат издания 75 × 100 $^{1}/_{32}$.
Печать офсетная. Тираж 3000 экз. Усл. печ. л. 12,69. Заказ № 6225.

Знак информационной продукции
(Федеральный закон № 436-ФЗ от 29.12.2010 г.): **16+**

ООО «Издательская Группа „Азбука-Аттикус"» —
обладатель товарного знака АЗБУКА®
115093, г. Москва, ул. Павловская, д. 7, эт. 2, пом. III, ком. № 1

Филиал ООО «Издательская Группа „Азбука-Аттикус"»
в Санкт-Петербурге
191123, г. Санкт-Петербург, Воскресенская наб., д. 12, лит. А

ЧП «Издательство „Махаон-Украина"»
Тел./факс: (044) 490-99-01. E-mail: sale@machaon.kiev.ua

Отпечатано в ОАО «Можайский полиграфический комбинат»
143200, Россия, г. Можайск, ул. Мира, 93
www.oaompk.ru
Тел.: (495) 745-84-28, (49638) 20-685

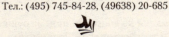

Y-VAK-20013-06-R

ПО ВОПРОСАМ РАСПРОСТРАНЕНИЯ ОБРАЩАЙТЕСЬ:

В МОСКВЕ

ООО «Издательская Группа „Азбука-Аттикус"»

Тел.: (495) 933-76-01,
факс: (495) 933-76-19

e-mail: sales@atticus-group.ru;
info@azbooka-m.ru

В САНКТ-ПЕТЕРБУРГЕ

Филиал ООО «Издательская Группа „Азбука-Аттикус"»

Тел.: (812) 327-04-55,
факс: (812) 327-01-60

e-mail: trade@azbooka.spb.ru

В КИЕВЕ

ЧП «Издательство „Махаон-Украина"»

Тел./факс: (044) 490-99-01

e-mail: sale@machaon.kiev.ua

Информация о новинках и планах на сайтах:

www.azbooka.ru
www.atticus-group.ru

Информация по вопросам приема рукописей
и творческого сотрудничества
размещена по адресу:
www.azbooka.ru/new_authors/